10
18

12, AVENUE D'ITALIE. PARIS XIIIe

Sur l'auteur

Née à Londres en 1902, Stella Gibbons s'est inspirée de son enfance et de son goût pour les romans de terroir volontiers misérabilistes, d'un côté, et de son amour pour Jane Austen de l'autre, pour écrire *La Ferme de cousine Judith*, en 1932. Best-seller en Angleterre, le roman paraît en France chez Julliard, en 1946, sous le titre *La Ferme de Froid Accueil* et remporte le prix Femina-Vie heureuse anglais. En 1950, Stella Gibbons est nommée membre de la Royal Society of Literature. Elle a publié une suite à *La Ferme de cousine Judith* en 1949, ainsi qu'une vingtaine de romans dont la redécouverte se poursuit en Angleterre et en France (*Le Bois du rossignol*, *Westwood*, *Le Célibataire* ; Héloïse d'Ormesson, 2013, 2014, 2016). Stella Gibbons décède à Londres le 19 décembre 1989.

STELLA GIBBONS

LA FERME DE COUSINE JUDITH

Traduit de l'anglais
par Iris Catella et Marie-Thérèse Baudron

10/18

BELFOND

Titre original :
Cold Comfort Farm
Publié par Penguin Books Ltd, Londres.

ISBN 978-2-264-07051-7
Dépôt légal : juin 2018

Pour Allan et Ina

« Que d'autres plumes décrivent le crime et la misère. »

Jane Austen

1

Flora Poste avait reçu une éducation à la fois dispendieuse, sportive et variée. Lorsqu'elle eut vingt ans et que ses parents furent morts tous deux, à quelques semaines d'intervalle, pendant l'épidémie annuelle de grippe espagnole, elle découvrit que la nature lui avait dévolu tous les dons, hormis celui de gagner sa vie.

Mr Poste avait toujours eu la réputation d'être riche. Aussi, à sa mort, ses exécuteurs testamentaires furent-ils très surpris de le découvrir pauvre. Une fois les droits de succession payés, et satisfaites les exigences des créanciers, Flora se trouva pour tout bien à la tête d'un revenu annuel de cent livres.

Son père lui avait légué, en outre, une forte volonté, et sa mère une cheville bien tournée. Le premier de ces dons n'avait pas été gâté par la vie facile qu'elle avait eue, ni le second par les sports violents auxquels elle avait été contrainte de participer, mais elle se rendait compte que ni l'un ni l'autre de ces legs ne lui permettraient de gagner son pain quotidien.

Cela bien constaté, elle résolut de séjourner quelque temps à Lambeth, chez son amie Mrs Smiling, pour se donner le temps de réfléchir. Elle déciderait ensuite de ce qu'elle ferait de sa personne et de ses cent livres par an.

La mort de ses parents n'avait pas affligé Flora outre mesure, car elle les avait à peine connus. Ils avaient la manie des voyages et ne restaient, chaque année, qu'un ou deux mois en Angleterre. Depuis sa dixième année, Flora avait passé ses vacances chez la mère de Mrs Smiling, puis chez son amie quand celle-ci fut mariée.

Ce fut donc avec les sentiments d'un agneau qui rentre au bercail qu'elle franchit l'enceinte de Lambeth par un sombre après-midi de février, quinze jours après l'enterrement de son père.

Mrs Smiling, qui était devenue veuve, avait hérité de son mari trois maisons à Lambeth même, avant que les loyers dans ce quartier n'atteignissent des hauteurs vertigineuses, la mode ayant fait émigrer les gens de Mayfair sur l'autre rive où l'on put désormais voir les Américaines du Sud promener leurs bouledogues. Elle-même avait élu domicile dans la plus plaisante des trois, située à Mouse Place et dont la façade regardait la Tamise aux reflets changeants. Quant aux deux autres maisons, l'une avait été démolie pour faire place à un garage et l'autre, trop petite et impropre à tout autre usage, abritait les membres du Club des anciens diplomates.

Lorsque son taxi s'arrêta devant la porte du 1, Mouse Place, Flora fut toute contente de retrouver les paniers ornés de géraniums de porcelaine blanche qui pendaient au petit balcon de fer forgé. Se retournant vers la maison, elle vit dans l'encadrement de la porte déjà ouverte Sneller, le maître d'hôtel de Mrs Smiling, qui la contemplait du haut de sa dignité d'un air approbateur. « Il ressemble à une tortue, se dit-elle, d'une manière presque impertinente », et elle songea qu'il était heureux que son amie n'élevât pas quelques-unes de ces pauvres bêtes, car elles eussent pu s'en juger offusquées.

Dans le salon dominant le fleuve, Mrs Smiling l'attendait. C'était une Irlandaise de vingt-six ans au teint clair, aux grands yeux gris et au petit nez busqué. Deux choses l'occupaient dans la vie :

La première, inculquer la raison et la modération aux cœurs d'une quinzaine de messieurs fortunés et de bonne famille, tous follement amoureux d'elle et qui s'étaient exilés dans des endroits vagues et lointains, tels que Jhonsong-la, le lac M'Luba M'Luba et les Kwanhattons, parce qu'elle avait rejeté leurs demandes en mariage. Elle leur écrivait à tous une fois par semaine et recevait d'eux autant de réponses (comme pouvaient en témoigner ses amis, qu'elle accablait d'extraits de leurs épîtres longues et ennuyeuses). En raison des travaux ardus qu'ils exécutaient dans des régions sauvages et de leur commune dévotion pour Mrs Smiling, ces messieurs étaient connus sous le nom collectif de « pionniers de Mary », cela par allusion au vibrant poème de Walt Whitman.

La seconde préoccupation de Mrs Smiling était sa collection de soutiens-gorge et ses recherches pour en découvrir un qui soit un vrai chef-d'œuvre. Elle avait la réputation de posséder la plus importante et la plus belle collection du monde, et on espérait qu'à sa mort elle la léguerait à l'État. Elle passait pour une autorité en tout ce qui concernait la coupe, la forme, la couleur, l'assemblage et les vraies fonctions des soutiens-gorge, et ses amies n'ignoraient pas que, même dans les moments d'extrême désarroi physique ou moral, son intérêt pouvait toujours être ranimé et son équilibre rétabli par cette phrase astucieusement placée : « Mary, j'ai vu aujourd'hui un amour de soutien-gorge qui vous aurait sûrement plu. »

Le caractère de Mrs Smiling était ferme et ses goûts des plus civilisés. Lorsque certaines circonstances imprévues de la vie gênaient par leur caractère d'indiscipline la bonne marche de son existence, sa réaction était simple et efficace. Elle traitait la situation comme non existante et généralement, après un certain temps, celle-ci cessait, en effet, d'exister. La Science chrétienne[1] est peut-être une organisation plus importante, mais elle donne rarement d'aussi bons résultats.

Mrs Smiling avait des principes à elle, qu'elle résumait dans des phrases de ce genre : « Laissez les gens croire qu'ils sont désordonnés et ils le seront fatalement » et : « Ne laissez pas à votre imagination la bride sur le cou. » Cependant, elle-même n'était pas sans s'abandonner quelquefois aux délices de cette même imagination.

— Eh bien, chérie, dit-elle lorsque Flora pencha vers elle sa haute silhouette pour l'embrasser sur la joue, voulez-vous du thé ou un cocktail ?

Flora opta pour le thé. Elle plia ses gants, posa son manteau sur le dossier d'une chaise, prit sa tasse et accepta une gaufrette à la cannelle.

— Et l'enterrement ? Épouvantable, je suppose ? s'enquit Mrs Smiling.

Elle savait que Mr Poste, cet homme imposant qui considérait les sports avec sérieux et les arts avec mépris, n'était guère regretté de sa fille. Pas plus, d'ailleurs, que Mrs Poste, qui estimait que la conduite de ses contemporains importait peu, pourvu qu'ils sauvent les apparences.

Flora répondit que cela avait été horrible. Elle ajouta qu'elle était obligée de reconnaître, malgré

1. Cette Église, fondée en 1866 par la théologienne américaine Mary Baker Eddy, prétend avoir redécouvert les lois appliquées par Jésus dans la guérison des malades et la résolution des aléas de la vie. *(N.d.T.)*

tout, que les membres les plus âgés de la famille semblaient avoir infiniment apprécié la situation.

— Y en a-t-il qui vous aient proposé d'aller vivre avec eux ? J'ai oublié de vous mettre en garde contre ce danger. C'est une habitude qu'ont les parents de vous demander d'aller habiter chez eux, dit Mrs Smiling.

— Souvenez-vous, Mary, qu'à présent je n'ai plus que cent livres par an et que je ne sais pas jouer au bridge.

— Le bridge, vous n'y pensez pas ! dit Mrs Smiling en jetant un vague regard sur la rivière. Quelle drôle de manière de passer son temps ! Vraiment, je pense que vous avez eu de la chance, chérie, de traverser toutes ces horribles années à l'école et au collège, où vous étiez obligée de prendre part à tous ces sports sans vous être mise à les aimer. Comment avez-vous fait ?

Flora réfléchit un moment et répondit :

— Eh bien, au début, je me tenais parfaitement tranquille, regardant les arbres et ne pensant à rien. Il y avait toujours quelques arbres dans les environs, car la plupart des sports, comme vous le savez, se pratiquent en plein air, et même en hiver les arbres sont toujours là. Mais bientôt, je me suis aperçue qu'on venait régulièrement me bousculer, alors j'ai dû abandonner cette méthode et me mettre à courir comme les autres. Je courais toujours après la balle (parce que, après tout, Mary, dans un jeu, le plus important, c'est la balle, n'est-ce pas ?), jusqu'à ce que je découvre que les autres n'aimaient pas cela, parce que je n'approchais jamais assez près de la balle pour pouvoir la frapper, ou pour faire ce qu'on est supposé faire avec une balle. Alors, pour changer, j'ai fui la balle, mais on n'aimait pas cela non plus, car vraisemblablement les gens de l'assistance se demandaient ce que je faisais, toute seule au bord de la piste, à me sauver chaque fois que la balle venait de mon côté. Un beau jour, à la fin d'une partie, tout le monde me tomba dessus pour m'informer qu'on ne ferait jamais rien de moi. La monitrice de sports, la mine soucieuse, me demanda si vraiment il était possible que je n'aime pas le hockey (c'était le nom du jeu). J'ai dit : « Non… je crains que non » ; elle a dit que c'était dommage, car cela passionnait tant mon père, et elle m'a demandé ce qui, dans ce cas, pouvait bien m'intéresser. Alors, j'ai dit que je ne savais pas très bien, mais que, tout compte fait, je pensais que ce que je préférais, c'était de tout sentir, autour de moi, baigner dans le calme, de ne pas être obligée de m'agiter ; que j'aimais rire de plaisanteries que personne ne semblait apprécier, faire des promenades à la campagne et, enfin, ne pas être obligée d'exprimer mes opinions sur la vie, l'amour et les particularités d'autrui.

« Alors, elle me demanda si je ne pourrais pas essayer d'être un peu moins paresseuse à cause de papa, et je dis : "Non, je crains vraiment que non." Après cela, elle me laissa tranquille. Mais toutes les autres continuèrent à dire qu'on ne ferait jamais rien de moi.

Mrs Smiling fit un signe d'approbation, mais elle trouvait que Flora parlait trop.

— Maintenant, ajouta-t-elle, en ce qui concerne cette question d'aller habiter chez quelqu'un, naturellement, chérie, vous pouvez rester ici aussi longtemps que vous voudrez ; mais je suppose que vous aurez envie tôt ou tard d'entreprendre un travail quelconque, dans le but de gagner assez pour avoir un appartement à vous.

— Quel genre de travail ? demanda Flora, droite et gracieuse dans son fauteuil.

— Eh bien, un travail d'organisation, tel que celui que je faisais moi-même (car Mrs Smiling avait rempli des fonctions d'organisatrice auprès de la municipalité de Londres, avant d'épouser Tod Smiling, dit « le Roi du diamant »). Ne me demandez pas exactement ce que c'était, car j'ai oublié : il y a si longtemps que j'ai abandonné cela ! Mais je suis sûre que vous y réussiriez très bien. Ou bien, vous pourriez être journaliste, ou comptable, ou apicultrice.

Flora secoua la tête.

— Je crains d'être incapable de faire aucune de ces choses, Mary.

— Quoi d'autre alors, chérie ? Voyons, Flora, ne soyez pas faible ! Vous savez parfaitement bien que vous serez malheureuse si vous n'avez pas de situation quand toutes vos amies en ont une. Avec cent livres par an, vous aurez tout juste de quoi vous payer vos bas ! De quoi vivrez-vous ?

— De mes cousins, répliqua Flora.

Mrs Smiling lui jeta un regard d'interrogation incrédule, car malgré ses goûts modernes elle avait un fond de moralité bien enraciné.

— Oui, Mary, continua Flora avec emphase. Je n'ai que dix-neuf ans, mais j'ai déjà constaté souvent que, s'il existe encore d'absurdes préjugés qui s'opposent à ce qu'on vive en pique-assiette chez ses amis, on peut vivre indéfiniment, sans reproches de la société ni remords de conscience, aux crochets de sa famille. Eh bien, je suis particulièrement (et le mot s'applique encore mieux que vous ne le croyez à certains d'entre eux) comblée de cousins des deux côtés de ma famille. Il y a un cousin de mon père, vieux garçon, en Écosse. Il y a une sœur de ma mère à Worthing (et comme si cela ne suffisait pas, elle élève des chiens). Kensington abrite une cousine de ma mère et il existe encore, je crois, d'autres cousins éloignés, quelque part dans le Sussex.

— Le Sussex... grommela Mrs Smiling, cela ne me dit rien qui vaille. N'habiteraient-ils pas, par hasard, une ferme délabrée ?

— J'en ai bien peur, avoua Flora, avec une expression réticente. Aussi ne les essaierai-je qu'en dernière extrémité. Je me propose d'envoyer une lettre à tous les cousins que j'ai énumérés, en leur expliquant la situation et en leur demandant s'ils sont disposés à m'accueillir en échange de mes beaux yeux et de mes cent livres par an.

— Flora, quelle idée folle ! Vous devez être détraquée ! Ma chère, vous serez morte avant la fin de la première semaine. Vous savez pertinemment que ni l'une ni l'autre nous n'avons jamais pu supporter nos cousins. Il faut tout simplement rester ici avec moi, le temps d'apprendre la sténodactylo et, à ce moment-là, vous pourrez devenir la secrétaire de quelqu'un, avec un chic petit appartement bien à vous où nous donnerons des soirées épatantes.

— Mary, vous savez que j'ai horreur des soirées. Je me représente l'enfer comme une grande réception dans une pièce froide, où tout le monde doit jouer au hockey comme il faut. Mais vous me faites perdre le fil... Lorsque j'aurai trouvé des cousins qui voudront bien de moi, je les prendrai en main et je modèlerai leur caractère et leur façon de vivre, pour les adapter à mes propres goûts. Alors, si le cœur m'en dit, je me marierai.

— Avec qui, je vous prie ? demanda Mrs Smiling brusquement, tant elle était troublée.

— Avec quelqu'un de mon choix. J'ai des idées bien précises au sujet du mariage, comme vous le savez. J'ai toujours aimé entendre cette phrase : « Un mariage a été arrangé. » Et c'est ainsi que cela devrait être : « arrangé » ! N'est-ce pas la plus importante décision qu'une simple mortelle puisse prendre ? J'ai bien l'intention d'arranger moi-même mon mariage, plutôt que d'attendre qu'un homme prédestiné me tombe du ciel. Mon mariage ne se fera point dans les nuages, il se créera sur cette terre où je saurai bien trouver mon paradis.

Le ton emphatique et cynique du discours de Flora fit tressaillir Mrs Smiling, car, pour elle, le mariage était la rencontre de deux êtres qu'on unissait avec des fleurs, des chants et des orgues. C'est ainsi que son propre hyménée avait été conclu et célébré.

— Enfin, peu importe ! Ce que je voulais vraiment vous demander, c'est ceci, poursuivit Flora. Croyez-vous que ce serait une bonne idée d'envoyer une circulaire à tous ces cousins ? Est-ce que cela donnerait une bonne impression de mes aptitudes ?

— Non, je ne crois pas, rétorqua froidement Mrs Smiling. Cela serait vraiment peu engageant. Il faut leur écrire, cela va sans dire, en faisant pour chacun une lettre entièrement différente, pour leur expliquer la situation… du moins, si vous vous obstinez vraiment dans cette idée folle.

— Ne vous énervez pas, Mary, j'écrirai les lettres demain avant le déjeuner. Je les aurais bien écrites ce soir, mais ne pensez-vous pas que nous devrions dîner en ville, pour célébrer l'inauguration de ma carrière de parasite ? J'ai dix livres, avec lesquelles je vous invite au New River Club, un endroit divin.

— Ne faites pas la sotte, vous savez parfaitement bien qu'il nous faudrait des cavaliers.

— Alors, trouvez-en ! N'y a-t-il pas quelques-uns de vos pionniers ici, en permission ?

Sur le visage de Mrs Smiling apparut cette expression rêveuse et maternelle qui s'associait dans l'esprit de ses amis avec l'idée des pionniers.

— Il y a Bikki, dit-elle. (Tous ces pionniers avaient des surnoms courts et rauques, vaguement semblables à des cris d'animaux exotiques, ce qui était tout naturel : ne venaient-ils pas tous, en effet, d'endroits pleins d'animaux étranges ?)

— Et votre cousin Charles Fairford est justement de passage ici, poursuivit Mrs Smiling. Le grand brun sérieux…

— Il fera l'affaire, approuva Flora. Il a un très gentil petit nez.

C'est ainsi que, ce soir-là, vers neuf heures moins vingt, la voiture de Mrs Smiling sortit de Mouse Place, emportant les deux amies vêtues de robes blanches, avec de ridicules petites guirlandes de fleurs de guingois sur leur tête. En face d'elles étaient assis Bikki et Charles, que Flora n'avait jamais rencontré plus de trois ou quatre fois. Bikki, qui bégayait lamentablement, n'arrêtait pas de parler, comme le font généralement les bègues. Il était laid, âgé de trente ans, et arrivait du Kenya en permission. Il les réjouit beaucoup en confirmant les plus horribles rumeurs qui couraient sur ce pays. Charles, qui portait bien l'habit, ne parlait guère. Il se contentait d'émettre de temps en temps un rire sonore, profond et musical quand quelque chose l'amusait. Il était âgé de vingt-trois ans et se destinait à la carrière de pasteur. Il passa la plus grande partie du trajet à regarder par la vitre et fit à peine attention à Flora.

— Il me semble que Sneller désapprouve cette petite expédition, observa Mrs Smiling comme ils s'éloignaient. Il avait l'air vaguement effaré, avez-vous remarqué ?

— Il m'approuve, moi, parce que j'ai l'air sérieux, dit Flora. Un nez droit est d'un grand secours si on veut avoir l'air sérieux.

— Je n'ai pas envie d'avoir l'air sérieux, dit Mrs Smiling froidement. Il sera largement temps de l'être quand je serai appelée à vous arracher à quelque impossible cousin habitant un trou perdu, lorsque vous ne pourrez plus supporter ni l'un ni l'autre. Avez-vous raconté tout cela à Charles ?

— Grand Dieu ! non, Charles est aussi un cousin. Il pourrait s'imaginer que je veux aller habiter avec lui et cousine Helen dans le Hertfordshire, et que j'amorce une invitation.

— Eh bien, vous le pourriez si vous vouliez, dit Charles, s'arrachant à l'étude des rues illuminées qui défilaient devant lui. Il y a une balançoire dans le jardin, des fleurs de tabac en été, et (sans doute) cela nous plairait à maman et à moi, si cela vous agréait à vous-même.

— Ne dites pas de bêtises… grogna Mrs Smiling. Mais nous voilà arrivés ! Avez-vous pu avoir une table sur le fleuve, Bikki ?

Oui, Bikki avait pu, et bientôt ils furent installés devant une table ornée de fleurs et gaiement éclairée. Sous leurs pieds coulait doucement le fleuve, qu'ils apercevaient à travers le carrelage transparent. Au-delà des parois de verre, ils voyaient passer les chalands, éclairés de leurs pittoresques lanternes rouges et vertes. Dehors, la pluie commençait à tomber et, bientôt, le plafond de verre fut ruisselant de gouttelettes d'argent.

Au cours du souper, Flora fit part à Charles de ses projets. Tout d'abord, il ne répondit rien et elle crut l'avoir choqué, car, si Charles n'avait pas le nez droit, on aurait quand même pu écrire de lui les mots que Shelley s'appliquait à lui-même, dans la préface de *Julian et Maddalo* : « Julian est plutôt sérieux. » Il dit enfin, l'air amusé :

— Eh bien, quand vous en aurez assez, où que vous soyez, téléphonez-moi et je viendrai vous enlever dans mon avion.

— Vous avez vraiment un avion, Charles ? Je ne croyais pas qu'un pasteur en herbe pût posséder un avion. Quelle marque est-ce ?

— Un bimoteur Belisha « Chauve-souris », baptisé *Flic volant II*.

— Mais vraiment, Charles, insista Flora en veine de taquinerie, croyez-vous que ce soit convenable pour un pasteur d'avoir un avion ?

— Et pourquoi non ? fit calmement Charles. En tout cas, faites-moi signe et j'arriverai.

Flora promit, car elle aimait bien Charles, et ils se mirent à danser.

Les quatre amis restèrent longtemps à bavarder devant leurs tasses de café, puis ils s'aperçurent qu'il était trois heures du matin et qu'il était temps de rentrer. Pendant que Charles enveloppait Flora dans son manteau vert, Bikki drapait Mrs Smiling dans le sien, et bientôt ils roulaient vers la maison, à travers les rues ruisselantes de Lambeth, où derrière chaque fenêtre, illuminée de rose, d'orange ou d'or, se donnaient des soirées de bridge, de musique, voire des soirées tout court, et où les vitrines éclairées présentaient à la pluie qui tombait une robe unique ou un cheval de l'époque Tang.

— Voici le Club des anciens diplomates, dit Mrs Smiling, son intérêt s'éveillant soudain à la vue de cette boîte cocasse, avec ses paniers de fleurs métalliques accrochés au rebord des fenêtres, et d'où sortait un flot de musique. Comme je suis contente que Tod me l'ait légué, cela me rapporte tant !

Mrs Smiling, comme tous les gens qui sont passés d'un état de pauvreté désagréable à une délicieuse richesse, ne s'était jamais accoutumée à avoir beaucoup d'argent ; elle se plaisait à l'imaginer coulant entre ses doigts et se réjouissait à l'idée d'être aussi riche. Cela enchantait tous ses amis, qui la regardaient d'un air indulgent, comme on regarde un charmant enfant en train de jouer.

Charles et Bikki prirent congé devant l'entrée, car Mrs Smiling craignait trop Sneller pour les inviter à prendre un dernier verre. Flora grogna que c'était absurde, quoiqu'elle ne se sentît pas très fière en montant l'étroit escalier moquetté de noir pour aller se coucher.

— Demain, j'écrirai mes lettres, dit-elle en bâillant, une main posée sur la mince rampe blanche. Bonne nuit, Mary !

Mary répondit : « Bonne nuit, chérie », et elle ajouta que demain, probablement, Flora se serait ravisée.

2

Flora écrivit tout de même ses lettres dès le lendemain matin. Mrs Smiling ne l'aida pas, car elle s'était rendue dans les bas-fonds de Mayfair à la recherche d'un nouveau modèle de soutien-gorge, remarqué dans une boutique juive en passant en auto. Du reste, elle désapprouvait si entièrement le projet de Flora qu'elle aurait dédaigné de l'aider dans l'élaboration d'une seule phrase onctueuse.

— Je pense que c'est dégradant de votre part, Flora ! s'écria-t-elle au petit déjeuner. Voulez-vous vraiment dire que vous avez l'intention de ne jamais travailler à quoi que ce soit ?

Flora répondit après réflexion :

— Eh bien, quand j'aurai cinquante-trois ans, ou quelque chose comme cela, j'aimerais écrire un roman aussi réussi que *Persuasion*, mais dans un cadre moderne, naturellement ! Pendant les trente ans à venir, je vais collectionner des matériaux. Si quelqu'un me demande à quoi je travaille, je répondrai : « Je me documente. » Personne n'y pourra rien trouver à redire. Du reste, cela sera la vérité !

Mrs Smiling avala une gorgée de café dans un silence réprobateur.

— Si vous voulez savoir, continua Flora, je crois que Mrs Austen et moi, nous avons beaucoup de points communs. Elle voulait que tout soit net, agréable et confortable autour d'elle. Eh bien ! moi aussi. Voyez-vous, Mary… (Et ici Flora commença à se prendre au sérieux et à agiter un doigt.) … si tout n'est pas net, agréable et confortable autour de soi, on ne peut même pas commencer à jouir de la vie. Je ne peux pas supporter le désordre.

— Oh ! moi non plus ! s'écria Mrs Smiling avec ferveur. S'il y a une chose que je déteste, ce sont les complications, et j'imagine que c'est exactement ce que vous allez rencontrer si vous vous obstinez à aller habiter avec un tas d'obscurs cousins.

— Ma décision est prise, aussi cela ne sert à rien de discuter, fit Flora. Après tout, si je découvre que je ne peux pas supporter l'Écosse, ou South Kensington, ou le Sussex, je pourrai toujours rentrer à Londres, céder de bonne grâce et apprendre à travailler comme vous le proposez. Mais cela ne me tente pas beaucoup, car je suis sûre que ce sera plus amusant de séjourner chez l'un de ces épouvantables cousins. Du reste, j'en profiterai pour amasser une quantité de matériaux pour mon roman ; et je découvrirai peut-être que l'un ou l'autre de ces cousins a des complications sentimentales ou des ennuis domestiques que je l'aiderai à arranger.

— Vous avez un complexe de dévouement des plus révoltants, dit Mrs Smiling.

— Ce n'est pas cela du tout, vous le savez bien ! D'une façon générale, je n'aime pas mon prochain, je le trouve trop difficile à comprendre ; mais j'ai de l'ordre dans l'esprit, et les vies désordonnées m'irritent. D'ailleurs, le désordre est un signe de barbarie.

L'introduction de ce mot dans la conversation mit fin comme d'habitude à la discussion, car les deux amies avaient le même mépris pour ce qu'elles qualifiaient de « conduite barbare » : une expression assez vague, qui représentait néanmoins quelque chose de tout à fait précis dans leur esprit.

Sur ce, Mrs Smiling sortit, le visage éclairé de cette expression lointaine qui caractérise le collectionneur sur la piste d'une espèce rare, et Flora se mit à sa correspondance. Les phrases oléagineuses coulèrent aisément de sa plume pendant l'heure qui suivit ; elle mit une pointe d'orgueil à varier le style de chaque lettre, suivant la personnalité du destinataire. Celle qui était adressée à la tante de Worthing était d'une gaieté agressive, atténuée par le chagrin de son deuil récent, exprimé avec toute la retenue qu'on acquiert dans les pensionnats de jeunes filles. Celle qui était destinée à l'oncle vieux garçon en Écosse était doucement enfantine, avec un soupçon de coquetterie : Flora laissait entendre qu'elle n'était qu'une pauvre petite orpheline. Pour la cousine de Kensington, elle rédigea une épître distante, digne, peinée et cependant non dénuée de sens commercial.

C'est en réfléchissant au style à employer vis-à-vis des cousins inconnus et éloignés du Sussex qu'elle fut frappée par la singularité de leur adresse :

Mrs J. Starkadder[1]
Ferme de Froid Accueil
Howling[2]
Sussex

1. *Stark* : sévère, *adder* : vipère. *(N.d.É.)*
2. *Howling* : hurlant. *(N.d.É.)*

Mais elle se souvint que le Sussex, après tout, n'était pas comme les autres provinces. Quand on considérait sérieusement que ces gens habitaient une ferme dans le Sussex, l'adresse n'avait plus rien d'étonnant. Les choses semblaient en quelque sorte prendre plus facilement et plus fréquemment mauvaise tournure à la campagne qu'à la ville... et une telle disposition devait naturellement se refléter dans la nomenclature locale.

Ne sachant de quelle manière s'adresser à ces inconnus, elle finit (car il était près d'une heure et elle était plutôt épuisée) par leur envoyer une très simple lettre expliquant sa situation et demandant une prompte réponse, étant donné que ses projets étaient un peu en l'air et qu'elle avait hâte de savoir ce qu'il adviendrait d'elle.

En revenant à Mouse Place à une heure et quart, Mrs Smiling trouva son amie affalée dans un fauteuil, les yeux fermés, avec, sur les genoux, les quatre lettres prêtes à être postées. Elle avait le teint verdâtre.

— Flora, que se passe-t-il ? Êtes-vous malade ? Avez-vous mal au ventre ? cria Mrs Smiling, affolée.

— Non, c'est-à-dire que je ne suis pas physiquement malade, mais seulement un peu écœurée par la manière dont j'ai réussi ces lettres. Vraiment, Mary... (Flora se redressa, ranimée par ses propres paroles), c'est presque effrayant d'être capable d'écrire d'une manière aussi révoltante et en même temps aussi accomplie. Toutes ces lettres sont des œuvres d'art, sauf peut-être la dernière. Elles sont positivement mielleuses.

— Cet après-midi, observa Mrs Smiling en passant à table, je pense que nous irons voir un film. Donnez ces lettres à Sneller, il les postera pour vous.

— Non, je préfère les mettre moi-même à la poste, dit Flora, peut-être méfiante. Avez-vous trouvé le soutien-gorge, chérie ?

Une ombre glissa sur le visage de Mrs Smiling.

— Non. Cela ne faisait pas mon affaire. C'était une simple variation du modèle Vénus créé par les frères Waber en 1938 ; il avait trois sections élastiques par-devant, au lieu des deux que j'espérais, et je l'ai déjà dans ma collection. Je l'avais seulement aperçu de la voiture en passant, vous vous rappelez ? J'ai été trompée par la manière dont il était présenté dans la devanture. La troisième section était repliée par-derrière, donnant l'impression qu'il n'y en avait que deux.

— Cela l'aurait-il rendu plus rare ?

— Mais bien sûr, Flora ! Les soutiens-gorge à deux sections sont extrêmement rares. J'avais l'intention de l'acheter… mais naturellement c'était inutile.

— Ne vous en faites pas, mon chou. Regardez la jolie couleur de ce vin. Buvez-en, cela vous remontera.

L'après-midi, avant d'aller au Rhodophis, le grand cinéma de Westminster, Flora posta ses lettres.

Deux jours s'étant écoulés sans apporter de réponse, Mrs Smiling exprima l'espoir qu'aucun des cousins ne donnerait signe de vie. Elle ajouta :

— En tout cas, je souhaite que, si certains d'entre eux répondent, cela ne soit pas ces gens du Sussex. Je trouve ces noms abominables, vraiment trop démodés et rebutants.

Flora fut obligée de convenir que les noms n'avaient, en effet, rien d'engageant.

— Je crois que si je découvre que j'ai des cousins au troisième degré, habitant la ferme de Froid Accueil (des jeunes, vous savez, les rejetons de cousine

Judith), qui portent les prénoms de Seth et de Ruben, je déciderai de ne pas y aller.

— Pourquoi dites-vous cela ?

— Oh ! parce que les jeunes gens doués de beaucoup de tempérament qui vivent dans des fermes s'appellent toujours, comme par hasard, Seth ou Ruben, et ce serait vraiment agaçant ! De plus, souvenez-vous que ma cousine se nomme Judith, ce qui est déjà de mauvais augure. Son mari doit sûrement s'appeler Amos. Dans ce cas, ce serait une ferme tout à fait typique… et vous savez ce que cela sous-entend.

Mrs Smiling dit d'un air sombre :

— J'espère qu'il y aura une salle de bains.

— Quelle bêtise, Mary, dit Flora en blêmissant. Naturellement, il y aura une salle de bains. Même dans le Sussex… Non, ce serait vraiment la fin de tout !

— Nous verrons, dit son amie, souvenez-vous de me télégraphier (si toutefois ils répondent et que vous vous décidiez) pour me dire si vos cousins s'appellent Seth ou Ruben, ou si vous avez besoin de bottes solides ou d'autre chose du même genre ; car il y aura sûrement de la boue partout.

Flora acquiesça.

*

*   *

Les espoirs de Mrs Smiling s'effondrèrent. Le matin du troisième jour, un vendredi, quatre lettres arrivèrent à Mouse Place pour Flora – dont une enveloppe jaune de la plus mauvaise qualité, sur laquelle l'adresse était tracée d'une écriture si hérissée et si primitive que le facteur avait eu du mal à la déchiffrer. L'enveloppe était sale ; elle était timbrée de Howling.

— Eh bien ! vous voyez, dit Mrs Smiling quand Flora lui exhiba ce trésor au petit déjeuner, c'est révoltant !

— Attendez une minute que je lise les autres. Nous garderons celle-là pour la bonne bouche. Je vous en prie, taisez-vous. Laissez-moi voir ce que tante Gwen raconte.

Tante Gwen, après avoir fait ses condoléances à Flora – et lui avoir rappelé qu'il fallait faire bonne contenance et être bonne joueuse (« Toujours ces jeux ! » grogna Flora) –, ajoutait qu'elle serait ravie d'avoir sa nièce. Flora trouverait un vrai chez-soi et beaucoup de distractions. Naturellement, elle ne verrait pas d'inconvénient à s'occuper un peu des chiens. L'air de Worthing était stimulant, et il y avait une quantité de jeunes gens gais dans les maisons voisines. La Vallée des roses était toujours pleine de monde et Flora n'aurait jamais le temps de se sentir seule. Peggy, qui était si enthousiasmée par ses éclaireuses, adorerait partager sa chambre avec Flora.

Frissonnant légèrement, Flora passa la lettre à Mrs Smiling, mais cette honnête femme la déçut en remarquant énergiquement :

— Eh bien, je trouve que c'est une très gentille lettre. Vous ne pouviez rien espérer de plus aimable. Après tout, vous ne vous attendiez tout de même pas à ce que ces gens vous offrent exactement le genre de vie dont vous rêvez, n'est-ce pas ?

— Je ne pourrai jamais souffrir de partager ma chambre, dit Flora. Donc cela élimine tante Gwen. Voici la réponse de Mr McKnag, le cousin de papa dans le Perthshire.

Mr McKnag avait été très secoué par la lettre de Flora, tellement secoué que ses anciens malaises étaient réapparus, l'obligeant à s'aliter pendant deux jours. Cela expliquait, et il espérait que cela excusait aussi, le retard de sa réponse à la proposition de Flora. Il serait naturellement charmé de l'accueillir sous son toit, aussi longtemps qu'elle désirerait y abriter les ailes blanches de son adolescence (« Le bon vieil agneau ! » roucoulèrent Flora et Mrs Smiling), mais il craignait que cela ne soit un peu monotone de vivre sans autre compagnie que la sienne (il était si souvent alité avec ses vieux malaises), celle de son domestique Hoots[1] et celle de la femme de charge qui était âgée et un peu sourde. La maison était à sept kilomètres du plus proche village ; cela aussi pourrait être un désavantage. Cependant, si Flora aimait les oiseaux, il y avait d'intéressantes études à faire sur leurs mœurs dans les marais qui entouraient la maison de trois côtés. Il était contraint de terminer là sa lettre, car il sentait son malaise le reprendre, et il restait affectueusement sien.

Flora et Mrs Smiling se regardèrent en secouant la tête.

— Voilà, vous voyez, dit une fois de plus Mrs Smiling, ils sont tous absolument impossibles. Vous feriez beaucoup mieux de rester ici avec moi et d'apprendre à travailler.

Mais Flora lisait déjà la troisième lettre. La cousine de sa mère à Kensington disait qu'elle serait très contente d'avoir Flora, mais qu'il y avait une petite difficulté au sujet de la chambre. Peut-être Flora ne verrait-elle pas d'inconvénient à utiliser le grand grenier qui servait à présent comme salle de réunion à la société L'Étoile d'Orient à l'Ouest tous les mardis et à la Ligue des investigateurs du spiritisme tous les vendredis. Elle espérait que Flora

1. *Hoot* : hululer. (*N.d.É.*)

n'était pas sceptique, car il se produisait parfois des manifestations occultes dans le grenier, et la moindre trace de scepticisme dans l'atmosphère de la pièce nuisait aux fluides et empêchait les phénomènes dont l'observation procurait à la société tant de preuves de valeur en faveur de l'immortalité. Flora verrait-elle une objection à ce que le perroquet gardât son coin dans le grenier ? Il y avait été élevé et, à son âge, le choc d'un déménagement pourrait lui être fatal.

— Vous voyez, de nouveau, il faudrait partager ma chambre, dit Flora. Les phénomènes, cela m'est égal, mais le perroquet, je n'en veux pas.

— Ouvrez vite celle de Howling, soupira Mrs Smiling en venant s'asseoir à côté de Flora.

La dernière lettre était écrite sur un papier rayé bon marché d'une écriture ferme, mais peu instruite :

Chère nièce,

Tu viens enfin réclamer tes droits. Voilà vingt ans que j'attendais que l'enfant de Robert Poste nous donne signe de vie. Enfant, mon époux a causé une fois un grand tort à ton père. Si tu viens chez nous, j'essaierai de réparer ; mais tu ne dois jamais me demander quoi. Mes lèvres sont scellées. Nous ne sommes pas comme les autres gens peut-être, mais il y a toujours eu des Starkadder à Froid Accueil et nous ferons de notre mieux pour recevoir l'enfant de Robert Poste.

Enfant, enfant, si tu viens dans cette maison maudite, qu'est-ce qui pourra te sauver ? Peut-être pourras-tu nous secourir quand notre heure aura sonné.

Ta tante affectionnée,
Judith STARKADDER

La tournure inattendue de cette épître souleva un vif intérêt chez Flora et Mrs Smiling. Elles furent d'accord pour reconnaître qu'au moins elle avait le mérite de garder le silence en ce qui concernait la chambre à coucher.

— Et il n'est pas non plus question de guetter les oiseaux dans les marais ou de distractions de cet ordre, dit Mrs Smiling. J'aimerais bien savoir ce que son mari a fait à votre père. Avez-vous jamais entendu parler d'un Mr Starkadder ?

— Jamais. Les Starkadder sont seulement des parents par alliance. Cette Judith est une fille de la sœur aînée de maman, Ada Doom[1]. Judith est donc, en réalité, ma cousine et non ma tante. Je suppose qu'elle a confondu et il n'y a là rien d'étonnant, car les conditions dans lesquelles elle a l'air de vivre sont vraisemblablement une source de confusion… Tante Ada Doom a toujours été une âme en peine et maman ne pouvait pas la supporter, parce qu'elle était entichée de la campagne et portait des chapeaux bizarres. Elle a fini par épouser un fermier du Sussex. Je suppose qu'il était affublé du nom de Starkadder. Peut-être que la ferme appartient maintenant à Judith et que son mari, enlevé à une tribu voisine au cours d'une razzia, a été obligé de prendre son nom. Ou bien elle a peut-être tout simplement épousé un autre Starkadder. Je me demande ce qu'est devenue tante Ada. Elle doit être assez âgée maintenant, elle avait environ quinze ans de plus que maman.

— L'avez-vous jamais rencontrée ?

— Non, heureusement, je n'ai jamais rencontré aucun d'eux. J'ai trouvé leur nom dans le carnet d'adresses de maman ; elle leur envoyait des cartes à chaque Noël.

1. *Doom* : catastrophe. (*N.d.É.*)

— Eh bien, dit Mrs Smiling, cela a l'air d'un endroit effrayant, mais pas de la même manière que les autres. Je veux dire que cela a l'air à la fois intéressant et effrayant, tandis que les autres ne sont qu'effrayants. Si vous avez vraiment l'intention de partir quelque part, je crois que vous feriez bien de choisir le Sussex. De toute façon, vous en aurez vite assez et quand vous aurez expérimenté la vie avec vos cousins, vous serez toute prête à revenir ici raisonnablement pour apprendre à travailler.

Flora jugea plus sage d'ignorer la dernière partie de ce discours.

— Oui, je crois que j'irai dans le Sussex, Mary. Je suis impatiente de savoir ce que cousine Judith entend par mes droits. Croyez-vous qu'il s'agisse d'argent ? Ou peut-être d'une petite maison ? J'aimerais encore mieux cela. En tout cas, je verrai bien quand j'y serai. Quand me conseillez-vous de partir ? Nous sommes vendredi. Si je partais mardi, après le déjeuner ?

— Vous n'y resterez probablement pas plus de trois jours. Alors quelle importance a la date de votre départ ? Vous êtes très impatiente, n'est-ce pas ?

— Je tiens à mes droits, dit Flora. Il s'agit probablement de quelque chose de tout à fait inutile, par exemple un tas d'hypothèques sans valeur ; mais si cela m'appartient, j'ai l'intention de le réclamer... Maintenant, allez-vous-en, Mary, car il faut que je réponde à toutes ces bonnes âmes et cela prendra du temps.

Flora n'avait jamais été capable de comprendre le fonctionnement d'un indicateur de chemin de fer et elle était trop orgueilleuse pour s'adresser à Mrs Smiling ou à Sneller ; aussi demanda-t-elle à sa cousine Judith de bien vouloir lui indiquer à quelle heure il y avait des trains pour Howling, qui viendrait la chercher à la gare, et comment.

Il est vrai que, dans les romans traitant de la vie campagnarde, personne n'avait jamais la courtoisie d'aller attendre un voyageur, sauf s'il s'agissait de couper l'herbe sous le pied d'autres membres de la famille, dans un but de sordide intérêt. Mais après tout, il n'y avait aucune raison pour que les Starkadder ne commencent pas à prendre des habitudes civilisées. Aussi écrivit-elle sans ambages : « Faites-moi savoir quels sont les trains pour Howling auxquels vous pourriez venir me chercher » et, là-dessus, elle cacheta sa lettre avec un sentiment de profonde satisfaction. Sneller la mit à la poste à temps pour la levée du soir.

*

* *

Le temps passa agréablement pour Mrs Smiling et Flora pendant les deux jours qui suivirent. Le matin, elles se rendaient au River Park Club pour patiner, avec Charles, Bikki, et un autre pionnier surnommé Swooth qui arrivait du Tanganyika. Malgré la jalousie féroce qui existait entre lui et Bikki et qui leur infligeait d'affreux tourments, Mrs Smiling les tenait tous deux si bien en main qu'ils n'osaient pas avoir l'air malheureux. Chacun à son tour, ils faisaient le tour de la piste avec Mrs Smiling, la main dans la main, tandis qu'elle leur racontait ses inquiétudes au sujet d'un troisième pionnier, nommé Goofi, qui voguait vers la Chine et dont elle n'avait pas de nouvelles depuis dix jours.

— J'ai peur que le pauvre petit ne se ronge le sang, dit-elle d'un air vague. (C'était sa manière d'insinuer que Goofi s'était probablement suicidé, à cause de sa passion sans espoir.)

Bikki et Swooth, qui savaient par expérience personnelle que la chose était bien possible, répondaient légèrement : « À votre place, Mary, je ne me tourmenterais pas », et chacun se sentait plus heureux en pensant aux souffrances de Goofi.

L'après-midi, ils faisaient tous les cinq un tour en avion. Ou bien ils allaient au Jardin zoologique, ou au concert. Le soir, ils se rendaient à quelque réception, ou plutôt les deux pionniers accompagnaient Mrs Smiling à ses soirées, où d'autres jeunes gens encore tombaient amoureux fous d'elle ; tandis que Flora, qui détestait ce genre de distractions, dînait tranquillement avec des hommes intelligents – ce qu'elle appréciait fort, car cela lui donnait l'occasion de se mettre en valeur et de parler d'elle-même.

Le lundi soir, aucune lettre n'était encore arrivée à l'heure du thé, et Flora pensait que son départ serait sans doute retardé jusqu'au mercredi. Mais la dernière distribution lui apporta une carte postale flétrie, et elle s'apprêtait à la lire, à dix heures et demie, au retour d'un de ses dîners-exhibition, lorsque Mrs Smiling rentra, dégoûtée de la soirée désagréable qu'elle venait de passer.

— Est-ce que votre carte vous donne l'heure des trains, mon chou ? demanda-t-elle. Ce qu'elle est sale, n'est-ce pas ? C'est tout de même regrettable que les Starkadder soient incapables d'envoyer une lettre propre.

— Il n'y a rien au sujet des trains, répondit Flora avec froideur. Autant que je puisse en juger, il me semble qu'il s'agit plutôt de quelques versets de l'Ancien Testament avec lesquels, je vous l'avoue, je ne suis guère familiarisée. Il y a aussi une répétition de l'affirmation qu'il y a toujours eu des Starkadder à Froid Accueil, bien que je ne saisisse pas pourquoi il est nécessaire d'insister là-dessus.

— Oh ! ne me dites pas que c'est signé Seth ou Ruben ! cria Mrs Smiling, feignant l'effroi.

— Ce n'est pas signé du tout. J'en conclus que cela vient de quelque membre de la famille qui ne goûte guère la perspective de ma visite. Je crois distinguer, entre autres, une allusion aux vipères. Il aurait été davantage de circonstance de me donner l'horaire des trains, mais je suppose que ce n'est pas très logique de s'attendre à un pareil souci des petits détails, de la part d'une famille maudite en plein Sussex. Mais tant pis, Mary, je partirai demain après le déjeuner comme convenu et je leur enverrai une dépêche pour leur annoncer mon arrivée.

— Pourquoi ne prendriez-vous pas l'avion ?

— Il n'y a pas de terrain d'atterrissage plus proche que Brighton. Du reste, je dois faire des économies. Faites-moi un itinéraire avec Sneller, cela vous amusera tous les deux.

— Naturellement, chérie, dit Mrs Smiling, qui commençait à se sentir un peu triste à l'idée de perdre son amie. Mais je préférerais que vous restiez.

Flora mit la carte au feu ; sa résolution restait inébranlable. Le lendemain matin, Mrs Smiling chercha les trains pour Howling pendant que Flora surveillait Riante, la femme de chambre qui faisait les valises. Mrs Smiling ne trouva pas un grand réconfort dans l'étude de l'indicateur, cela lui semblait encore plus compliqué qu'à l'ordinaire. En effet, depuis que les grandes routes aériennes et les autostrades s'étaient approprié les trois quarts des voyageurs, les compagnies de chemin de fer survivantes avaient sombré dans une mélancolie résignée ;

leur littérature était envahie d'un désespoir immuable qui atteignait jusqu'aux indicateurs. Il existait bien un train au départ du pont de Londres à une heure et demie pour Howling, mais c'était un omnibus. Il arrivait à Godmere à trois heures. À Godmere, le voyageur devait prendre un autre train. C'était encore un omnibus. Il arrivait à Beershorn à six heures. Beershorn était la dernière station indiquée. Quant à Howling, les explications s'y rapportant se bornaient à cette simple phrase laconique : « Howling (voir Beershorn) », qui semblait se moquer du voyageur en tant que prétentieuse entité.

Flora décida donc d'aller jusqu'à Beershorn et, là, de tenter sa chance.

— J'espère que Seth ira à votre rencontre avec le break, dit Mrs Smiling, pendant leur déjeuner matinal.

À ce moment-là, le moral de Flora était assez bas ; en effet, la pensée d'abandonner les petites maisons gaies de Lambeth qu'elle voyait par la fenêtre, toutes baignées d'un soleil pâle, les tours en avion avec Mrs Smiling et les dîners-exhibition pour les rigueurs de Froid Accueil et la grossièreté des Starkadder n'avait rien de réjouissant.

Elle répondit sèchement à la pauvre Mrs Smiling :

— Il n'existe pas de breaks dans le Sussex, Mary. Ne lisez-vous donc jamais autre chose que *Le Parfait Soutien-Gorge*, par Haussman-Haffnitz ? Les breaks sont une exclusivité irlandaise. Si jamais Seth vient à ma rencontre, ce sera dans une carriole.

— Après tout, j'espère qu'il ne s'appellera pas Seth, dit Mrs Smiling avec ferveur. Si c'est le cas, Flora, souvenez-vous de me télégraphier séance tenante, ainsi que pour les bottes de caoutchouc.

Flora s'était levée, car la voiture était à la porte. Elle enfonça son chapeau sur sa chevelure d'or sombre.

— Je vous télégraphierai, dit-elle, mais je ne vois pas à quoi cela servira.

Elle se sentait profondément déprimée ; et cette sensation déplaisante était augmentée par le fait qu'elle devait à sa propre obstination de se trouver au seuil de cette aventure absurde et désagréable.

— Si, cela servira parce que je pourrai vous envoyer des choses.

— Quelles choses ?

— Eh bien, des vêtements convenables et des journaux de mode amusants.

— Charles viendra-t-il à la gare ? demanda Flora en montant dans la voiture.

— Il a dit qu'il essaierait. Pourquoi ?

— Oh… je ne sais pas. Je le trouve amusant et je l'aime bien.

La traversée de Lambeth ne fut marquée d'aucun incident ; Flora constata seulement qu'un magasin de fleuriste nommé Orchidée et Cie avait été ouvert à l'emplacement du vieux poste de police de Caroline Place.

Puis la voiture entra dans la cour de la gare : le train était là, ainsi que Charles qui portait une gerbe de fleurs, et Bikki et Swooth qui paraissaient enchantés du départ de Flora, car Mrs Smiling (ils l'espéraient fiévreusement du moins) aurait davantage de temps à leur consacrer. « C'est curieux comme l'amour détruit tout vestige de cette politesse que la race humaine a eu tant de peine à acquérir au cours de son évolution, réfléchit Flora, observant de la fenêtre de son compartiment les visages de Bikki et de Swooth. Si je leur annonçais que Mig arrive demain de l'Ontario ? Non, il vaut mieux pas, ce serait du sadisme. »

— Au revoir, chérie ! cria Mrs Smiling au moment où le train s'ébranlait.

— Au revoir ! dit Charles, déposant ses jonquilles, qu'il avait oubliées jusqu'alors, dans les bras de Flora. N'oubliez pas de me téléphoner si vous en avez vraiment assez, je viendrai vous chercher avec *Flic volant II*.

— Je n'oublierai pas, mon petit Charles. Merci beaucoup, mais je suis sûre que je trouverai cela très amusant et pas du tout au-dessus de mes forces.

— Adieu ! crièrent Bikki et Swooth, couvrant hypocritement leur visage d'une apparence de regret.

— Adieu, n'oubliez pas de donner à manger au perroquet ! cria Flora qui, en voyageuse civilisée, détestait prolonger les cérémonies d'adieux.

Du quai qui s'éloignait rapidement, la réponse qu'elle attendait lui parvint dans un hurlement.

— Quel perroquet ?

Mais ce n'était plus la peine de répondre. Flora se contenta de murmurer :

— Oh ! n'importe lequel, Dieu vous bénisse !

Après un dernier signe affectueux de la main vers Mrs Smiling, elle se retira dans le compartiment et, ouvrant un journal de mode, s'installa pour le voyage.

3

L'aube rampa sur la lande comme un sinistre animal blanc, poursuivi par le vent qui, en rugissant, se frayait un passage à travers les sombres buissons de ronces. Le vent semblait être la voix furieuse de cet animal lumineux et insinuant qui enveloppait les lucarnes, les gouttières et les chatières de Froid Accueil.

La ferme se trouvait sur un morne coteau, d'où les champs, hérissés de silex, dégringolaient vers le village de Howling, à un kilomètre de distance. Les étables et les granges formaient un octogone irrégulier autour de la ferme, qui elle-même dessinait un vague triangle. L'angle gauche du triangle joignait l'extrême pointe de l'octogone, représentée par l'étable à vaches, parallèle à la grange principale. Les dépendances étaient bâties en torchis, avec des toits de chaume, tandis que la ferme elle-même était construite en partie en silex du pays, cimenté, et en partie en une certaine pierre apportée d'Écosse à grands frais et peine.

Le bâtiment de la ferme était une construction longue et basse, avec deux étages à certains endroits et trois à d'autres. À l'origine, Édouard VI y avait logé ses porchers, mais il s'en était lassé et l'avait fait rebâtir en argile du Sussex. Puis il l'avait fait démolir.

Élisabeth l'avait rebâti en l'agrémentant, ici et là, de nombreuses cheminées. Les Charles qui s'étaient succédé ensuite l'avaient laissé tranquille ; mais Guillaume et Mary l'avaient démoli de nouveau, et George Ier l'avait rebâti. Puis George II l'incendia. George III y ajouta une aile que George IV s'empressa de démolir.

À l'époque où l'Angleterre connut sous le règne de la reine Victoria cette magnifique floraison du commerce et de l'expansion impériale, il ne restait guère du bâtiment originel que la légende de son immémoriale existence.

À présent, la ferme, abritée par la colline de Mock-Uncle[1], se présentait accroupie comme un animal prêt à bondir. Comme des fantômes encastrés dans la brique et la pierre, les variations architecturales de chaque période écoulée étaient de silencieux témoignages de l'Histoire. Dans la région, la ferme était connue sous le nom de « Caprice des rois ».

Derrière la maison, le portail faisait face à un champ labouré parfaitement inaccessible. Ainsi l'avait voulu la fantaisie de Raleigh Starkadder le Rouge en 1835 ; pour cette raison, la famille avait pris l'habitude d'entrer par la porte de service, qui donnait sur la grande cour, face à l'étable. Au deuxième étage, un long couloir traversait l'habitation jusqu'à mi-chemin et s'arrêtait là. Par cette voie, les greniers étaient hors d'atteinte. Tout cela était très compliqué.

Augmentant avec la lumière sans éclat qui envahissait le ciel, la solennelle voix de la mer, qui, à deux kilomètres de là, s'écroulait en plis anguleux sur l'étendue miroitante de la plage, parvenait comme le sifflement d'un serpent torturé.

1. *Mock uncle* : faux oncle. (*N.d.É.*)

Sous le dôme menaçant du ciel, un homme labourait le champ au-dessus de la ferme, où, dans la lumière croissante, les silex brillaient de l'éclat blanc des ossements. La cascade glaciale du vent culbutait par-dessus sa tête, pendant que l'homme guidait la charrue dans les sillons caillouteux. De temps à autre, il interpellait rudement ses bêtes :

— Allez, hop, Laborieux ! Holà, Arsenic, hue ! hue !

Mais la plupart du temps il travaillait dans un silence que rien ne troublait. La lumière ne révélait de son visage qu'une boursouflure grisâtre, aussi dénuée d'expression que la terre qu'il labourait, et qu'animaient à peine deux yeux amorphes.

De temps à autre, lorsqu'il atteignait l'angle du champ, et que pour retourner le soc de sa charrue il devait le pencher presque sur l'axe, il jetait un coup d'œil sur la ferme, tapie sur l'épaule décharnée de la colline, et une lueur avide éclairait un instant ses yeux ternes. Puis il se retournait de nouveau, fixant le passage tortueux du soc à travers la terre meuble, et murmurait : « Holà ! Arsenic ! Vas-y, Laborieux », tandis que la clarté acide s'épanouissait en pleine lumière.

En raison de la disposition particulière des dépendances de la ferme, la lumière mettait toujours plus de temps à atteindre la cour que le reste de la maison. Même lorsque les rayons du soleil avaient pénétré depuis longtemps à travers les toiles d'araignée des fenêtres supérieures, la cour était toujours baignée d'une brume bleutée. En ce moment, l'ombre y régnait encore, mais de vifs éclats jaillissaient déjà des bidons à lait rangés devant l'étable.

En quittant la maison par la porte de derrière, on arrivait à un mur de pierre qui traversait la cour et tournait brusquement à angle droit, juste avant d'atteindre l'étable où logeait le taureau, puis qui redescendait vers la grille du jardin à l'abandon, où s'étouffaient les mauves, les chiendents et les navets du diable. L'étable du taureau joignait le coin droit de la laiterie, qui faisait face à l'étable des vaches. Celle-ci regardait la maison, mais la porte de derrière faisait face à l'étable du taureau. De là, une grange au long toit s'étendait sur toute la longueur de l'octogone, jusqu'à la porte de devant. Là, elle faisait un tournant brusque et s'arrêtait. La laiterie avait un emplacement incommode ; cela avait été la grosse préoccupation du vieux Fig Starkadder, dernier propriétaire de la ferme, mort trois ans plus tôt. Elle donnait sur la porte de devant, en face de la pointe extrême du triangle que formaient les anciens bâtiments. De la laiterie, un mur, qui constituait la limite droite de l'octogone, joignait l'étable du taureau et la porcherie à l'extrémité de la pointe droite du triangle. Un escalier, mis là pour ajouter aux complications, courait parallèlement à l'octogone autour de la moitié de la cour, contre le mur qui conduisait à la grille du jardin.

De l'intérieur malodorant de l'étable parvenait régulièrement le « ping » du lait jaillissant contre le métal. Le seau était serré entre les genoux d'Adam Lambsbreath[1] dont la tête était enfoncée dans le flanc de Paresseuse, la grosse vache de Jersey. Ses mains noueuses tiraient mécaniquement sur les pis tandis qu'un murmure plaintif, aussi inconscient que le vent de la lande, s'échappait de ses lèvres. Il était à demi assoupi. Il avait été éveillé toute la nuit, errant en pensée sur les épaules dénudées des collines, à la poursuite de son oiseau sauvage, de sa petite fleur… Elfine. Ce nom, aussi vif et musical qu'une perle scintillante libérée du collier dansant d'une fontaine,

1. *Lambsbreath* : haleine d'agneau. (*N.d.É.*)

résonna dans l'air rance de l'étable comme s'il avait été prononcé.

Les bêtes se tenaient tristement, la tête baissée sur l'auge de leur stalle. Disgracieuse, Insoucieuse et Dédaigneuse attendaient leur tour d'être traites. De temps en temps, avec un bruit râpeux et aigu comme celui d'une lime passée dans la soie, Dédaigneuse promenait maladroitement sa langue rêche sur le flanc osseux de Paresseuse, toujours humide de la pluie tombée cette nuit à travers le toit ; ou bien Insoucieuse levait ses larges yeux inexpressifs vers le râtelier au-dessus de sa tête, d'où elle arrachait une bouchée de toiles d'araignée. Une lueur faible, humide et trouble, analogue à celle qui brille sous les paupières d'un homme fiévreux, baignait l'étable.

Soudain, un beuglement torturé, une rugissante vague de bruit qui déchirait la quiétude du matin, se fraya un chemin à travers la cour et mourut dans un râle qui était presque un sanglot. C'était Gros-Bonnet, le taureau, qui s'éveillait à une journée nouvelle, dans la sombre moiteur de sa cellule.

Le bruit réveilla Adam. Il retira sa tête du flanc de Paresseuse et regarda autour de lui, un instant abasourdi, puis ses yeux qui, dans sa figure primitive, paraissaient petits, larmoyants et sans vie perdirent lentement leur expression peureuse : il réalisa qu'il était dans l'étable, à six heures et demie d'un matin d'hiver, et que ses doigts noueux étaient occupés à la tâche qu'ils exécutaient à la même heure et à la même place depuis quatre-vingts ans et plus.

Il se leva avec un soupir et passa à Insoucieuse qui grignotait la queue de Disgracieuse.

Adam, que des liens forgés par la terre et le travail en commun unissaient aux bêtes, la lui enleva de la gueule et mit à la place son foulard – le dernier qu'il possédait. Elle le mâchouilla tandis qu'il la trayait, mais dès qu'il passa à Dédaigneuse, elle s'empressa de le recracher furtivement et de le cacher sous la paille puante, d'un coup de sabot. Elle ne voulait pas faire de la peine au vieux en refusant de manger son cadeau. Il existait un lien étroit, une chaîne longue, profonde, primitive, silencieuse et pesante entre Adam et toutes les bêtes vivantes. Ils connaissaient leurs simples besoins mutuels. La terre avec laquelle ils avaient toujours été en contact les avait imprégnés de ses ancestrales et ardentes simplicités.

Soudain, une ombre se dressa entre les montants de bois de la porte. Elle ne se manifesta que par un assombrissement des pâles reflets du jour qui baignaient l'étable. Mais toutes les vaches se raidirent instinctivement, et les yeux d'Adam, lorsqu'il se redressa pour faire face au nouveau venu, furent de nouveau contractés de crainte.

— Adam, dit la femme qui se tenait sur le seuil, combien de seaux de lait y aura-t-il ce matin ?

— J'en sais rien, répondit Adam d'un ton servile. C'est pas facile à dire. Si notre Dédaigneuse est remise de son indigestion, peut-être qu'il y en aura quatre. Si elle n'est pas guérie, peut-être bien trois.

Judith Starkadder eut un mouvement d'impatience. Ses grandes mains avaient le don, au moindre geste, de paraître embrasser de vastes horizons. Son buste, enveloppé d'un châle cramoisi qui protégeait ses magnifiques épaules désabusées du froid sec de l'air matinal, semblait immense. Elle paraissait apte à tenir n'importe quel rôle, si dramatique fût-il.

— Bien, tirez autant de seaux que vous pourrez, dit-elle avec calme et en commençant à se détourner. Mrs Starkadder m'a posé des questions hier au sujet du lait. Elle a fait des comparaisons entre notre production et celle des autres fermes des environs, et elle prétend que notre taux est inférieur de cinq seizièmes de seau à ce qu'il devrait être, compte tenu du nombre de vaches que nous avons !

Un étrange voile passa sur les yeux d'Adam, lui donnant le regard morne et primitif qu'on voit aux lézards dans la chaleur engourdissante des pays du Sud. Mais il ne dit mot.

— Autre chose encore, poursuivit Judith, vous aurez probablement à mener la voiture à Beershorn, au train du soir. L'enfant de Robert Poste vient passer quelque temps avec nous. Je pense savoir dans la matinée à quelle heure elle arrivera. Je vous en reparlerai plus tard.

Adam se blottit contre le flanc crotté d'Insoucieuse.

— Faut-il ? demanda-t-il piteusement, faut-il, Miss Judith ? Oh ! ne m'y envoyez pas. Je ne pourrai jamais regarder en face sa petite tête de fleur, quand je sais ce que je sais ! Oh ! ne m'y envoyez pas. D'abord, ajouta-t-il, devenu plus pratique, voilà près de soixante-cinq ans que je n'ai pas touché une paire de rênes, et je pourrais renverser la demoiselle.

Judith, qui s'était lentement éloignée de lui pendant qu'il parlait, se trouvait à présent au milieu de la cour. Elle tourna la tête pour lui répondre, d'un mouvement lent et gracieux. Sa voix profonde résonna comme une cloche dans l'air glacé.

— Non, Adam, vous devez y aller. Vous devez oublier ce que vous savez, comme nous le devons tous, pendant qu'elle sera ici. Quant à la voiture, vous n'avez qu'à atteler Vipère et à la conduire à Howling six fois aller et retour cet après-midi, pour vous refaire la main.

— Et Mr Seth, il ne pourrait pas y aller à ma place ?

L'émotion secoua la douloureuse expression figée sur les traits de Judith. Elle répondit d'une voix basse et sèche :

— Vous vous rappelez ce qui est arrivé lorsqu'il est allé à la rencontre de la nouvelle servante… Non, il faut que ce soit vous !

Les yeux d'Adam, semblables, dans sa face primitive, à des étangs aveugles, devinrent subitement rusés.

Il se retourna vers Dédaigneuse, et se remit à tirer mécaniquement sur le pis tout en répondant d'une voix chantonnante :

— Eh bien, j'irai, Miss Judith. Je ne sais pas combien de fois j'ai pensé que ce jour-là viendrait… Et voilà que je dois ramener l'enfant de Robert Poste à Froid Accueil. Ah, que c'est drôle ! De grain en fleur, de fleur en fruit, de fruit en ventre. Et ainsi va la vie !

Pataugeant dans la boue et les ordures, Judith avait traversé la cour et entrait maintenant dans la maison par la porte de derrière. Dans la grande cuisine qui occupait presque la moitié du rez-de-chaussée brûlait un feu maussade dont la fumée flottait le long des murs noircis. Le couvert était grossièrement mis sur une table de bois blanc, brunie par l'âge et la crasse. Une marmite pleine d'un épais porridge pendait au-dessus du feu. Accoudé au manteau de la cheminée, et contemplant d'un air boudeur le bouillonnement de la marmite, se tenait un grand gaillard dont les bottes étaient éclaboussées de boue jusqu'aux cuisses et dont la rude chemise de lin était ouverte jusqu'à la taille. La lueur du feu éclairait les muscles de son torse qui palpitaient lentement au même rythme saccadé que le porridge. Il leva la tête à l'entrée de Judith et, sans rien dire, émit un brusque rire de défi.

Judith s'avança lentement jusqu'à lui. Ils étaient de la même taille. Ils restèrent silencieux, elle le regardant et lui regardant les crevasses mystérieuses qui se formaient à la surface du porridge.

— Eh bien, ma mère, dit-il enfin, me voici, vous voyez ! J'ai dit que je serais à l'heure pour le petit déjeuner et j'ai tenu parole.

Sa voix basse avait un son rauque et animal. Elle donnait une impression de chaleur moqueuse qui, par sa volupté caressante, atténuait la rudesse extérieure de l'homme.

Le souffle de Judith se manifestait en longs tressaillements. Elle enfonça plus profondément les bras sous son châle. Le porridge fit un saut plein de sous-entendus menaçants. Il semblait presque doté d'existence tant ses mouvements paraissaient se conjuguer avec les pulsations des passions humaines au-dessus de lui.

— Brute, dit enfin Judith posément, lâche, menteur, débauché ! Avec qui étais-tu la nuit dernière : Moll du Moulin, ou Violette du presbytère, ou peut-être Yvette de la quincaillerie ? Seth, mon fils… (Sa voix profonde et sèche se mit à trembler, mais elle se maîtrisa et les mots qui suivirent le cinglèrent comme un fouet.) Veux-tu briser mon cœur ?

— Oui, dit Seth avec une simplicité élémentaire.

Le porridge déborda. Judith s'agenouilla. Hâtivement et distraitement, elle le ramassa par terre et, avalant ses larmes, le remit dans la marmite.

Pendant qu'elle était ainsi occupée, on entendit un bruit confus de voix et de bottes dans la cour. C'étaient les hommes qui venaient prendre le petit déjeuner. Leur repas était servi sur un long tréteau, au fin fond de la cuisine, aussi loin du feu que possible. Ils entrèrent dans la pièce en petits groupes empruntés. Ils étaient onze. Cinq d'entre eux étaient des cousins éloignés des Starkadder et deux autres étaient les demi-frères d'Amos, le mari de Judith. Quatre journaliers seulement n'avaient aucun lien de parenté avec la famille. On comprendra donc facilement que l'atmosphère générale manquât de gaieté.

Mark Dolour, l'un des quatre, avait fait, paraît-il, cette réflexion : « Si par hasard, nous onze, on avait été autrement, on aurait pu faire une équipe de football, avec moi pour arbitre. Comme cela se trouve, cela nous conviendrait mieux de nous louer comme porteurs de cercueils, à cent sous le kilomètre. »

Les cinq demi-cousins et les deux demi-frères s'avancèrent vers la table, car ils prenaient leurs repas avec la famille. Amos aimait avoir son clan autour de lui, bien qu'il ne l'avouât jamais, et ne manifestât pas plus de gaieté pour cela. Un fort air de famille était commun aux uns et aux autres de ces sept visages durs et hâlés, telle une lueur capricieuse.

Micah Starkadder, le plus imposant des cousins, paralysé d'un genou et d'un poignet, était une géante ruine d'homme. Son neveu Urk, petit homme rouge et racorni, avait des oreilles de renard ; son frère Ezrah était de même type physique, mais plus proche du cheval que du renard. Caraway, être silencieux, rongé par le vent, maigre, avec de longs doigts hésitants, avait un peu de la grâce animale de Seth ; son fils, Harkaway, jeune homme silencieux, nerveux et sujet à des crises de fureur pour des questions de peu d'importance, lui ressemblait. Luc et Mark, les demi-frères d'Amos, étaient des hommes trapus, rudes, aux traits saillants, qui ne perdaient jamais de vue les plaisirs du lit et ceux de la table.

Lorsqu'ils furent tous installés, deux ombres voilèrent la froide lumière aiguë que déversait la porte. Ce n'était que l'approche de deux présences humaines, mais le porridge déborda de nouveau.

Amos Starkadder et son fils aîné Ruben firent leur entrée.

Amos, encore plus imposant mais d'allure plus délabrée que Micah, mit sa serpette et sa faucille dans un coin, près du feu, où Ruben déposa aussi le soc avec lequel il venait de labourer.

Les deux hommes prirent place à table, et après qu'Amos eut murmuré un long et fervent bénédicité, le repas fut mangé en silence.

Seth, l'air sombre, nouait et dénouait une écharpe verte autour du cou puissant et magnifique qu'il avait hérité de sa mère. Il ne toucha pas à son porridge. Judith fit seulement semblant de manger le sien, le tapotant, jouant avec sa cuillère et construisant rêveusement des pâtés avec les morceaux brûlés. Son regard flamboyant sous les paupières baissées s'égarait parfois du côté de Seth, qui semblait, avec ses vêtements lâches et son allure débraillée, se complaire nonchalamment dans l'orgueil de sa virilité. Puis les yeux de Judith, sombres comme ceux d'un serpent capturé, glissaient autour de la pièce, s'arrêtaient sur la poignante tête blanche et le cou rouge et fripé d'Amos, son mari, et se dissimulaient de nouveau à l'abri des paupières. Ses lèvres se gonflaient comme pour retenir quelque pensée secrète.

Soudain, Amos, lâchant des yeux sa nourriture, demanda :

— Où est Elfine ?

— Elle n'est pas encore levée. Je ne l'ai pas réveillée. Elle est plus encombrante qu'utile le matin.

Amos grogna :

— C'est une habitude pas chrétienne de traîner au lit les jours de semaine, et les flammes brûlantes des feux éternels de la colère de Dieu guettent les paresseux. Ouais !

Son regard bleu qui lançait des éclairs vira et se fixa sur Seth, occupé à regarder subrepticement sous la table une collection de photos d'art parisiennes.

— Ouais, et ceux qui n'observent pas le septième commandement aussi. Et ceux… (Son regard se posa sur Ruben, qui étudiait avec une lueur d'espoir la figure apoplectique de son père.) … et ceux qui attendent de chausser les souliers d'un mort.

— Allons, Amos, mon gars, protesta lourdement Micah.

— Tiens ta langue, gronda Amos, et Micah, bien qu'un tremblement farouche secouât sa carrure puissante, se tut.

Le repas terminé, les journaliers s'en allèrent d'un commun accord ramasser les rutabagas, travail prévu pour la journée. La récolte battait son plein, elle était longue et difficile. À leur tour, les Starkadder se levèrent et sortirent sous la fine pluie qui s'était mise à tomber. Ils avaient entrepris de creuser un puits à côté de la laiterie ; le travail était commencé depuis un an, mais il n'avançait pas vite, car tout allait de travers. Un jour, un terrible jour où la nature semblait retenir son souffle pour le relâcher ensuite dans une fureur de tempête, Harkaway était tombé dans l'excavation. Une autre fois, Harkaway y avait poussé Caraway. Malgré tout, il était presque terminé, et tout le monde sentait qu'il n'y en avait plus pour longtemps.

Au milieu de la matinée, une dépêche de Londres annonça que la visite attendue arrivait par le train de six heures.

Judith était seule lorsqu'elle la reçut. Longtemps après l'avoir lue, elle resta immobile, la pluie qui pénétrait par la porte battant contre son châle rouge. Puis, lentement, à pas traînants, elle monta l'escalier qui menait à l'étage supérieur. Par-dessus son épaule, elle dit au vieil Adam, qui était rentré pour laver la vaisselle :

— L'enfant de Robert Poste arrivera par le train de six heures à Beershorn. Il faudra partir d'ici à cinq heures. Moi, je monte dire à Mrs Starkadder qu'elle arrive aujourd'hui.

Adam ne répondit pas et Seth, assis à côté du feu, se lassa de regarder ses photos, dont le fils du pasteur, avec lequel il allait parfois braconner, lui avait fait cadeau il y avait trois ans. Il les connaissait maintenant par cœur. Mériam, la fille de journée, ne viendrait qu'après le déjeuner. À son arrivée, elle éviterait son regard, tremblerait et pleurerait.

Il eut un rire d'insolence triomphante. Détachant encore un bouton de sa chemise, il traversa la cour d'une démarche souple, se dirigeant vers l'étable où Gros-Bonnet était prisonnier dans l'ombre.

Ricanant doucement, Seth donna un coup dans la porte de l'étable. Et comme s'il répondait à un appel puissant, de mâle à mâle, le taureau émit un beuglement fort et tourmenté, qui s'éleva triomphalement vers le ciel morne qui boudait au-dessus de la ferme.

Seth défit encore un autre bouton et s'éloigna nonchalamment.

Adam Lambsbreath, tout seul à la cuisine, fixait sans les voir les assiettes sales. C'était sa tâche de les laver, car Mériam, la fille de journée, ne serait pas là avant le repas de midi, et quand elle arriverait elle ne serait pas bonne à grand-chose.

L'heure de sa délivrance était proche, et tout Howling était au courant. N'était-on pas au mois de février, moment où la nature se perpétue ? Une grimace tordit les lèvres desséchées d'Adam ; il ramassa les assiettes une par une et les porta jusqu'à la pompe, située dans un coin de la cuisine, au-dessus d'un évier de pierre.

Oui, l'heure de Mériam approchait, et quand avril, comme un amoureux insatiable, bondirait par-dessus les flancs verdoyants de la colline, il y aurait un enfant de plus dans la misérable cabane du « champ d'orties » où Mériam abritait les fruits de sa honte.

— Ouais, fenouil sauvage ou pied-d'alouette seront trahis par leurs fruits, murmura Adam, faisant grêler un jet d'eau froide sur les assiettes où les restes de nourriture se coagulaient. Vienne le vent, vienne le soleil, c'est toujours pareil.

Pendant qu'il tapotait distraitement les bords encroûtés des assiettes à porridge avec une branche d'aubépine, un pas léger était descendu derrière la porte qui séparait l'escalier de la cuisine. Quelqu'un hésitait sur le seuil.

Le pas était doux comme le duvet du chardon. Si le jaillissement de l'eau courante n'avait pas résonné à ses oreilles au point d'exclure tout autre bruit, Adam aurait pu croire que ce pas délicat et hésitant était le battement de son propre sang. Mais soudain quelque chose qui ressemblait à un martin-pêcheur voltigea à travers la cuisine dans un reflet de voile vert et de cheveux dorés flottants, et le tintement d'un rire fut suivi, une seconde plus tard, par le claquement de la grille qui séparait de la lande le misérable jardin. Au bruit, Adam se retourna brusquement, lâchant sa branche d'aubépine et cassant deux assiettes.

« Elfine… mon petit oiseau », murmura-t-il en bondissant vers la porte ouverte. Un pâle silence se joua de son appel. Seules lui parvinrent de fertiles odeurs de crottin et de paille.

« Ma pharisienne… ma nourrissonne », murmura-t-il encore plaintivement. Ses yeux, errant autour de la cuisine, avaient l'apparence grise et morne d'étangs abandonnés à leur solitude primitive sous un ciel blafard. Ses bras tombèrent mollement à ses côtés et il lâcha une autre assiette. Elle se cassa. Il soupira et commença à se diriger lentement vers la porte, sa tâche oubliée. Ses yeux étaient fixés sur l'étable. « Il y a toujours les bêtes… marmotta-t-il tristement, les bêtes ne parlent pas, mais elles sont fidèles. Elles savent. Ouais, j'aurais mieux fait de bercer notre Paresseuse dans mon sein que la petite Elfine. Ouais, elle est sauvage comme une hirondelle en mai, et elle ne veut jamais écouter un mot de personne. Eh bien, c'est toujours comme cela. Amer ou doux, par champs ou par prés, et ainsi en sera-t-il toujours. Ah ! mais… » Les mornes étangs gris devinrent soudain terribles comme si une tempête, venue des vastes étendues de l'Atlantique, soufflait sur eux. « S'il touche seulement à un cheveu de sa petite tête dorée, je le tuerai. » Continuant à marmotter, Adam traversa la cour et entra dans l'étable où il détacha les bêtes de leur râtelier. Il les conduisit à travers la cour jusqu'au sentier boueux et plein d'ornières qui menait au champ d'orties. Il était tellement enlisé dans son chagrin qu'il ne remarqua pas que Disgracieuse avait perdu une patte et qu'elle se débrouillait de son mieux avec les trois qui lui restaient.

Livré à lui-même, le feu de la cuisine s'éteignit.

4

La journée interminable se traînait imperceptiblement vers le soir. Après le sommaire repas de midi, Adam reçut de Judith l'ordre de mettre Vipère, le hongre vicieux, entre les brancards du boghei et de le conduire à Howling six fois aller et retour, pour raviver ses connaissances dans l'art de diriger les chevaux.

La tentative qu'il fit pendant le repas de simuler une attaque, pour éviter cette corvée, fut malheureusement sans effet, car Mériam, la fille de journée, s'évanouit au moment où elle portait un plat de légumes à Seth. Son heure était venue plus tôt qu'on ne s'y attendait, et, au cours du drame qui suivit, l'attaque d'Adam, dont celui-ci avait, à l'étable, préparé la mise en scène, passa presque inaperçue, telle une sorte de chœur grec accompagnant le drame principal.

Adam resta ainsi dépourvu d'excuse et passa son après-midi à conduire Vipère plusieurs fois de Howling à la ferme, à la grande indignation des Starkadder, qui l'observaient de leurs positions à côté du puits qu'ils étaient censés continuer de creuser. Ils le considéraient comme un vieux paresseux et ne se gênaient pas pour le dire.

— Comment je vais la reconnaître, moi, la demoiselle ? se plaignait Adam à Judith, tandis qu'elle le regardait allumer la lanterne accrochée au côté du boghei, dont la faible flamme s'épanouit lentement sous l'immense voûte indifférente du ciel qui s'assombrissait, et resta aussi inerte qu'une veilleuse mortuaire dans le crépuscule. Robert Poste était tout à fait comme un bœuf, un grand homme embêtant toujours en train de tripoter des bouts de bois et des balles. Est-ce que vous croyez que la demoiselle sera comme lui ?

— Il n'y a pas tant de voyageurs que cela à Beershorn, répondit Judith avec impatience, attendez que tout le monde ait quitté la gare, l'enfant de Robert Poste sera la dernière. Elle restera pour voir si quelqu'un est venu la chercher. Allons, en route.

Et elle frappa le hongre sur les jarrets.

Le grand animal s'élança d'un bond dans le noir avant qu'Adam ait pu le retenir. Ils étaient partis ! La nuit tomba comme une cloche de verre sombre et opaque, obscurcissant le paysage détrempé.

Durant le trajet jusqu'à Beershorn, qui était à sept bons kilomètres de Howling, Adam eut le temps d'oublier le but de son voyage. Les guides pendaient inertes entre ses doigts noueux, et sa face était tournée, sans le voir, vers le ciel.

À travers les dures couches superposées de son subconscient, la pensée s'infiltrait jusqu'à son obscure connaissance ; non pas comme si elle faisait réellement partie de cette connaissance, mais plutôt comme une émanation impalpable, un accroissement crépusculaire issu de la vie qui palpitait alentour, dans les champs, entre les arbres agités par le vent. Sous le voile de la nuit qui ne lui apportait même pas de paix, la campagne, sur des kilomètres, subissait le tourment annuel de la fermentation printanière ; le ver luttait contre le ver, la semence contre la semence.

Les premières pousses jaillissaient de la racine, et les lièvres bondissaient. Les scarabées et les moucherons s'agitaient fiévreusement, on voyait remuer le frai des truites dans le creux vaseux près du bouge du champ d'orties. Les hurlements prolongés des chouettes en chasse déchiraient la nuit, traits rouges sur fond noir. Dans les intervalles, toutes les dix minutes, elles s'accouplaient. Tout cela semblait chaotique, mais faisait partie, en réalité, d'un plan général. La surdité et la cécité d'Adam provenaient autant de l'intérieur que de l'extérieur ; un calme primitif s'élevait de son subconscient à la rencontre du calme qui envahissait la partie consciente de lui-même. À deux reprises, le boghei fut dégagé des haies par un journalier qui passait, et une autre fois il évita de justesse le pasteur qui rentrait de prendre le thé au Manoir.

« Où es-tu, mon oisillon ? » Les lèvres inconscientes d'Adam interrogeaient l'obscurité muette et les arbres dénudés. « T'ai-je bercée comme un nourrisson pour arriver à cela ? »

Il savait qu'Elfine était sur la lande, marchant à grands pas, de ses longues jambes de poulain, vers le Manoir où l'attendaient les bras fougueux et présomptueux de Richard Hawk-Monitor[1]. L'esprit d'Adam errait inquiet, désemparé par le chagrin, à la poursuite de sa nourrissonne, qu'il savait la proie de mains frivoles.

Cependant le boghei atteignit Beershorn sain et sauf ; il n'y avait d'ailleurs qu'un chemin et il conduisait à la gare.

Adam réussit à arrêter Vipère au moment où l'attelage allait pénétrer au petit galop jusqu'au guichet de réservation. Il noua les guides au poteau près de

1. *Hawk* : faucon ; *monitor* : surveillant. (*N.d.É.*)

l'abreuvoir ; après quoi, il resta comme un épi vidé, toute animation l'ayant abandonné. Son corps s'affaissa dans la posture qu'on attribue depuis des temps immémoriaux aux penseurs. Il était devenu un tronc d'arbre, un crapaud sur une pierre, un hibou tacheté. Tout semblant d'humanité l'avait quitté brusquement.

Longtemps, il rumina. Le temps, pivotant sans cesse autour d'un point brillant dans l'espace, n'apportait d'autre réponse à son angoisse que les noms toujours répétés d'Elfine et de Richard Hawk-Monitor.

Les minutes s'écoulèrent, le train arriva, les voyageurs débarquèrent, mais Adam restait plongé dans l'inconscience. Il fut éveillé par la vague impression que quelque chose s'agitait au fond du boghei. La paille, qui avait séjourné là tranquillement pendant les vingt-cinq dernières années, se faisait énergiquement expulser sur la route par un petit pied chaussé d'un soulier robuste, mais élégant.

La lueur de la lanterne ne révélait rien de plus qu'une fine cheville et qu'une jupe verte, nerveusement agitée par les mouvements de la jambe qu'elle couvrait. Une voix sortant de l'obscurité au-dessus de la tête d'Adam remarqua :

— C'est répugnant !

— Eh ! Eh ! grogna Adam, essayant de distinguer ce qui se passait dans l'espace que n'atteignaient pas les rayons de la lanterne. Non, il ne faut pas faire cela, vous là-bas. Cette paille était assez bonne pour le voyage de noces de Miss Judith à Brighton, et elle peut encore servir. Paille ou balle, feuille ou fruit, il faut toujours y revenir.

— Pas en ce qui me concerne, rétorqua la voix. Et je suis prête à croire beaucoup de choses au sujet du Sussex et de Froid Accueil, mais que cousine Judith soit allée de sa vie à Brighton, cela jamais !

Maintenant, si vous avez fini de ruminer, partons. Ma malle arrivera demain à la ferme par la voiture du messager… Car, poursuivit la voix avec une certaine sécheresse, j'ai l'impression que si cela ne tenait qu'à vous, elle pourrait rester ici jusqu'à ce qu'elle y prenne racine.

— Enfant de Robert Poste, murmura Adam, fixant le visage qu'il pouvait maintenant vaguement discerner au-delà de l'auréole de lumière formée par les lanternes, c'est pour te chercher qu'on m'a envoyé et je ne t'ai point vue.

— Je sais bien, dit Flora.

« Enfant, enfant », sa voix devenait peu à peu une véritable plainte, mais Flora avait d'autres choses en tête. Elle coupa court, en lui demandant s'il préférait qu'elle conduise elle-même Vipère. Elle blessa tellement sa fierté masculine qu'il détacha les guides du poteau et fit démarrer le boghei sans plus attendre. Flora, sa veste de fourrure serrée étroitement jusqu'au menton pour se protéger de l'air froid, berçait sur ses genoux la petite mallette contenant sa chemise de nuit et ses accessoires de toilette. Elle n'avait pu s'empêcher d'y glisser à la dernière minute un volume des *Pensées* de l'abbé Fausse-Maigre[1], son livre de chevet ; ses autres livres suivraient le lendemain avec la malle, mais elle était persuadée qu'elle se mettrait plus facilement dans l'état d'esprit approprié à une confrontation avec les Starkadder si elle avait son exemplaire des *Pensées* sous la main. (C'était sûrement le livre le mieux renseigné sur la conduite que devait avoir une personne vraiment civilisée.)

L'autre œuvre de l'abbé : *Le Bon Sens supérieur*, le chef-d'œuvre qui lui avait valu le doctorat de

1. En français dans le texte. *(N.d.T.)*

l'Université de Paris à l'âge de vingt-cinq ans, était dans la malle de Flora. *Les Pensées* étaient présentes à son esprit quand le boghei laissa derrière lui les lumières de Beershorn et commença à grimper la route qui conduisait à la lande invisible. Elle était un peu désemparée. Elle avait froid et se sentait sale (bien qu'elle n'en eût pas l'air) après les fatigues de son voyage. La perspective de ce qu'elle allait trouver à Froid Accueil n'était pas faite pour lui remonter le moral. Elle pensa à l'avertissement de l'abbé : « N'affrontez jamais un ennemi à la fin d'un voyage, à moins qu'il ne s'agisse de son voyage à lui », et n'en fut pas plus rassurée pour autant.

Adam ne lui adressa pas la parole pendant le trajet. Elle ne s'en plaignit d'ailleurs pas, car cela faisait son affaire ; elle se réservait pour plus tard. Le parcours ne dura pas aussi longtemps qu'elle l'avait craint, car Vipère était un assez bon cheval et marchait d'un pas vif (Flora en conclut qu'il n'appartenait pas depuis longtemps aux Starkadder). En moins d'une heure, les lumières d'un village apparurent au loin.

— Est-ce Howling là-bas ?

— Ouais, enfant de Robert Poste.

Il ne semblait pas qu'il y eût lieu de poursuivre la conversation. Flora sombra dans une rêverie légèrement plus agréable, s'interrogeant sur ses « droits », ces fameux droits auxquels sa cousine Judith avait fait allusion dans sa dernière lettre, se demandant qui avait bien pu envoyer la carte contenant l'allusion à une génération de vipères, et quel tort avait fait à son père le mari de Judith.

Le boghei commença à monter la colline, laissant Howling derrière lui.

— Sommes-nous bientôt arrivés ?

— Oui, enfant de Robert Poste.

Et, cinq minutes plus tard, Vipère s'arrêta de son propre gré devant une grille que Flora pouvait tout juste discerner dans l'obscurité. Adam lui donna un coup de fouet, mais il ne bougea pas.

— Je crois que nous devons y être, observa Flora.

— Jamais de la vie.

— Mais j'en suis sûre. Regardez, si vous continuez, nous irons droit dans la haie.

— Qu'est-ce que cela fait, enfant de Robert Poste ?

— Cela ne vous fait peut-être rien, mais moi, cela me fait quelque chose, et je vais descendre !

Ainsi fit-elle. Elle trouva lentement son chemin dans l'obscurité, éclairée seulement par une faible lueur d'étoiles hivernales, le long d'un vilain sentier boueux, entre deux haies trop rapprochées pour que le boghei puisse passer. Laissant Vipère à la grille, Adam la suivit, portant la lanterne.

Les bâtiments de la ferme, légèrement plus sombres que le ciel, se profilaient maintenant un peu plus loin, et comme Flora et Adam s'en approchaient lentement, une porte s'ouvrit soudain, laissant échapper un rayon de lumière. Adam poussa un cri de joie :

— C'est l'étable. C'est notre Paresseuse qui m'ouvre la porte.

Et Flora put constater que c'était vrai ; la porte de l'étable éclairée par une lanterne s'entrebâillait, révélant la silhouette spectrale d'un mufle de vache. Ce n'était pas très prometteur. Mais là-dessus une voix profonde se fit entendre : « C'est vous, Adam ? » et une femme émergea de l'étable, portant la lanterne, qu'elle leva au-dessus de sa tête pour regarder les voyageurs. Flora distingua vaguement la présence inutile d'un volumineux châle rouge autour de ses épaules, et d'une masse de cheveux désordonnés.

— Oh ! comment allez-vous ? cria-t-elle ; vous devez être ma cousine Judith, je suis si contente de faire votre connaissance. C'est si aimable à vous de sortir au froid pour venir à ma rencontre, c'est trop gentil à vous de m'accueillir. N'est-ce pas étonnant que nous ne nous soyons pas encore rencontrées ?

Elle tendit sa main, qui ne fut pas prise tout de suite. La lanterne fut levée un peu plus haut, et Judith la dévisagea calmement en silence. Des secondes passèrent. Flora se demanda si son rouge à lèvres était bien de la couleur qui convenait, mais il lui semblait qu'il devait tout de même y avoir une raison moins frivole au silence qui s'était abattu, et à ce regard mesuré que sa cousine posait sur elle. « Je dois éprouver, songea-t-elle, ce qu'éprouva Colomb lorsqu'un pauvre Peau-Rouge fixa son regard solennel et impassible sur son visage à lui, le grand navigateur. » Pour la première fois, un Starkadder contemplait un être civilisé.

Mais on pouvait se lasser même de cette sensation, et c'est ce qui arriva à Flora. Elle demanda à Judith si elle trouverait très impoli qu'elle ne fasse pas la connaissance de toute la famille ce même soir. Elle préférerait, si c'était possible, avoir quelque chose à manger dans sa chambre.

— Il fait froid dans la chambre, articula péniblement Judith.

— Oh ! un bon feu la réchauffera vite, répondit fermement Flora. C'est trop gentil à vous, vraiment, de prendre tant de soin de moi.

— Mes fils, Seth et Ruben… (Judith s'étrangla sur ces mots, les avala, puis reprit d'une voix plus basse :) Mes fils attendent de voir leur cousine !

Cela parut à Flora, impressionnée par leurs noms significatifs, ressembler vraiment trop à une exposition de bestiaux, aussi sourit-elle vaguement en répliquant que c'était très gentil de leur part, mais qu'elle pensait tout de même qu'il vaudrait mieux attendre le lendemain.

Les épaules magnifiques de Judith se haussèrent et s'abaissèrent dans un lent mouvement onduleux qui agita ses seins.

— Comme vous voudrez ! La cheminée fume peut-être…

— Je pense que c'est plus que probable, sourit Flora, mais nous verrons tout cela demain. Entrons-nous maintenant ? Mais d'abord… (Elle ouvrit son sac, prit un crayon et déchira une feuille de son calepin.) … je voudrais qu'Adam m'envoie cette dépêche.

Elle avait obtenu ce qu'elle voulait. Une demi-heure plus tard, assise près d'un feu qui fumait, elle mangeait pensivement deux œufs à la coque. Elle avait jugé plus prudent de s'en tenir aux œufs ; le bacon des Starkadder, cuit à la manière spéciale d'Adam, aurait pu nuire à la longue nuit de repos qu'elle se proposait de prendre, et pour laquelle elle commença bientôt à s'apprêter.

Abrutie de sommeil, elle n'était plus en état de s'intéresser aux choses qui l'entouraient. Elle se demandait si elle avait bien fait de venir. Elle méditait sur la longueur, les détours, l'apparence négligée des couloirs par lesquels Judith l'avait conduite jusqu'à sa chambre. Elle en conclut que s'ils étaient un avant-goût du reste de la maison et que si Judith et Adam représentaient le type de gens qui y vivaient, sa tâche serait vraiment longue et difficile. Mais les dés étaient jetés, et elle ne pouvait plus reculer, à cause du sourire significatif qu'aurait Mrs Smiling, sourire qui, chez une autre femme moins moderne, se traduirait par : « Qu'est-ce que je vous avais dit ? » ; et en effet, au même moment, Mrs Smiling, tranquille dans sa lointaine Mouse Place, lisait avec une certaine satisfaction un télégramme qui disait :

> PIRES CRAINTES RÉALISÉES, CHÉRIE, Y COMPRIS SETH ET RUBEN. ENVOYEZ BOTTES CAOUTCHOUC.

5

Mais, le lendemain matin, sa résolution de faire la grasse matinée se révéla vaine, à cause d'un vacarme épouvantable qui éclata sous sa fenêtre à une heure qu'elle qualifia, dans ses grognements ensommeillés mais furieux, de « milieu de la nuit ».

Des voix mâles s'élevaient violemment de l'obscurité maussade, percée par le lointain cri rauque des coqs. Flora crut reconnaître l'une d'elles.

— Tu devrais avoir honte, Mr Ruben, de mordre la main qui t'as élevé. Est-ce qu'il y a quelqu'un qui sait mieux que moi s'occuper des pauvres bêtes ? C'est pas pour rien que j'ai soigné notre Dédaigneuse quand elle n'avait que trois jours et qu'elle était aveugle comme une taupe. Je connais tout ce qu'il y a dans son cœur, mieux que ce qu'il y a dans le cœur de certains humains.

— Dis ce que tu voudras, cria une autre voix, inconnue de Flora, Disgracieuse a tout de même perdu une patte ! Et où ? Réponds à ça, espèce de vieux gâteux ! Qui est-ce qui achètera Disgracieuse maintenant, quand je la conduirai à la foire ? Qui est-ce qui voudra d'une vache à trois pattes, excepté quelque vieux directeur de cirque cherchant des phénomènes à exhiber ?

Il y eut un cri perçant de consternation :

— Faut jamais mettre notre Disgracieuse dans un de ces cirques ! La honte que ça me ferait me tuerait, Mr Ruben.

— Quoi ? Eh bien, pourtant, je le ferai, si je peux mettre la main sur quelqu'un qui en veuille, cirque ou pas cirque. Mais personne n'en voudra. C'est toujours pareil ! Le bétail de Froid Accueil ne trouve jamais d'acheteur. Il y a la malédiction de la reine qui frappe notre blé, la punition du roi qui dévaste nos trèfles et la pénalité du prince qui apporte la ruine à nos foins… Et nos truies qui sont aussi stériles qu'on peut l'être ! Ouais, c'est la même histoire partout, dans tous les coins de la ferme. Où est cette patte ? Réponds !

— Je n'en sais rien, Mr Ruben, et si je le savais, je ne vous le dirais pas. Je sais ce qui se passe dans le cœur des bêtes sans les espionner du matin au soir pour voir où elles laissent leurs pattes. Les bêtes ont besoin d'une vie privée autant que les hommes. J'aurais honte de moi, Mr Ruben, de surveiller les bêtes comme vous faites, guettant les souliers d'un mort et comptant chaque brin de luzerne et chaque bouchée que les bêtes mangent.

— Ouais, dit une autre voix pleine de sous-entendus, il compte même les plumes que les poules perdent, pour voir si personne n'en prend.

— Eh bien, et pourquoi pas ? cria la voix qu'on appelait Mr Ruben. Est-ce que je te paie des gages, Mark Dolour, pour voler les plumes des poules et les porter à vendre à Beershorn contre du bon argent ?

— Je ne les vends point, que ma main ne touche plus jamais un manche de charrue si je mens. C'est pour ma Nancy. Je les emporte chez moi pour elle.

— Ah ! c'est cela que tu en fais, hein ? Et pourquoi ?

— Tu sais bien pourquoi, dit la troisième voix d'un ton boudeur.

— Ouais, je sais que tu m'as raconté un tas d'histoires de chapeaux de poupées qu'on garnissait de bonnes plumes de poule. Comme s'il n'y avait pas d'autres usages pour ces plumes que les poules laissent tomber que de garnir les chapeaux d'un tas de bonnes à rien de poupées. Maintenant, écoute-moi, Mark Dolour…

À cet instant, Flora, trouvant inutile de se faire des illusions sur la possibilité de se rendormir, se leva rageusement et traversa la pièce, en tâtonnant, jusqu'au rectangle de la fenêtre, éclairé d'une lueur grise. Elle l'ouvrit un peu plus et appela dans l'obscurité :

— Dites donc, est-ce que cela vous ennuierait beaucoup de parler un peu moins fort, s'il vous plaît ? J'ai terriblement sommeil et je vous en serais tellement reconnaissante !

Un silence aussi emphatique qu'un coup de tonnerre suivit sa requête. Elle sentit à travers son demi-sommeil que c'était un silence abasourdi et souhaita, du fond de son engourdissement, qu'il durât assez longtemps pour lui permettre de glisser de nouveau dans le sommeil. Et c'est ce qui arriva.

Lorsqu'elle s'éveilla de nouveau, il faisait jour. Elle se retourna et s'étira dans son lit, selon son habitude, et regarda sa montre. Il était huit heures et demie. Aucun son ne parvenait de la cour ni des profondeurs de la vieille maison. C'était comme si tout le monde était mort pendant la nuit.

« Pas la peine d'espérer de l'eau chaude, naturellement ! » pensa Flora, flânant en robe de chambre autour de la pièce. Néanmoins, elle frotta ses paumes avec un peu de l'eau du broc (oui, il y avait un broc) et fut contente de constater que ce n'était pas de l'eau calcaire. Cela ne lui ferait donc rien de se laver à l'eau froide. Le régiment de petits pots et de flacons en porcelaine sur sa coiffeuse lui permettrait de protéger sa peau délicate des rigueurs du climat, mais il lui était agréable de savoir que l'eau l'y aiderait.

Elle s'habilla avec une délicieuse lenteur tout en étudiant sa chambre et finit par décider qu'elle lui plaisait. C'était une pièce carrée, exceptionnellement haute de plafond et tapissée d'un dessin audacieux, bien que fané, rouge sur vermillon. La cheminée était élégante, le foyer en forme de corbeille. Sur la tablette de marbre richement sculpté, et jauni par l'âge et le soleil, reposaient deux larges coquilles dont les courbes harmonieuses se nuançaient de teintes dégradées allant d'un chaud rose saumon jusqu'au blanc pur. Elles se reflétaient dans le grand vieux miroir argenté qui était suspendu directement au-dessus. Un autre miroir, plus large que haut, était placé dans le coin le plus sombre de la pièce. La porte du placard le cachait en s'ouvrant. Les deux miroirs renvoyaient l'image de Flora sans flatterie ni malice, et elle sentit qu'elle pouvait avoir confiance en eux.

« Comment se fait-il, songea-t-elle, que les gens aient oublié l'art de faire des miroirs ? Les vieux miroirs qu'on découvre encore aux murs des pensions de famille désertiques dans des endroits comme Gravesend, ou dans les demeures victoriennes des cousins de Cheltenham, sont toujours superbes. »

Une armoire d'acajou occupait presque tout un panneau. Une table ronde assortie était placée au milieu du tapis usagé, jaune et rouge à grosses fleurs. Le haut lit d'acajou avait un couvre-pieds en nids-d'abeilles blanc. Deux gravures sur cuivre garnissaient les murs. L'une représentait *Le Chagrin d'Andromaque apercevant le corps d'Hector mort* ; l'autre montrait *La Captivité de Zénobie, reine de Palmyre*. Flora bondit sur quelques livres qui étaient posés sur le large rebord de la fenêtre : *Macariah, ou les autels du sacrifice*, par A.-J. Evans-Wilson ; *L'Influence du foyer*, par Grace Aguilar ; *L'aimait-elle ?*, par James Grant, et *Combien elle l'aimait*, par Florence Marryat.

Elle rangea ces trésors dans un tiroir, se promettant de s'en délecter à l'occasion. Elle aimait les romans de l'époque victorienne. C'était le seul genre de littérature qu'on pouvait lire en croquant une pomme.

Les rideaux étaient splendides : faits de brocart rouge, sales mais somptueux, ils empêchaient la plus grande partie de l'air et de la lumière de pénétrer dans la chambre. Flora les écarta et décida qu'ils devraient être lavés le jour même. Puis elle descendit déjeuner.

Elle suivit jusqu'à l'escalier un large couloir éclairé de fenêtres sales, aux rideaux de dentelle crasseuse. Au sommet de l'escalier, par une porte ouverte, elle aperçut l'intérieur d'une pièce au sol pavé. Elle s'arrêta une seconde et remarqua un plateau contenant les restes de ce qui avait visiblement été un confortable petit déjeuner. Il était déposé par terre devant une porte fermée, un peu plus loin dans le corridor. Bon ! Quelqu'un avait déjeuné dans sa chambre, et si quelqu'un d'autre l'avait fait elle pourrait le faire aussi.

Une odeur de porridge brûlé s'élevait des profondeurs. Cela ne promettait rien de bon, mais elle descendit quand même, ses talons claquant sur la pierre. Au premier abord, elle pensa que la cuisine était vide ; le feu était presque éteint, la cendre voltigeait sur les pavés, et la table était couverte des débris intimidants d'une sorte de repas dans lequel le porridge semblait avoir joué le rôle principal. La porte conduisant à la cour était ouverte, le vent y passait comme à regret. Avant de faire quoi que ce soit d'autre, Flora traversa la pièce et ferma sèchement la porte.

— Eh ! protesta une voix près de l'évier au fond de la cuisine, faut pas faire cela, enfant de Robert Poste ! Je ne peux pas laver la vaisselle et surveiller les bêtes dans l'étable en même temps, si vous fermez la porte. Ouais, et il y a quelque chose d'autre que je surveille aussi.

Flora reconnut une des voix qui l'avaient dérangée au milieu de la nuit. Elle appartenait au vieil Adam Lambsbreath. Il s'employait nonchalamment au-dessus de l'évier à couper des navets en rondelles et il avait interrompu son travail pour protester.

— Je suis vraiment désolée, répondit-elle fermement, mais je ne pourrais jamais prendre mon petit déjeuner avec un courant d'air dans la pièce. Vous pourrez rouvrir la porte sitôt que j'aurai fini. À propos, y a-t-il quelque chose à manger ?

Adam s'avança à pas traînants vers la lumière, les yeux semblables à des éclats de silex primitifs dans leurs orbites usées. Flora se demanda s'il se lavait jamais.

— Il y a du porridge, enfant de Robert Poste.

— N'y a-t-il pas un peu de pain et de beurre et du thé ? Je ne suis pas très friande de porridge. Et n'auriez-vous pas aussi un bout de journal propre que je puisse mettre sur le coin de cette table – la moitié d'une feuille suffirait ? Le porridge semble avoir éclaboussé un peu partout ce matin, n'est-ce pas ?

— Il y a du thé dans la boîte là-bas, et du pain et du beurre dans le garde-manger. Il faut aller les chercher vous-même, enfant de Robert Poste. J'ai ma besogne à finir et ma surveillance à faire, et je ne peux pas courir ici et là chercher des journaux pour de capricieuses donzelles. Par-dessus le marché, nous avons assez d'ennuis à Froid Accueil sans y apporter des choses comme de scandaleux journaux pour nous troubler et nous effrayer.

— Oh, vraiment ? Quelle sorte d'ennuis ? demanda Flora, intéressée, en s'affairant autour de son thé.

Il lui semblait que c'était une bonne occasion d'apprendre quelque chose sur les autres membres de la famille.

— Vous êtes à court d'argent ? ajouta-t-elle, car elle savait que c'était là le gros ennui de la plupart des gens de plus de vingt-cinq ans.

— Il y a assez d'argent à la ferme, enfant de Robert Poste ; mais tout a tourné à l'amertume et à la ruine. Je vous le dis…

Ici Adam s'approcha plus près de Flora, pleine d'intérêt, et poussa son visage ridé et fripé, marqué d'une manière indélébile par les acides corrosifs de ses obscures années monotones, presque contre celui de la jeune fille.

— … il y a une malédiction sur Froid Accueil.

— Vraiment, dit Flore, reculant légèrement, quel genre de malédiction ? Est-ce la raison pour laquelle tout a l'air tellement laissé en friche ?

— Il n'y a pas de friche qui tienne, enfant de Robert Poste. C'est ce que je suis en train de vous expliquer. Les grains se flétrissent sitôt qu'ils touchent le sol et la terre ne veut pas les nourrir. Les vaches sont stériles et les truies sont infécondes, et la punition du roi, la malédiction de la reine et la pénalité du prince ravagent nos récoltes. Pourquoi ? Parce qu'il y a une malédiction sur nous, enfant de Robert Poste !

— Mais voyons, est-ce qu'il n'y a rien à faire ? Je veux dire que sûrement cousin Amos pourrait faire venir un spécialiste de Londres ou quelque chose comme cela. Ce pain n'est vraiment pas mauvais du tout, vous savez. Sûrement il n'est pas fait à la maison… Ou peut-être que cousin Amos pourrait vendre la ferme pour en acheter une autre sans malédiction, dans le Berkshire ou le Devonshire ?

Adam secoua la tête. Un voile étrange évoquant les yeux d'une tortue lorsque l'intelligence les abandonne passa sur son visage.

— Non, il y a toujours eu des Starkadder à Froid Accueil, ce n'est possible pour aucun de nous de songer à s'en aller d'ici. Il y a des raisons pour cela. Mrs Starkadder, elle, tient à ce qu'on reste ici. C'est la vie, c'est le sang dans ses veines.

— Cousine Judith, vous voulez dire ? Eh bien, elle n'a pourtant pas l'air très heureuse ici !

— Non, enfant de Robert Poste. Je veux dire la vieille dame, la vieille Mrs Starkadder.

Sa voix était devenue un murmure, obligeant Flora à baisser la tête pour saisir les derniers mots. Il leva les yeux, comme pour indiquer que la vieille Mrs Starkadder était au ciel.

— Elle est donc morte ? demanda Flora qui s'attendait à tout à Froid Accueil, même à apprendre que toute la famille était menée à la baguette par un fantôme autoritaire.

Adam ricana – un son étrange comme le reniflement grinçant du blaireau en fureur.

— Non, elle est bel et bien vivante ! Elle a une poigne de fer, enfant de Robert Poste. Mais elle ne quitte jamais sa chambre, et elle ne voit jamais personne d'autre que Miss Judith. Cela va faire vingt ans qu'elle n'a pas quitté la ferme !

Il s'arrêta subitement, comme s'il en avait trop dit, et commença à reculer vers le coin sombre de la cuisine.

— Il faut que je fasse la vaisselle, maintenant, reprit-il. Laissez-moi en paix, enfant de Robert Poste.

— Oh ! comme vous voudrez. Mais j'aimerais mieux que vous m'appeliez Miss Poste, ou bien Miss Flora si vous préférez la manière féodale. J'ai tellement l'impression que vous en avez plein la bouche chaque fois que vous dites « enfant de Robert Poste » !

— Laissez-moi en paix, il faut que je gratte la vaisselle.

Constatant qu'il avait vraiment le désir de travailler, Flora le laissa faire et termina pensivement son petit déjeuner.

C'était donc cela : Mrs Starkadder était la malédiction de Froid Accueil. Mrs Starkadder représentait la personnalité dominante de la grand-mère, qu'on trouvait dans tous les romans typiques de la vie à la campagne et quelquefois aussi dans les romans de la vie citadine. Il était conforme à la logique des choses de trouver Mrs Starkadder régnant à Froid Accueil. Flora aurait dû soupçonner son existence dès le début. C'était probablement Mrs Starkadder, autrement dit tante Ada Doom, l'auteur de la carte postale qui faisait allusion aux « générations de vipères ». Flora était convaincue que la vieille dame n'était autre que tante Ada Doom. Elle était tout à fait capable d'envoyer une carte comme celle-là. La mère de Flora aurait dit immédiatement, elle en était sûre : « Il n'y a qu'Ada pour faire des choses comme cela. »

Flora était maintenant convaincue que toute tentative de sa part de mettre de l'ordre dans la vie de Froid Accueil serait automatiquement contrecarrée par l'influence de tante Ada. Les personnes du genre de tante Ada n'aimaient guère la vie ordonnée ; ce qu'elles préféraient à tout, c'étaient les orages : beaucoup de disputes, des portes qui claquent, des grincements de dents, des visages blêmes de fureur, d'autres visages boudant dans les coins, et d'autres encore, prometteurs, dès le petit déjeuner, de drames inutiles. Il leur fallait des occasions d'étaler leurs inépuisables émotions, de se brouiller à jamais, de provoquer des malentendus, d'intervenir, d'espionner, et par-dessus tout de diriger et d'intriguer. Comme tout cela les amusait ! Ce genre de personnes vous auraient jeté votre vase préféré à la tête pour avoir le plaisir de passer dans les remords le reste de leur vie, sans que cela vous restitue d'ailleurs votre vase favori.

Flora pensa au *Bon Sens supérieur* de l'abbé Fausse-Maigre. Cet ouvrage, écrit comme un traité de philosophie, tentait non pas d'expliquer l'Univers, mais d'aider l'homme à se résoudre à son inexplicabilité.

En dépit de son thème impersonnel, *Le Bon Sens supérieur* constituait un guide excellent pour une personne civilisée qui avait à affronter un problème du genre de tante Ada. Sans fixer définitivement la marche à suivre, *Le Bon Sens supérieur* esquissait à l'usage de l'être civilisé une philosophie d'où les règles de conduite découlaient automatiquement. Ce qu'on ne trouvait pas dans *Le Bon Sens supérieur* était fourni par les *Pensées* du même auteur. Avec de tels guides, il n'était pas possible de s'embrouiller. Flora décida qu'avant de s'attaquer à tante Ada elle rafraîchirait sa mémoire en relisant le fameux chapitre sur la « Préparation de l'esprit à recevoir l'invasion simultanée de la prudence et de l'audace dans leurs rapports avec les substances non incluses dans l'aperçu ».

Elle n'aurait probablement le temps d'en étudier qu'une ou deux pages, car ce n'était pas d'une lecture facile, certaines parties étant en allemand et d'autres en latin. Malgré tout, elle jugea les circonstances suffisamment graves pour justifier l'emploi du *Bon Sens supérieur. Les Pensées* suffisaient amplement à se fortifier moralement contre les petits avatars de la vie quotidienne. Mais tante Ada Doom, l'axe de la vie à Froid Accueil, c'était tout autre chose.

En grignotant sa dernière tartine, Flora se préoccupait de savoir ce qu'elle mangerait pendant son séjour à Froid Accueil ; elle se demandait si Adam était l'unique cuisinier de la famille, et se révoltait à la pensée de manger de la nourriture préparée par ses soins. Il lui faudrait aborder la question avec sa cousine Judith, et avoir avec elle à ce sujet ce que les commères aiment appeler « une petite discussion ».

Dans l'ensemble, Froid Accueil n'était pas sans promettre sa part de mystère et d'aventure, et elle avait bon espoir que tante Ada Doom fournirait les deux. Elle aurait aimé que Charles fût là pour partager l'amusement avec elle : Charles adorait les sombres mystères…

Pendant ce temps, Adam avait fini de couper ses navets et il était sorti dans la cour, où poussait une aubépine. Il arracha au buisson une branche hérissée de longues épines avec laquelle, devant les yeux étonnés de Flora, il se mit à gratter les assiettes encroûtées de porridge, sous un jet d'eau froide. Elle supporta ce spectacle aussi longtemps qu'elle le put, car elle en croyait à peine ses yeux, puis elle dit :

— Que diable faites-vous là ?

— Je récure la vaisselle, enfant de Robert Poste.

— Mais, sûrement, vous pourriez faire cela bien plus facilement avec une petite lavette, une jolie petite lavette avec une poignée. Cousine Judith devrait vous en acheter une. Pourquoi ne lui demandez-vous pas ? Cela nettoierait mieux les assiettes, et beaucoup plus vite aussi.

— Je ne veux pas d'une petite lavette avec une poignée. Il y a plus de cinquante ans que je me sers d'une branche d'aubépine, et ce qui était assez bon à ce moment-là est encore assez bon maintenant. Et puis je ne veux pas récurer les assiettes plus vite non plus, cela me fait passer le temps, et cela m'empêche de penser à mon petit oiseau sauvage.

— Mais, suggéra l'astucieuse Flora, se souvenant de la conversation qui l'avait réveillée le matin même, à l'aube, si vous aviez une petite lavette pour laver plus vite la vaisselle, vous pourriez passer davantage de temps à l'étable avec les bonnes bêtes.

Adam cessa de travailler. Le coup avait porté. Il hocha la tête une ou deux fois sans se retourner, comme s'il méditait cette suggestion, et Flora s'empressa de profiter de son avantage.

— En tout cas, je vous en achèterai une quand j'irai à Beershorn demain.

À ce moment-là, on frappa doucement à la porte fermée qui menait à la cour. Un instant plus tard, on frappa de nouveau. Adam se traîna jusqu'à la porte en murmurant : « Mon petit roitelet » et l'ouvrit toute grande.

Une femme qui était debout sur le seuil, enveloppée d'une longue cape verte, se précipita à travers la pièce et monta l'escalier si vite que Flora eut à peine le temps de l'apercevoir. Elle haussa les sourcils.

— Qui était-ce ? demanda-t-elle, bien qu'elle crût déjà le savoir.

— Mon nourrisson, ma petite Elfine, dit Adam d'une voix éteinte, ramassant sa branche d'aubépine, qui était tombée dans la marmite de porridge devant le foyer.

— Vraiment, est-ce son habitude de se ruer partout comme cela ? s'enquit froidement Flora, qui trouvait que sa cousine manquait d'éducation.

— Ouais, elle est sauvage et timide comme une pharisienne des bois. Des jours entiers, elle ne rentre pas à la maison ; elle vagabonde sur les collines avec les oiseaux sauvages, les petits lapins et les pies guetteuses comme compagnie. Et même la nuit aussi… (La face d'Adam s'assombrit.) Ouais, elle s'en va errer loin de ceux qui l'aiment et qui l'ont bercée sur leur sein quand elle était petite. Elle brisera mon cœur en petites miettes, pour sûr !

— Va-t-elle à l'école ? demanda Flora, cherchant dans un placard, d'un air dégoûté, un chiffon pour essuyer ses chaussures. Quel âge a-t-elle ?

— Dix-sept ans… Non ! Il ne faut pas parler d'école pour mon roitelet, vous savez, enfant de Robert Poste. Autant envoyer la blanche aubépine ou la jonquille à l'école que mon Elfine. Elle apprend dans le ciel et dans les marais, pas dans les livres.

— Comme c'est ennuyeux, remarqua Flora, qui commençait à se sentir isolée et d'assez mauvaise humeur. Dites, où sont les gens ce matin ? Je veux voir Miss Judith avant d'aller me promener.

— Mr Amos, il est allé voir draguer le puits pour la Polly de Sarah-Lucie, on croit qu'elle est tombée dedans. Mr Ruben, il est au champ d'orties, il laboure. Mr Seth, il est en train de courailler quelque part à Howling. Miss Judith est en haut, en train de se tirer les cartes.

— Eh bien, je vais monter la trouver… Que veut dire « courailler » ? Non, pas la peine de me répondre, je m'en doute. À quelle heure est le déjeuner ?

— Les hommes ont leur dîner à midi, nous avons le nôtre une heure plus tard.

— Alors je rentrerai à une heure. Est-ce que… ? Qui… ? Êtes-vous… ? Je veux dire, qui fait la cuisine ?

— Miss Judith, c'est elle qui fait le dîner… Ah ! tu avais peur que ce soit moi, enfant de Robert Poste. Rassure ton âme noire, je ne prêterais pas la main à faire cuire même une tranche de lard pour les Starkadder. Je fais la cuisine pour les hommes et c'est tout.

Flora rougit décemment, en voyant comme il avait exactement interprété ses pensées, et elle fut heureuse de regagner l'étage, loin de cette présence accusatrice. Mais elle était soulagée au sujet de la cuisine. Au moins, elle n'aurait pas à mourir de faim pendant son séjour à Froid Accueil.

Elle n'avait aucune notion de l'endroit où était la chambre de Judith, mais elle trouva un guide pour la conduire. Comme elle atteignait le haut de l'escalier, la grande jeune fille à la cape verte qui s'était ruée à travers la cuisine arrivait en courant légèrement du fond du corridor. Elle s'arrêta net à la vue de Flora et resta posée comme si elle allait s'envoler. « Elle fait l'oiseau effarouché », pensa Flora, adressant un sourire aimable au capuchon qui dissimulait à demi le visage de sa cousine.

— Que cherchez-vous ? murmura Elfine avec froideur.

— La chambre de ma cousine Judith, répondit Flora. Voulez-vous être un ange et me montrer le chemin ? C'est si facile de s'égarer dans une grande maison quand on n'a pas l'habitude.

Deux grands yeux bleus la regardèrent fixement sous le capuchon vert tissé à la main. Flora nota distraitement que les yeux étaient beaux, mais que le capuchon n'était pas de la bonne couleur.

Elle dit d'un ton persuasif :

— Excusez-moi si je fais cette remarque, mais j'aimerais vous voir en bleu. Certaines nuances de vert sont seyantes, naturellement, mais le vert mat est très dur à porter à mon avis. Si j'étais vous, j'essaierais du bleu ; quelque chose de vraiment bien coupé, naturellement, et de très simple, mais définitivement bleu. Essayez, vous verrez !

Elfine fit un brusque mouvement d'allure garçonnière et dit nonchalamment : « Par ici. » Elle parcourut le corridor à longues enjambées, laissant glisser son capuchon qui découvrit une crinière de cheveux mal peignés. Ils auraient pu être d'une belle teinte dorée s'ils avaient été convenablement coiffés et soignés. Tout cela sembla déplorable à Flora.

— C'est ici, lança Elfine, s'arrêtant devant une porte fermée.

Flora la remercia beaucoup et Elfine, après l'avoir longuement dévisagée, s'éloigna à grands pas.

« Elle a besoin d'être prise en main tout de suite », pensa Flora. Un an de plus et on ne pourrait rien en faire. Même si elle s'échappait de cet endroit, cela serait pour aller tenir un salon de thé à Brighton et devenir bohème des pieds à la tête. Tout en soupirant un peu devant l'importance de la tâche qu'elle s'était imposée, Flora frappa à la porte de Judith et, en réponse à un « entrez » murmuré sourdement, pénétra dans la pièce.

Deux cents photographies de Seth, de l'âge de six semaines à celui de vingt-quatre ans, ornaient les murs de la chambre. Enveloppée d'une robe de chambre rouge couverte de taches, Judith était assise près de la fenêtre, un paquet de cartes sales étalé sur la table devant elle. Le lit n'était pas fait ; ses cheveux, semblables à un nid de noirs serpents morts, pendaient autour de son visage.

— Bonjour, dit Flora. Je m'excuse de vous interrompre, si vous êtes occupée à votre correspondance ; je voulais seulement savoir si vous préférez que je m'arrange toute seule pour employer la journée à ma manière, ou si vous aimez mieux que je passe vous voir tous les matins à cette heure-ci. Personnellement, je crois que c'est plus facile quand les invités s'amusent tout seuls, et qu'ils font de leur temps ce qu'ils veulent. Je suis sûre que vous êtes bien trop occupée pour vous soucier de ce que je fais.

Judith, après avoir longuement fixé sa jeune cousine, rejeta la tête en arrière avec toute sa charge de serpents. L'air froid se brisa devant le rude assaut de son rire.

— « Occupée », occupée à tisser mon propre suaire, vraisemblablement ! Non, faites ce qu'il vous plaira, enfant de Robert Poste, pourvu que vous ne pénétriez pas dans ma solitude ; laissez-moi le temps d'expier le tort que mon mari a fait à votre père. Laissez-nous à tous le temps… (Les mots lui venaient péniblement et comme à regret.) … et nous expierons tous !

— Je suppose, suggéra Flora courtoisement, que vous ne vous sentez pas disposée à me dire quel était ce tort. Je crois vraiment que cela rendrait les rapports un peu plus faciles.

Judith écarta les mots d'un lourd mouvement de la main, semblable à l'aveugle spasme d'une bête torturée.

— Ne vous ai-je pas dit que mes lèvres sont scellées ?

— Comme vous voudrez, naturellement, cousine Judith, mais il y a autre chose…

Et Flora, aussi délicatement que possible, demanda à sa cousine quand et comment elle devrait lui payer le premier versement de cent livres par an, qu'elle pensait devoir aux Starkadder pour la pension.

— Gardez cela, gardez cela, dit Judith avec violence. Jamais nous ne toucherons à un sou de l'argent de Robert Poste ; pendant que vous êtes ici, vous êtes l'hôte de Froid Accueil. Chaque morceau que vous mangerez sera payé par la sueur de notre front. C'est comme cela que cela doit être, en considération de certaines choses.

Flora remercia poliment sa cousine de son offre généreuse, mais elle prit secrètement la résolution de faire dès que possible la connaissance de tante Ada Doom, pour savoir si la vieille dame approuvait cet arrangement trop généreux. Flora était convaincue du contraire, et elle se sentait irritée de la remarque de Judith. En effet, si elle acceptait de vivre en invitée à Froid Accueil, ce serait une prétention impardonnable de sa part de vouloir se mêler de la manière de vivre de ses cousins. Si au contraire elle payait sa part, elle aurait les mains libres. Elle avait pu observer de semblables situations dans les maisons où il y avait à la fois des cousins pauvres et des hôtes payants. Mais c'était là une question qui pourrait être réglée à un autre moment. À présent, il y avait des choses plus importantes à discuter.

Elle lança :

— À propos, j'adore ma chambre, mais croyez-vous que je pourrais faire laver les rideaux ? Je les suppose rouges, mais j'aimerais en avoir le cœur net.

Judith s'était remise à rêvasser.

— Les rideaux ? demanda-t-elle, l'air absent, levant sa magnifique tête. Enfant, enfant, il y a des années que de telles bagatelles n'ont plus pénétré à travers le voile de ma solitude.

— J'en suis sûre : mais croyez-vous quand même que je pourrais les faire laver ? Adam ne pourrait-il pas le faire ?

— Adam ? Ses vieux bras n'auront jamais la force. Mériam, la fille de journée, aurait pu le faire, mais…

Son regard se dirigea de nouveau vers la fenêtre, à travers laquelle on voyait tomber la pluie. Flora, qui voulait tout expérimenter, regarda aussi. Judith fixait une petite cabane située à l'extrémité du champ d'orties et presque appuyée à la palissade qui entourait la cour. De cette cabane parvenaient distinctement les cris d'une femme en détresse. Flora regarda sa cousine, le sourcil interrogateur. Judith secoua la tête, baissant les paupières, tandis qu'une lente rougeur s'étendait de sa gorge à ses joues.

— C'est la fille de journée qui accouche, murmura-t-elle.

— Comment, sans un médecin, sans personne ? demanda Flora, alarmée. Ne faudrait-il pas envoyer Adam chercher quelqu'un à Howling ? Il me semble… dans cette cabane si triste… et tout…

Judith fit encore ce geste animal et aveugle de dénégation qui semblait élever un mur impénétrable entre elle et le monde des êtres vivants. Son visage était gris.

— Laissons-la tranquille !… Des animaux comme Mériam sont mieux seuls à de tels moments… Ce n'est pas la première fois.

— C'est malheureux, dit Flora, faisant montre de sentiments de sympathie.

— C'est la quatrième fois, souffla Judith sourdement. Chaque année, au moment du plein été, quand les haies sont chargées d'aristoloches, c'est la même chose ! Et quand le printemps revient, son destin s'accomplit, c'est la loi de la nature, et nous autres femmes nous ne pouvons pas y échapper.

« Oh ! croyez-vous ? » pensa Flora avec vivacité. Mais elle ne fit entendre qu'un claquement de langue plein de regret, qu'elle considérait comme approprié à l'occasion.

— De toute façon, cela la met hors de cause.

— Hors de quelle cause ? demanda Judith après un instant (elle était retombée dans une songerie semblable à une transe).

— Je veux dire pour les rideaux. Elle ne peut pas les laver, si elle vient de mettre un enfant au monde, n'est-ce pas ?

— Elle sera sur pied demain. Ces filles-là sont comme des bêtes de somme, dit Judith avec indifférence.

Elle paraissait courbée sous le poids torturant d'un chagrin qui l'aurait épuisée au point de ne plus laisser place en elle à la colère. Mais tandis qu'elle parlait, une lueur de mépris venimeux surgit de ses yeux mi-clos. Elle darda un rapide regard sur la plus proche photographie de Seth. Il y figurait au centre de l'équipe de football du club des Vagabonds de Beershorn. Le corps élancé du beau garçon avait l'air de dédaigner de toute sa fierté masculine la protection que lui offraient son short court et son maillot rayé. Son cou plein et musclé surgissait nu, rond et fier, comme le pistil d'une fleur, de l'encolure de son sweater.

« Il est un soupçon trop gras, mais vraiment très beau », songea Flora suivant le regard de Judith. Elle l'interrogea :

— Je suppose qu'il ne joue plus au football, il préfère probablement courir les filles.

— Hélas ! murmura soudain Judith. Regardez-le ! La honte de notre maison. Maudit soit le jour où je l'ai mis au monde et la nourriture qu'il a tirée de mon sein, et la parole séductrice que Dieu lui a donnée pour porter le malheur aux pauvres femmes !

Elle se leva et regarda longuement la pluie qui bruissait dehors. Les cris qui provenaient de la petite cabane avaient cessé. Un silence lourd de l'épuisement nerveux qui résulte des efforts exceptionnels se fit sentir dans l'air stagnant de la cour comme un nuage malsain. Toute la campagne environnante, les collines entassées, perdues dans la pluie, les champs spongieux hérissés de silex, les aubépines dénudées toujours courbées sous la pression du vent, les étendues de riches prairies à travers lesquelles errait la rivière ; tout l'espace paraissait se replier sur lui-même. Le silence semblait dire : « Abandonnez, abandonnez, il n'y a pas de solution à l'énigme. Les corps épuisés retournent, heure par heure, minute par minute, à la boue originelle qui leur apporte tous les pardons et tous les oublis. »

— Eh bien, cousine Judith, si vraiment vous pensez qu'elle sera debout dans quelques jours, je pourrais peut-être faire un tour jusqu'à sa cabane ce matin pour arranger avec elle la question des rideaux, dit Flora s'apprêtant à partir.

Judith ne répondit pas tout de suite.

— La quatrième fois, murmura-t-elle enfin. Enfants de l'amour ! Pouah ! Cet animal et l'amour… ! Et lui…

Ici Flora réalisa que la conversation ne promettait pas d'aboutir à grand-chose ; aussi s'éloigna-t-elle rapidement.

« Alors, ils sont tous de Seth, pensa-t-elle en enfilant son imperméable dans sa chambre. Vraiment il exagère. Je suppose que, dans n'importe quelle autre ferme, on dirait qu'il donne le mauvais exemple, mais ici c'est sans importance. Il faut que je voie ce qu'on peut faire au sujet de Seth. »

Elle se choisit un chemin à travers la boue et la paille moisie qui tapissaient la cour, et ne rencontra qu'une personne, qu'elle jugea, d'après l'occupation à laquelle celle-ci se livrait, être Ruben lui-même. Il ramassait fiévreusement les plumes perdues par les poules qui erraient dans la cour et les comparait avec le nombre de trous vides sur leur dos. Cela, supposa-t-elle, était sans doute une mesure de précaution pour empêcher Mark Dolour d'emporter les plumes pour sa fille Nancy.

Ruben (si c'était lui) était si absorbé qu'il ne remarqua pas Flora.

6

Flora s'approcha de la cabane non sans un peu d'inquiétude. Son expérience pratique des accouchements était nulle, car celles de ses amies qui étaient mariées n'avaient pas encore d'enfants, et toutes les autres étaient encore trop jeunes pour penser au mariage autrement que comme à un état infiniment lointain. Mais elle avait acquis des connaissances théoriques assez poussées en lisant des romans écrits par des femmes généralement non mariées elles-mêmes. Leurs descriptions de ce qui attendait leurs infortunées sœurs mariées tenaient généralement quatre à cinq pages de caractères serrés ou huit à neuf pages de lignes espacées contenant sept mots et un grand nombre de points de suspension groupés par trois.

Une autre école écartait la question des accouchements avec une insouciance dégagée, un sang-froid qui semblait dire : « Désolée, chérie, je suis en retard, je viens de mettre au monde un bébé. Où allons-nous dîner ce soir ? » Flora, fait étrange, trouvait cela non moins inquiétant. Elle finissait par se demander si la manière démodée de décrire l'événement par cette phrase un peu brève : « Elle donna le jour à un bel enfant du sexe masculin » n'était pas, tout compte fait, la meilleure méthode.

Un troisième type de romancière combinait la littérature et la maternité en publiant tout d'abord un bon et sérieux premier livre à l'âge de vingt-six ans, puis, une fois mariée et le premier enfant mis au monde, en écrivant des articles pour la presse tels que « Comment j'élèverai ma fille » par Miss Gwenyth Bludgeon, la brillante jeune romancière, qui a donné naissance à une fille ce matin – Miss Bludgeon, dans la vie privée, est Mrs Neil MacIntish. Certaines descriptions minutieuses d'accouchement avaient tellement effrayé (pour ne pas dire révolté) quelques amies de Flora qu'elles s'étaient précipitées au zoo où, moyennant un pourboire au gardien, elles avaient reçu l'assurance qu'au moins les lionnes accomplissaient le plus grand événement de leur vie dans une solitude décente. C'était du reste un réconfort de les regarder en train de donner des coups de patte à leurs petits qui se roulaient au soleil. Les lionnes, au moins, n'écrivaient pas d'articles pour les journaux sur la manière dont elles élèveraient leurs enfants.

Flora avait d'ailleurs fini par apprendre l'art de « feuilleter » les livres inconnus et maintenant, lorsque son œil effleurait une phrase où il était question de formes alourdies, de suées, de gémissements ou de lits de douleur, elle reposait tout simplement le livre sur le rayon sans le lire.

S'arrachant à ses méditations, elle fut soulagée d'entendre une voix répondre : « Qui c'est ? » lorsqu'elle frappa à la porte de la cabane.

— Miss Poste, de la ferme, répondit Flora calmement. Puis-je entrer ?

Un silence suivit. « Un silence effrayé », pensa Flora. À la fin, une voix soupçonneuse répondit :

— Qu'est-ce que vous me voulez, à moi et aux miens ?

Flora soupira. C'était vraiment curieux de constater que les personnes vivant ce que les romanciers appellent une vie riche en émotions semblaient toujours être un peu lentes à comprendre. Les actes les plus ordinaires s'entortillaient pour elles dans un réseau compliqué de craintes et de soupçons. Elle s'apprêtait à fournir une longue explication, mais elle changea subitement d'idée. Pourquoi s'expliquerait-elle, et en réalité qu'y avait-il à expliquer ? Elle poussa la porte et entra.

À son grand soulagement, il n'y avait ni suées, ni gémissements, ni lit de douleur. Seulement une femme jeune qu'elle supposa être Mériam, la fille de journée, assise près du poêle, lisant ce que Flora, grâce à son flair, identifia immédiatement comme *La Clef des songes* de Mme Olga. Il n'y avait pas trace d'enfant, et elle en fut intriguée. Mais son soulagement était trop grand pour qu'elle cherchât une explication.

La fille de journée, qui avait naturellement l'air maussade et qui paraissait un fruit en pleine maturité, la regardait fixement.

— Bonjour, débuta Flora aimablement, vous sentez-vous mieux ? Mrs Starkadder semble croire que vous serez déjà remise dans un jour ou deux. Si alors vous vous sentez assez bien, je voudrais que vous laviez les rideaux de ma chambre. Quand pourrez-vous venir jusqu'à la ferme les chercher ?

La fille de journée se serra contre le poêle, regardant Flora comme une bête aux abois. Quand elle parla, sa voix était basse et traînante.

— Pourquoi que vous venez ici vous moquer de ma honte, moi qui me suis seulement sortie hier de mes ennuis ?

Flora sursauta et la regarda, étonnée.

— Hier ? Je croyais que c'était aujourd'hui, mais sûrement... euh ! n'ai-je pas entendu ? C'est-à-dire, est-ce que vous n'étiez pas en train de crier, il y a seulement dix minutes ? Mrs Starkadder et moi, nous vous avons entendue.

Le commencement d'un sourire boudeur qui fit ressembler sa bouche à une prune effleura les lèvres sensuelles de la fille de journée.

— Ouais, je braillais un peu. Je me rappelais mes ennuis d'hier. Mrs Starkadder, elle était pas à la cuisine, elle, quand mon heure est venue. Comment qu'elle saurait ce que j'ai supporté et quand je l'ai supporté ? Pas que je dise grand-chose pendant que ça dure. C'est pas si terrible que les gens veulent faire croire. La mère dit que c'est parce que je garde bon moral, et que je mange de bon cœur avant.

Flora fut agréablement surprise d'entendre ces mots. Elle se demanda un moment si les femmes auteurs n'avaient pas été mal renseignées au sujet des accouchements. Mais non, elle se souvenait qu'en général elles se laissaient une porte de sortie en décrivant une femme primitive, une créature aussi près de la terre qu'un fruit mûr ; ladite créature n'avait jamais d'ennuis avec ses accouchements, prenant cela comme cela venait, pour ainsi dire. Évidemment, Mériam appartenait à cette catégorie-là.

— Vraiment, dit Flora, j'en suis très contente. Quand pourrez-vous décrocher les rideaux ? Après-demain ?

— J'ai pas dit que je laverais vos rideaux. J'en ai assez à supporter, avec trois enfants à nourrir et la mère qui me garde le quatrième. Et qui sait ce qui va m'arriver quand l'aristoloche repoussera sur les haies, moi qui me sens toute drôle les longues soirées d'été ?

— Rien ne vous arriverait si seulement vous vous serviez de votre intelligence pour qu'il n'arrive rien, rétorqua Flora fermement. Et si vous me permettez de m'asseoir sur ce tabouret – merci, mon mouchoir me servira de coussin –, je vous dirai comment vous pourrez empêcher quelque chose d'arriver. Et ne vous occupez pas de l'aristoloche pour le moment…

« Qu'est-ce que cela peut bien être que l'aristoloche ? » se demanda-t-elle avant d'ajouter :

— Écoutez bien !

Et soigneusement, en détail, froidement, posément, Flora exposa à Mériam comment faire pour éviter l'effet désastreux du parfum des aristoloches et des longs soirs d'été sur l'organisme féminin.

Mériam écouta les yeux écarquillés.

— C'est honteux ! C'est tromper la nature ! éclata-t-elle avec une sorte de terreur, à la fin de l'explication.

— Vous êtes ridicule, dit Flora, la nature est très bien à sa place, mais on ne doit pas l'autoriser à mettre du désordre partout. Maintenant, souvenez-vous, Mériam : pas d'aristoloches ni de soirées d'été sans quelques petites précautions. Quant à vos enfants, si vous voulez laver les rideaux pour moi, je vous paierai et cela pourra servir à acheter un peu de ce qu'il faut pour les nourrir.

Mériam ne semblait pas très convaincue de la possibilité d'éviter les effets de l'aristoloche, mais elle accepta finalement de laver les rideaux le jour suivant, à la grande satisfaction de Flora.

Pendant que Flora mettait le point final à ses arrangements, son regard errait pensivement à l'intérieur de la cabane. Elle était du genre dit « misérable », mais il était évident aux yeux expérimentés de Flora que, aussi invraisemblable que cela paraisse, quelqu'un y avait mis de l'ordre. Elle était sûre que Mériam n'y était pour rien et se demandait qui avait bien pu faire le travail. Elle enfilait ses gants lorsqu'on frappa un coup sec à la porte.

— C'est la mère, dit Mériam, et elle cria : Entre, maman !

La porte s'ouvrit et sur le seuil, inspectant Flora des pieds à la tête de ses petits yeux noirs pétillants, se tenait un châle d'un noir roussi, surmonté d'un chapeau périlleusement perché sur une touffe de cheveux.

— Bonjour, Miss, vilaine journée ! émit le châle en roulant un vaste parapluie.

Flora fut si étonnée de trouver dans le Sussex quelqu'un qui s'adressait à elle d'une manière normale et même respectueuse qu'elle en oublia presque de répondre. Mais l'habitude reprit le dessus, et elle se remit suffisamment vite pour admettre gracieusement que la journée était en effet vilaine.

— Elle vient de là-haut à la ferme, dit Mériam, elle veut que je lave les rideaux de sa chambre, et moi qui viens seulement de sortir de mes ennuis…

— Qui, « elle » ? La mère du chat ? grogna le châle. Parle comme il faut à la jeune dame… Il faut l'excuser, Mademoiselle, elle tient plutôt du côté de son père. Ah ! ce fut un sombre jour pour moi, celui où je me suis mariée avec Agony Beetle[1] et que j'ai quitté Sydenham pour le Sussex – toute ma famille vit à Sydenham, Mademoiselle, depuis quarante ans… Les laver ! Eh bien ! jamais j'aurais pensé que je vivrais assez longtemps pour entendre quelqu'un de Froid Accueil demander qu'on lave quelque chose. Ils

1. *Beetle* : cafard. (*N.d.É.*)

pourraient commencer par leur vieil Adam, si c'est comme ça qu'il s'appelle, et cela ne lui ferait pas de mal, je le jure. Elle vous les lavera, Mademoiselle, j'irai les rapporter moi-même demain après-midi et je vous les accrocherai.

L'atmosphère pesante de Froid Accueil avait eu sur Flora un effet si déprimant qu'elle était presque émue en répondant : « Cela ira très bien », heureuse de s'adresser enfin à une personne douée de certains des attributs d'un être normal et qui semblait comprendre, si faiblement que ce soit, l'utilité de laver les rideaux et, en général, de mettre de l'ordre dans la vie avant de pouvoir commencer à en profiter. Elle se demandait si elle devait s'informer de la santé du bébé, et venait de décider finalement que cela manquerait peut-être de tact lorsque Mrs Beetle lança à sa fille :

— Eh bien ! tu ne me demandes pas comment il va ?

— Je sais, c'est pas la peine de demander, il poussera bien comme tous les autres, fut la maussade réponse.

— Allons, tu n'as pas besoin de parler comme si tu souhaitais le contraire ! dit le châle amèrement. Dieu sait qu'ils n'étaient pas les bienvenus, pauvres petits innocents, mais maintenant qu'ils sont là, autant les élever comme il faut et c'est ce que je ferai. C'est mon intérêt. Encore quatre ans et ils commenceront à se rendre utiles.

— Comment ? interrogea Flora, s'arrêtant à la porte, inquiète à l'idée de découvrir un défaut dans le caractère, jusque-là admirable, du châle.

— Je vais les entraîner tous les quatre pour faire un de ces orchestres de jazz, répliqua Mrs Beetle promptement. J'ai vu dans *Les Nouvelles du peuple* qu'ils gagnent jusqu'à six livres par soirée en jouant dans les boîtes de nuit. Alors, je me suis dit en moi-même : « Voilà un jazz tout trouvé, comme on dirait, et maintenant qu'il y en a quatre, c'est encore mieux. Je les ai tous sous la main dans la même famille, et je peux avoir l'œil sur toute la tribu, pendant qu'ils apprendront à jouer. » C'est pour cela que je les élève comme il faut, avec beaucoup de lait, et que je les envoie coucher de bonne heure. Ils auront besoin de toutes leurs forces, s'ils doivent veiller jusqu'à ce que les coqs chantent, à jouer dans les boîtes de nuit.

Flora était un peu choquée, mais elle admit que le plan de Mrs Beetle, tout matériel qu'il se révélât, prouvait du moins un certain sens de l'organisation. On ne pourrait certainement pas en dire autant de tout autre genre de vie que les quatre musiciens en herbe risqueraient de mener si leur éducation était laissée aux soins de leur mère, ou (sombre pensée) à ceux de grand-père Beetle lui-même.

Flora s'éloigna après un aimable adieu à Mériam et à sa mère, et la promesse de revenir bientôt voir le nouveau-né.

Après son départ, la cabane fut plongée dans un assoupissement profond, troublé seulement par le rayonnement aigu de la personnalité de Mrs Beetle, qui semblait réunir en elle les fils ténus des désirs communs que sa fille et elle n'exprimaient pas.

Mériam se recroquevilla sur son tabouret. Les lignes alourdies de son corps s'étalaient comme de naturels embellissements dus au labeur sans fin d'une terre féconde. En chuchotant, elle commença à raconter à sa mère ce que Flora lui avait conseillé de faire. Sa voix s'élevait… s'abaissait… s'élevait… s'abaissait…

Le débit guttural de ses paroles était ponctué par le bruissement du balai de Mrs Beetle. À un certain moment, Mrs Beetle ouvrit violemment une fenêtre en grognant : « Un nègre étoufferait dans cette pièce ! » Mais, après cette interruption, la voix de Mériam continua de bourdonner, comme la voix de la terre elle-même.

— Eh bien, c'est pas la peine de faire des messes basses pour cela, comme si tu parlais à quelqu'un du presbytère, observa Mrs Beetle quand Mériam eut fini, c'est pas la première fois que j'en entends parler, mais je ne savais pas très bien ce qu'il fallait et ce que cela coûtait… Maintenant en tout cas, on est renseignées, grâce à Miss Touche-à-Tout de là-haut, et je parie qu'elle en sait plus long qu'elle en a l'air, un bout de gamine comme elle qui s'amène ici tout effrontée, pour vous parler de ces choses-là. En tout cas, elle a l'air de quelqu'un qui se lave de temps en temps et elle n'est pas peinturlurée comme un vieux tableau, comme elles sont presque toutes de nos jours. Ce n'est pas que j'approuve ce qu'elle t'a dit, remarque bien. Ce n'est pas bien !

— Ouais, appuya lourdement sa fille, c'est vilain, c'est tricher avec la nature !

— C'est bien vrai.

Suivit une pause pendant laquelle Mrs Beetle demeura le balai en suspens, les yeux fixés sur le poêle. À la fin, elle ajouta :

— Tout de même, cela vaut peut-être la peine d'essayer.

7

Le caractère de Flora était généralement égal, mais à l'heure du déjeuner, le jour suivant, la pluie incessante, la manière désespérante dont la ferme et ses dépendances semblaient tomber en ruine sous ses yeux, ainsi que les manières d'être et les caractères de ses cousins avaient produit chez elle une impression de mélancolie aussi inhabituelle que désagréable.

« Il ne faut pas que je me laisse décourager, pensa-t-elle, regardant le paysage détrempé par la fenêtre de sa chambre, tout en disposant dans un vase quelques branchages cueillis pendant sa promenade matinale. J'ai probablement faim, le déjeuner me remontera le moral… »

Et cependant, en y réfléchissant, il semblait probable qu'un déjeuner cuisiné par un Starkadder et avalé solitairement ne ferait qu'aggraver les choses.

Les repas de la veille s'étaient bien passés. À midi, Judith lui avait servi une côtelette et du yaourt, près d'un feu qui fumait, dans une petite pièce tapissée d'un vert fané à côté de la laiterie. C'est là également que Flora avait pris son thé et son dîner. Ces deux derniers repas, agréable surprise, avaient été servis par Mrs Beetle. Il apparaissait que Mrs Beetle venait à la ferme remplacer sa fille dans les occasions où celle-ci accouchait.

L'arrivée de Flora avait coïncidé avec une de ces périodes qui, on le sait, étaient assez fréquentes. Mrs Beetle venait aussi chaque jour préparer les repas de tante Ada Doom. Ainsi Flora n'avait jusqu'à maintenant rencontré ni Seth, ni Ruben, ni aucun Starkadder mâle.

Judith, Adam, Mrs Beetle, et Elfine lors de ses fugitives apparitions, voilà tout ce qu'elle connaissait des habitants et des serviteurs de la ferme. C'était insuffisant. Elle désirait voir ses jeunes cousins, sa tante Ada Doom et Amos. Comment mettre de l'ordre à Froid Accueil si elle ne prenait pas contact avec tous les Starkadder ? Cependant elle reculait devant une entrée audacieuse à la cuisine, en présence de toute la famille assemblée à l'heure des repas, et devant l'obligation de se présenter elle-même. Une telle démarche nuirait à sa dignité et compromettrait son prestige futur. Tout cela était bien difficile ! Peut-être n'était-ce pas intentionnellement que Judith l'empêchait de faire connaissance avec le reste de la famille ; mais, que cela fût prémédité ou non, le résultat était atteint.

Aujourd'hui, Flora avait pris la décision de rencontrer ses cousins Seth et Ruben. Elle pensa que l'heure du thé offrirait une bonne occasion pour mettre ses projets à exécution. Si les Starkadder n'avaient pas l'habitude de prendre le thé (ce qui était fort probable), elle le préparerait elle-même et les informerait qu'avec leur permission (pour la forme) elle avait l'intention d'en faire autant tous les après-midi pendant son séjour.

C'était là une question à régler plus tard. Pour le moment, elle se rendait à Howling pour voir s'il n'y avait pas un bistrot où elle pourrait déjeuner. Dans n'importe quelle autre maison, un tel procédé aurait été suffisant pour mettre fin à son séjour. Ici, ils ne s'apercevraient même pas de son absence. À une heure, Flora se trouvait dans le bar de L'Homme condamné, le seul café de Howling, en train de demander à Mrs Murther, la propriétaire, si elle « faisait restaurant ». Un sourire, un frisson de soulagement tel celui d'une personne qui regarderait par-dessus le bord d'un précipice où d'autres sont tombés tandis qu'elle-même échappait à la mort, passa sur le visage de Mrs Murther lorsqu'elle répondit :

— Non ! C'est-à-dire sauf pendant le mois d'août, et encore pas toujours, ajouta-t-elle avec satisfaction.

— Vous ne pourriez pas essayer d'imaginer que c'est le mois d'août à présent ? demanda Flora, affamée.

— Non ! répliqua simplement Mrs Murther.

— Eh bien, si j'achète un bifteck chez le boucher, voudrez-vous me le faire cuire ?

Si invraisemblable que cela paraisse, Mrs Murther accepta et elle suggéra, chose plus invraisemblable encore, que Flora pourrait avoir une part de leur repas à eux, offre que Flora accepta avec enthousiasme.

Leur « repas à eux » se trouva être de la tarte aux pommes et des légumes, ce qui fit l'affaire de Flora. Elle obtint son bifteck, après un certain délai, chez le boucher qui la crut folle ; et il lui sembla qu'un temps extraordinairement court s'était écoulé entre l'achat du bifteck et le moment où il fut placé devant elle, bien grillé et savoureux, dans le parloir de L'Homme condamné.

La présence de Mrs Murther rôdant autour d'elle ne put arriver à répandre une atmosphère suffisamment lugubre pour couper son appétit. Mrs Murther avait un aspect résigné plutôt que désespéré. Sa figure et son allure évoquaient pour Flora la phrase bien populaire : « À quoi bon se plaindre ? » Il eût toutefois été étonnant de l'entendre à Howling, où les naturels du pays se croyaient obligés de se plaindre tout le temps.

— Maintenant il faut que j'aille m'occuper du déjeuner de l'autre monsieur, dit Mrs Murther, après avoir tourné autour de Flora assez longtemps pour être sûre qu'elle avait tout ce qu'il fallait : sel, poivre, pain, fourchette, et tout ce qui s'ensuit.

— Il y a donc un autre monsieur ? questionna Flora.

— Oui, il séjourne ici. C'est un écrivain, répondit Mrs Murther.

— Je l'aurais juré, murmura Flora. Comment s'appelle-t-il ? ajouta-t-elle car elle se demandait si elle le connaissait.

— Mybug[1].

Telle fut la réponse imprévue qui lui fut faite. Flora trouva cela incroyable, mais elle était trop occupée à manger pour entamer une longue et fatigante discussion. Elle conclut que Mr Mybug devait être un génie, car une personne qui n'aurait eu que du talent aurait eu la faiblesse de faire changer son nom légalement.

« Quel ennui ! » pensa-t-elle. N'avait-elle pas assez à faire à Froid Accueil sans qu'il y eût un génie du nom de Mybug en séjour à un kilomètre de la ferme ? Il serait bien capable de s'amouracher d'elle ! Elle savait en effet par expérience que les intellectuels et les génies, rarement épris des femelles de leur propre espèce qui ont des façons étranges de se chausser et de se coiffer, choisissaient généralement des personnes

1. *Mybug* : ma punaise. *(N.d.T.)*

de son genre ; normales, réservées, convenablement habillées – qui, elles, étaient de leur côté à la fois rebutées et effrayées (pour ne pas dire ennuyées) par les avances résolues desdits génies et intellectuels.

— Très bien, quel genre de livres écrit-il ? demanda Flora.

— À présent, il en fait un au sujet d'un autre jeune homme qui écrivait des livres. Ses sœurs disaient même que c'étaient elles qui les avaient écrits, et puis ils sont tous morts de la tuberculose, les pauvres petits.

« Ah ! une biographie de Branwell Brontë, songea Flora. C'était à prévoir. Il y a une tendance au mécontentement grandissant parmi les intellectuels mâles depuis quelque temps à la pensée qu'une femme ait pu écrire *Les Hauts de Hurlevent*. Je pensais bien que l'un d'entre eux produirait un ouvrage de ce genre tôt ou tard. Eh bien, il faudra que je tâche de l'éviter, c'est tout. »

Elle se mit à engloutir sa tarte aux pommes d'une manière plus rapide qu'agréable, car elle craignait que Mr Mybug n'entrât et ne tombât amoureux d'elle.

— Ne vous pressez pas tant, il n'est jamais là avant deux heures et demie, la rassura Mrs Murther qui, avec une rapidité déconcertante, avait deviné sa pensée. Il est là-haut, sur la lande, par tous les temps. Et qu'est-ce qu'il ramène comme boue à la maison !… Tout était-il à votre goût ? Cela fera un shilling six pence, s'il vous plaît.

Flora se sentit mieux pendant son retour à la ferme. Elle décida de passer l'après-midi à ranger ses livres. Il y avait quelques signes de vie dans la cour quand elle la traversa. On entendait le fracas des seaux dans l'étable. Le beuglement rauque du taureau parvenait de sa sombre demeure. « Je ne crois pas qu'ils le lâchent jamais dans les champs quand il y a du soleil », pensa Flora, et elle nota qu'il faudrait s'occuper de lui, en plus des Starkadder. Des bruits belliqueux sortaient du poulailler, mais on ne voyait personne…

À quatre heures, elle descendit à la recherche d'une tasse de thé. Elle ne prit pas la peine de jeter un coup d'œil dans son petit parloir, pour voir si le thé y était servi, elle alla droit à la cuisine. Naturellement, il n'était pas question de thé ! Et elle se rendit compte, en voyant le feu éteint, les miettes et les restes de carottes qui traînaient sur la table depuis le déjeuner, qu'elle avait été optimiste dans ses espérances. Elle n'en fut pas démontée pour autant. Elle remplit la bouilloire et, après avoir remis du bois sur le feu, la posa sur le poêle ; elle débarrassa la table des souvenirs du déjeuner avec le torchon d'Adam (en le tenant avec des pincettes), et disposa une rangée de tasses et de soucoupes autour d'une théière en étain bosselée. Elle découvrit une miche de pain et du beurre, mais pas de confiture naturellement, ni quoi que ce soit d'aussi luxueux. Au moment où la bouilloire se mettait à chanter et qu'elle bondissait pour la retirer du feu, une ombre obscurcit la porte. C'était Ruben qui regardait les extravagants préparatifs de Flora avec une expression d'étonnement ahuri mêlé de fureur.

— Hello ! dit Flora, ouvrant le feu, je parie que vous êtes Ruben ; je suis Flora Poste, votre cousine, vous savez. Comment allez-vous ? Je suis si contente de voir que quelqu'un a eu l'idée de venir prendre le thé. Asseyez-vous donc. Un peu de lait ? Pas de sucre, naturellement… non ?… oui ?… Moi, j'en prends, mais la plupart de mes amis n'en prennent pas.

Ce grand corps masculin découpé en lignes menaçantes sur la clarté blafarde que dispensaient les fenêtres ne fit pas un mouvement. Ses pensées tourbillonnaient, comme une source en ébullition, derrière sa face grise aux creux accusés. Une femme… Bon Dieu de bon Dieu ! Une femme venue pour lui arracher sa terre ? Sa terre ! L'amour qu'il avait pour elle était comme un levain qui fermentait dans ses veines. Une femelle. Une jeunesse, douce à l'œil, arrogante… Il eut soudain un regard aux reflets sanguinaires. La briser… briser… garder et retenir… Retenir désespérément la terre. Les durs sillons du sol gelé, avides de recevoir la pluie ardente, les fécondes larmes de la pluie, le gonflement, le lent épanouissement des grains brisant leur enveloppe, le beuglement des vaches et leur odeur pénétrante, le piétinement du taureau dans l'orgueil de sa force mâle… tout à lui… à lui seul…

— Voulez-vous une tartine ? proposa Flora, lui tendant une tasse de thé. Ne vous inquiétez pas pour vos bottes. Adam peut balayer la boue après, mais entrez donc.

Vaincu, Ruben entra.

Debout devant la table en face de Flora, soufflant lourdement sur son thé, il la dévisageait. Flora le laissa faire. C'était tout à fait intéressant : comme de prendre le thé avec un rhinocéros ! De plus, elle avait un peu pitié de lui. Car, parmi tous les Starkadder, c'était lui qui semblait le moins jouir de l'existence. Après tout, les autres Starkadder avaient tous un intérêt dans la vie. Amos, la religion ; Judith, son amour pour Seth ; Adam, son affection pour les bonnes bêtes. Elfine trouvait son plaisir à danser dans le brouillard sur la lande, habillée d'une robe bizarre, tandis que Seth préférait courailler. Mais Ruben avait l'air de ne tirer satisfaction de rien.

— Trop chaud ? demanda-t-elle en lui passant le lait avec un sourire.

Un nuage opaque troubla doucement les profondeurs acajou du thé. Il continua à souffler et à la fixer. Flora voulait le mettre à l'aise (si toutefois il pouvait se sentir à l'aise). Aussi continua-t-elle tranquillement à prendre son thé, regrettant qu'il n'y ait pas de sandwichs au concombre.

Après un silence qui dura sept minutes (un regard furtif jeté sur sa montre le lui révéla), elle se rendit compte, en voyant des frémissements se succéder sur la face de Ruben et en percevant une série préparatoire de bruits sourds qui émanaient de sa gorge, qu'il s'apprêtait à lui adresser la parole. Prudente comme un opérateur occupé à filmer une famille de quatorze lions, Flora ne bougea pas. Son sang-froid fut récompensé. Après encore une minute, Ruben émit la phrase suivante :

— À cinq heures sonnantes, j'avais sarclé deux cents sillons, en bas de la butte.

Flora trouva que c'était le genre de remarques auxquelles il est difficile de fournir une réponse. Était-ce une plainte ? Dans ce cas, on pourrait dire : « Mon cher, que c'est ennuyeux pour vous ! » Mais cela pouvait être une vantardise, à laquelle la réponse correcte serait : « Épatant ! » ou tout simplement : « Cela, c'est du travail ! » Par faiblesse, elle se réfugia dans ce mot peu compromettant : « Vraiment ? » prononcé d'une voix vivement intéressée.

Elle vit immédiatement qu'elle avait mis les pieds dans le plat. Ruben baissa les sourcils et avança la mâchoire. Quelle horreur ! Il croyait qu'elle mettait en doute sa parole.

— Ouais, c'est bien la vérité. Deux cents ! Deux cents depuis le coin de Ticklepenny jusqu'au champ d'orties. Ouais, sans personne pour m'aider. Vous n'auriez pas pu en faire autant !

— Certainement pas, répondit Flora du fond du cœur, et son ange gardien (qui, décida-t-elle, avait dû faire des heures supplémentaires) la poussa à ajouter : Mais vous savez, je n'en aurais même pas envie !

Cette confession d'apparence innocente eut un effet inattendu sur Ruben. Il posa bruyamment sa tasse et avança le visage pour pénétrer du regard celui de Flora.

— Eh bien, vrai alors ? Ah ! mais vous paieriez un homme de journée pour le faire pour vous, je parie ; cela vous serait égal de gaspiller les revenus de la ferme !

Flora commença à voir de quoi il retournait. Il pensait qu'elle avait des vues sur la ferme.

— Certainement pas, rétorqua-t-elle promptement. Cela me serait égal que le coin de Ticklepenny ne soit jamais sarclé. Je ne veux rien savoir non plus du champ d'orties. (Elle sourit aimablement à Ruben.) J'aime mieux vous le laisser faire.

Mais cet effort, à son regret, n'eut pas l'effet qu'elle attendait.

— « Laisser », hurla Ruben frappant la table, laisser, en voilà un traître mot à employer en face d'un homme qui a soigné la ferme comme un nourrisson malade et qui connaît chaque pouce du sol et chaque touffe d'aristoloche dans les environs. Laisser… Ouais, un joli mot !

— Je crois vraiment qu'il faudrait faire une mise au point sur cette question, interrompit Flora. Cela simplifierait tellement les choses. Je ne convoite pas la ferme. Parole d'honneur ! En fait… (Elle allait lui dire que cela lui semblait incroyable que qui que ce soit puisse la convoiter, puis elle décida que ce serait non seulement impoli, mais même blessant.) En fait, une telle idée n'est jamais entrée dans ma tête. J'ignore tout ce qui concerne la culture et cela ne m'intéresse pas. J'aime mieux laisser cela aux gens qui s'y connaissent, comme vous. Pensez quel fouillis je ferais de la récolte du sainfoin, et de tout le reste. Vous vous rendez sûrement compte que je suis la dernière personne au monde qui puisse être utile pour sarcler, aussi vous devez me croire.

Une deuxième série de frémissements d'une nature un peu plus complexe que les premiers parcourut le visage de Ruben. Il fut sur le point de parler mais, finalement, il n'en fit rien. Il reposa brusquement sa tasse, jeta un dernier regard à Flora et sortit bruyamment de la cuisine.

C'était une conclusion peu satisfaisante à cette entrevue si bien commencée, mais elle ne s'en émut pas. Il ne la croyait peut-être pas, mais ce n'était pas l'envie qui lui en manquait, la bataille était donc à moitié gagnée. Il avait même été bien près de la croire, quand elle avait fait cette remarque heureuse sur le sarclage. Seuls sa sauvagerie naturelle et son caractère soupçonneux l'en avaient empêché. La prochaine fois qu'elle lui affirmerait qu'elle ne convoitait pas Froid Accueil, Ruben serait convaincu qu'elle disait la vérité.

Le feu brûlait maintenant joyeusement. Flora alluma une bougie qu'elle avait descendue de sa chambre et se mit à faire un peu de couture pour passer le temps jusqu'à l'heure du dîner. Elle se confectionnait une combinaison qu'elle garnissait de jours à fils tirés.

Un peu plus tard, tandis qu'elle cousait tranquillement, Adam entra, venant de la cour. Il portait, pour se protéger de la pluie, un chapeau qui avait perdu au cours de sa longue existence toutes les caractéristiques de forme, de couleur et de taille, et toutes les particularités qui normalement identifient un chapeau. Il ressemblait maintenant à quelque vague parasite naturel – mousse, éponge ou algue – qui se serait attaché au vieillard. Adam tenait entre le pouce et l'index un bouquet de brindilles épineuses qu'il venait sans doute d'arracher à un des buissons de la cour, et il le portait avec ostentation à bout de bras, comme un flambeau. En traversant la cuisine, il lança un regard de défi à Flora par-dessous le rebord de son chapeau, mais il ne dit mot. Il plaça soigneusement les épines au-dessus de l'évier, le regard toujours dirigé vers Flora, mais elle continua à coudre silencieusement. Aussi, après avoir changé une ou deux fois de place les épines, il toussota et grogna :

— Ouais, celles-là me serviront jusqu'à la Saint-Michel pour gratter les assiettes. Rien de tel que les épines pour gratter la vaisselle. Ouais, une corde est aussi bonne qu'un harnais, pour un cheval docile. Blasphèmes, comme corbeaux, font leur nid dans les cœurs et dans les granges.

Il était manifeste qu'il n'avait pas oublié les conseils de Flora au sujet d'une petite lavette pour nettoyer la vaisselle. Comme il s'éloignait en traînant les pieds, elle nota qu'il ne faudrait pas oublier de lui en acheter une la prochaine fois qu'elle retournerait à Howling.

Elle avait à peine eu le temps de se remettre à son ouvrage que des pas se faisaient entendre dans la cour, et un jeune homme entra qui ne pouvait être que Seth. Flora leva la tête avec un sourire calme.

— Bonjour. Vous êtes sans doute Seth ? Je suis votre cousine Flora Poste. Je crains qu'il ne soit trop tard pour prendre le thé, à moins que cela ne vous dise d'en faire pour vous ?

Il s'avança vers elle avec la grâce ondulante d'une panthère et s'appuya à la cheminée. Flora vit immédiatement qu'il n'était pas de l'espèce qu'on décourage avec l'offre d'une tasse de thé. Il fallait en prendre son parti.

— Qu'est-ce que c'est que cet ouvrage ? demanda-t-il.

Flora sentit qu'il espérait que c'était une culotte. Elle secoua froidement les plis de la combinaison et répondit que c'était une nappe à thé.

— Ouais… des bêtises de femme ! dit doucement Seth. (Flora se demanda pourquoi il avait jugé bon de baisser sa voix d'une demi-octave.) Les femmes sont toutes les mêmes. Toujours leurs falbalas, pour attirer les yeux des hommes. Tout ce qu'elles cherchent, c'est à tirer le sang de leurs veines, le cœur de leur corps, et à leur prendre leur âme et leur fierté.

— Vraiment ? dit Flora, cherchant ses ciseaux dans sa boîte à ouvrage.

— Ouais… (Sa voix profonde avait des notes rauques qui se fondaient curieusement dans une harmonie sensuelle, comme les cris d'animaux dans la forêt.) C'est tout ce que les femmes veulent : la vie d'un homme. Quand elles l'ont enjôlé avec leurs falbalas, leurs manières séduisantes et leur douceur, et qu'il ne peut plus fuir à cause de son désir qui appelle dans son sang d'homme, alors savez-vous ce qu'elles font ?

— Je crains que non ! dit Flora. Ayez l'amabilité de me passer la bobine de fil qui est sur la cheminée, juste derrière votre oreille… Merci beaucoup.

Seth la donna machinalement et continua :

— Elles le dévorent, comme une araignée femelle mange son mâle. C'est cela qu'elles font, si un homme les laisse faire.

— Vraiment ?

— Ouais… Mais je dis « si » on les laisse faire. Ainsi, moi, je ne laisse aucune femelle me dévorer. C'est moi qui les dévore.

Flora considéra qu'un silence approbateur était, pour l'instant, la meilleure tactique à suivre. Il était en effet difficile de répondre des choses très précises, ce genre de conversation (en faveur aussi bien à Bloomsbury que dans les salons de Cheltenham) n'étant après tout qu'une manœuvre d'approche, un déplacement des pions sur l'échiquier avant que la partie réelle ne s'engage. Et si, comme c'était le cas, l'un des joueurs ne s'intéressait guère au jeu et se demandait seulement s'il aurait la possibilité de se préparer du lait chaud avant d'aller se coucher, il n'y avait pas beaucoup de raisons de continuer. Il est vrai qu'à Cheltenham ou à Bloomsbury, les messieurs n'avaient pas besoin de tant de mots pour expliquer qu'ils dévoraient les dames par légitime défense, mais l'idée était sans doute la même.

— Cela vous choque, hein ? dit Seth, interprétant mal son silence.

— Oui, je pense que c'est épouvantable, répondit Flora, faisant aimablement la moitié du chemin.

Il rit. C'était un bruit cruel comme le sifflement de la belette plantant ses griffes dans le cou d'un lapin.

— « Épouvantable »… ouais… Vous êtes toutes pareilles. Et vous êtes comme les autres, malgré vos grands airs de Londres : mielleuse comme une écolière. Je parie que vous n'avez pas compris la moitié de ce que je vous ai dit, pas vrai ? Petite innocente !

— Je dois avouer que je n'ai pas tout écouté, répondit Flora, mais je suis sûre que c'était très intéressant. Il faudra un jour que vous me parliez de votre travail… Voyons, qu'est-ce que vous faites les soirs où vous n'êtes pas occupé à… euh… dévorer les femmes ?

— Je m'en vais à Beershorn, expliqua Seth un peu boudeur.

Dans sa sombre flamme, son orgueil masculin lui faisait soupçonner qu'on se moquait un peu de lui.

— Pour jouer aux fléchettes ? demanda Flora qui connaissait les coutumes du pays.

— Non !… Moi, jouer à ce jeu de gamin avec un tas de vieillards ? Elle est bien bonne celle-là ! Non. Je vais au cinéma.

Et quelque chose dans l'intonation que Seth donna à ce dernier mot de son discours, la note traînante, nostalgique, presque caressante qui s'infiltra dans sa voix curieusement animale, poussa Flora à poser son ouvrage sur ses genoux et à lever les yeux sur lui. Elle resta pensive en contemplant ses beaux traits irréguliers.

— Le cinéma ? Vraiment ? C'est cela que vous aimez ?

— Mieux que tout au monde, dit-il avec ferveur. Mieux que ma mère ou que la ferme, ou que Violette, là-bas, au presbytère, ou que n'importe quoi.

— Vraiment ? répondit sa cousine, scrutant toujours pensivement son beau visage. C'est intéressant. Vraiment intéressant.

— J'ai sept photos de Lotta Funchal, confia Seth, devenant dans son animation semblable à ces singes qu'on décrit comme « presque humains ». Ouais, et quarante de Jenny Carrol, et cinquante-cinq de Laura Vallee, et vingt de Carline Heavytree, et quinze de Sigrid Maelstrom. Ouais ! Et dix de Pamella Baxter… Signées…

Flora opina, montrant un intérêt courtois, mais ne révélant rien du plan qui s'était aussitôt présenté à son esprit. Seth, après un regard soupçonneux lancé vers elle, décida subitement qu'il s'était trahi en parlant à une femme d'autre chose que d'amour et il en fut fâché. Aussi, grognant qu'il allait à Beershorn voir *Tendres pêcheurs* (parler de sa passion l'avait ardemment réveillée), il s'en fut.

Le reste de la soirée s'écoula tranquillement ; Flora dîna d'une omelette et d'un peu de café, qu'elle prépara dans son petit parloir. Après, elle termina le dessin sur le devant de sa combinaison, lut un chapitre de *Macaxiah ou l'Autel des sacrifices* et se coucha à dix heures. Tout cela fut assez agréable. En se déshabillant, elle constata que sa campagne pour la mise en ordre de Froid Accueil faisait des progrès tout à fait satisfaisants, si on considérait qu'elle n'était là que depuis deux jours. Elle avait fait les premières avances vis-à-vis de Ruben. Elle avait instruit Mériam, la fille de journée, dans l'art des moyens préventifs ; elle avait réussi à faire laver les rideaux de sa chambre (ils pendaient amples et cramoisis dans la lumière de la bougie). Enfin, elle avait découvert la nature de la grande passion de Seth : c'était le cinéma et non pas les femmes. Elle avait un plan pour tirer le maximum de Seth, mais cela pouvait attendre. Elle souffla la bougie. Mais, songea-t-elle en posant son front contre la fraîcheur de l'oreiller, il ne fallait pas que cette habitude de passer ses soirées dans la solitude paisible de son propre salon lui fasse oublier son plan d'action. Il était évident qu'elle devait prendre quelques-uns de ses repas avec les Starkadder pour apprendre à les connaître. Elle soupira et s'endormit.

8

Elle éprouva quelques difficultés, la semaine suivante, à rencontrer son cousin Amos, et personne n'alla même jusqu'à souffler mot d'une présentation à tante Ada Doom. Chaque matin, à neuf heures, Flora observait Mrs Beetle qui montait l'escalier en chancelant sous le poids d'un plateau chargé de saucisses, de confitures, de porridge, d'un kipper, d'un gros pot noir plein de thé fort, et de ce que Flora qualifiait ironiquement de la moitié d'une miche. Une fois que Mrs Beetle avait pénétré dans la chambre de tante Ada, la porte se fermait pour tout de bon, et lorsqu'elle ressortait elle n'était pas très communicative. Un jour, voyant le regard que Flora jetait sur le plateau vide qui quittait la chambre de Mrs Starkadder, elle se laissa aller à dire :

— Oui… nous n'avons pas beaucoup d'appétit ce matin. Nous avons eu seulement deux assiettes de porridge, deux œufs mollets, un kipper juste à point, et la moitié du pot de confiture qu'Adam a chipé à la vente de charité de la paroisse l'été dernier. Enfin, il y a de la place pour contenir tout cela, Dieu sait, et nous ne nous en portons pas plus mal.

— Je n'ai pas encore rencontré ma tante, dit Flora.

Mrs Beetle répondit sombrement que Flora n'avait pas perdu grand-chose et le sujet fut épuisé, car Flora n'aimait pas questionner les domestiques. D'ailleurs, il était évident que Mrs Beetle n'était pas femme à livrer des secrets. Flora eut l'intuition qu'elle ne désapprouvait pas entièrement la vieille Mrs Starkadder. On lui avait entendu dire qu'il y avait au moins une personne à Froid Accueil qui savait ce qu'elle voulait, même si elle avait « vu quelque chose de vilain dans la grange » quand elle avait deux ans. Flora n'avait aucune idée de ce que cette dernière phrase pouvait bien signifier. C'était peut-être une expression locale pour dire « devenir dingo » ?

En tout cas, elle ne pouvait pas insister pour voir sa tante si sa tante ne voulait pas la voir. Si elle l'avait désiré, elle aurait sûrement ordonné que Flora fût introduite en sa présence. Peut-être que la vieille Mrs Starkadder savait que Flora était venue pour mettre de l'ordre dans la ferme et qu'elle avait l'intention d'adopter une attitude de résistance passive. Auquel cas, une tentative d'invasion dans le fort ennemi devrait être faite tôt ou tard. Mais cela ne pressait pas. En attendant, il y avait Amos… Flora apprit par Adam qu'il prêchait deux fois par semaine à l'église des Frères frissonnants, un ordre religieux qui avait son quartier général à Beershorn. Il lui vint à l'idée qu'elle pourrait demander à l'accompagner un soir, pour commencer à le circonvenir pendant le long trajet jusqu'à la ville.

En conséquence, la deuxième semaine de son séjour à la ferme, quand le jeudi soir arriva, elle s'approcha de son cousin lorsqu'il entra à la cuisine après le thé (il ne prenait jamais part à ce repas qu'il trouvait futile) et dit résolument :

— Irez-vous ce soir à Beershorn prêcher pour les Frères ?

Amos la regarda comme s'il la voyait pour la première fois. Son corps gigantesque, aussi rude qu'un arbre torturé par le vent, s'imprimait en sombre sur la mince flamme adoucie du soleil hivernal au déclin. Tel un citron blafard, palpitant sur le flanc occidental de la colline de Mock-Uncle, celui-ci envoyait par la porte ouverte ses pâles rayons dans la cuisine. L'air fragile sur lequel les éventails des arbres s'esquissaient comme des squelettes desséchés semblait peuplé par les brillants fantômes invisibles de milliers d'étés morts.

Le froid battait en vagues glacées contre les paupières de quiconque s'aventurait dehors. Très haut, quelques nuages crayeux flottaient vaguement dans le ciel pâle, qui se courbait vers l'horizon de la lande telle une immense coupe renversée. Les toits givrés de Howling, craquants et pourpres comme des feuilles de chou rouge, étaient blottis dans la vallée, semblables à des bêtes épuisées.

— Ouais ! dit enfin Amos.

Il était gainé de futaine noire, ce qui donnait à ses jambes et à ses bras l'aspect de tuyaux de poêle, et il était coiffé d'un petit chapeau de feutre dur. Flora trouvait qu'il avait l'air de se mouvoir dans le lugubre enfer enfumé de son propre tourment religieux. En tout cas, c'était un vieux mal élevé.

— Ouais, reprit-il, ils brûleront tous en enfer ; et il ajouta d'un ton satisfait : Et c'est à moi de les en avertir !

— Très bien, puis-je vous accompagner ?

Il ne parut pas surpris. Même, elle saisit dans ses yeux une lueur triomphante, comme s'il avait longtemps attendu qu'elle s'aperçoive de ses erreurs et qu'elle vienne à lui et aux Frères demander un réconfort spirituel.

— Ouais… vous pouvez bien venir, pauvre malheureuse pécheresse rampante. Peut-être que vous pensez échapper aux flammes de l'enfer, en venant avec moi vous prosterner en tremblant. Mais je vous dis que non. C'est trop tard, vous brûlerez avec les autres, vous aurez tout juste le temps de confesser vos péchés, mais c'est tout !

— Faudra-t-il les dire à haute voix ? s'inquiéta Flora avec un peu d'appréhension, car elle se souvenait qu'elle avait entendu parler d'une coutume similaire par des amis à elle qui avaient fait leurs études dans le célèbre centre de vie religieuse : Oxford.

— Ouais, mais pas ce soir. Il n'y en a que trop déjà, ce soir, pour dire tout haut leurs péchés. Le Seigneur n'aura pas le temps d'écouter une brebis nouvelle comme vous. Et peut-être que la grâce ne pénétrera pas encore en vous !

Cela, Flora en était sûre, mais elle monta quand même mettre son manteau et son chapeau… Elle se demandait de quoi les Frères auraient l'air. Dans les romans, les gens qui se tournaient vers la religion pour en obtenir les consolations que la vie quotidienne ne leur fournissait pas étaient toujours refoulés et grisâtres. Les Frères seraient donc probablement tous grisâtres et refoulés, à moins qu'une fois de plus la vie réelle ne s'obstinât à donner un démenti aux romanciers.

La cour semblait peinte à grands traits de lumière dorée et d'ombre accumulée par les reflets de la lanterne à matous qu'on venait d'allumer (son nom venait de ce qu'on s'en servait spécialement pour faire le tour des poulaillers la nuit et s'assurer qu'il n'y avait aucun chat errant qui rôdât autour des poules).

Vipère, le grand hongre, ruait entre les brancards. Adam, qu'on avait tiré de l'étable pour le tenir, perdait pied dans son effort pour s'accrocher aux rênes. Le grand animal haut d'un mètre quatre-vingts secouait méchamment la tête, et le frêle corps d'Adam était précipité dans la nuit hors du cercle de lumière dessiné par la lanterne. On le perdait de vue, puis il réapparaissait comme une phalène grise toute froissée, retombant dans la lumière lorsque Vipère baissait la tête pour renifler la paille malodorante autour de ses sabots.

— Montez, dit Amos à Flora.

— Y a-t-il une couverture ? demanda-t-elle pour gagner du temps.

— Non ! Les péchés qui brûlent votre moelle vous tiendront chaud.

Mais Flora n'était pas de cet avis ; elle se précipita dans la cuisine, d'où elle ressortit avec son manteau de cuir qu'elle avait laissé en bas pour en raccommoder la doublure.

Au moment où Flora montait sur le marchepied, elle entendit Adam passer dans un sifflement près de sa tête, piaulant dans sa détresse tel un très vieux vanneau. Ses yeux étaient fermés. Son visage gris était tiré comme un masque extasié de martyre.

— Je vous en prie, Adam, lâchez les rênes, lança Flora, inquiète. Il vous fera du mal s'il continue !

— Non… ça fait faire de l'exercice à notre Vipère, dit faiblement Adam.

À cet instant précis, Amos fouetta Vipère sur les jarrets, et la bête, sursautant comme atteinte par un coup de feu, précipita Adam hors du cercle de lumière dans la nuit opaque, où il disparut complètement.

— Voilà, vous voyez ! reprocha Flora.

Mais en grognant : « Bah ! laissez ce vieux radoteur tranquille », Amos frappa de nouveau le cheval, et la carriole fonça en avant.

Flora goûta beaucoup le voyage à Beershorn. Le manteau lui tenait agréablement chaud et le vent froid qui lui fouettait les joues la ragaillardissait. Elle ne pouvait distinguer que le morceau de route boueuse éclairé par la lanterne et la lande dont les vastes contours semblaient rejoindre un ciel sans étoiles ; mais les haies en bourgeons dégageaient une odeur fraîche, et l'haleine du printemps approchant emplissait l'air. Amos était silencieux. D'ailleurs aucun des Starkadder n'était très doué pour la conversation, ce que Flora trouvait particulièrement pénible aux heures des repas, car, à la ferme, ceux-ci s'engloutissaient en silence. Si jamais quelqu'un prenait la parole pendant les vingt lourdes minutes qu'ils mettaient à déjeuner ou à dîner, c'était pour poser une question gênante, dont la réponse, en général, faisait éclater quelque bagarre. Par exemple : « Pourquoi un tel (le membre de la famille qui ne se trouvait pas là) n'est-il pas venu manger ? » ou : « Pourquoi est-ce qu'on n'est pas passé une deuxième fois au champ stérile pour enlever le chiendent ? » Dans l'ensemble, Flora préférait leurs silences, bien que cela lui donnât l'impression de jouer un rôle dans un ennuyeux film allemand d'avant-garde. Mais maintenant, elle avait Amos à elle toute seule et le moment était propice. Elle amorça la conversation :

— Cela doit être si intéressant de prêcher aux Frères, cousin Amos. Je vous envie presque. Préparez-vous votre sermon à l'avance ou improvisez-vous au fur et à mesure ?

Dans le silence déconcertant qui suivit cette question, Flora, jaugeant la masse imposante d'Amos, eut l'impression qu'il était gonflé de fureur. Aussi, prenant ses précautions, elle jeta un regard à la dérobée du haut de la carriole pour voir s'il lui serait possible de sauter, au cas où il essaierait de la frapper. Le sol semblait désagréablement boueux et éloigné, aussi fut-elle soulagée d'entendre Amos répondre d'un ton relativement modéré :

— Ne parlez jamais de la parole du Seigneur de cette manière impie, comme si c'était une de ces histoires païennes dans l'hebdomadaire familial. La Parole ne se prépare pas à l'avance, elle tombe sur mon esprit comme la manne tombait du ciel dans les ventres des Israélites affamés.

— Vraiment ? Très intéressant ! Alors vous n'avez aucune idée de ce que vous allez leur dire, en arrivant ?

— Ouais… Je sais toujours que cela sera quelque chose sur les flammes ou les tourments éternels… ou les pécheurs devant le Jugement dernier. Mais je ne saurai exactement les mots que quand je serai à ma place, regardant leurs faces de pécheurs qui sont là dans l'attente de ma parole. C'est alors que je sais ce que je dois dire et que je le dis.

— Y a-t-il d'autres prédicateurs, ou êtes-vous le seul ?

— Il n'y a que moi. Déborah Checkbottom, elle a bien essayé une fois de se lever pour prêcher, mais cela n'a rien donné, elle n'a pas pu.

— Elle n'était donc pas inspirée, ou quoi ?

— Mais si, elle l'était, mais moi je n'en voulais pas ; j'ai compris à temps que les voies du Seigneur sont obscures, qu'il y avait eu erreur et que l'inspiration qui m'était destinée était tombée sur Déborah, alors je l'ai tout simplement assommée avec la bonne vieille bible, pour faire sortir le diable de son âme.

— Et il est sorti ? demanda Flora, s'efforçant péniblement de conserver l'état d'esprit qui convenait à une enquête scientifique.

— Ouais, il est sorti. C'est la dernière fois que Déborah a eu l'idée de prêcher. Maintenant je prêche tout seul ; personne ne reçoit la Parole comme moi.

Flora, discernant une note de complaisance dans sa voix, saisit le moment opportun :

— Je suis si impatiente de vous entendre, cousin Amos, je suppose que vous aimez beaucoup prêcher ?

— Non, c'est un tourment terrible et un gémissement jusqu'à la moelle de mon âme, corrigea Amos. (« Comme tous les vrais artistes, pensa Flora, il ne veut pas admettre qu'il tire de son art une satisfaction sans bornes. ») Mais c'est ma mission : je dois dire aux Frères de se préparer à temps pour le supplice, quand les ronflantes flammes rouges lécheront leurs pieds comme les chiens léchaient le sang de Jézabel dans le Bon Livre. Je dois parler à tout le monde du feu infernal.

Il se tourna légèrement sur son siège, et Flora eut l'impression qu'il la fixait d'un regard plein de sous-entendus.

— Ouais, le Mot me brûle la bouche et je dois Le souffler sur le monde entier comme une flamme.

— Vous devriez prêcher à d'autres congrégations plus importantes que les Frères, suggéra Flora qui venait d'avoir une idée lumineuse. Vous ne devriez pas gaspiller votre talent pour quelques misérables pécheurs de Beershorn, vous savez. Pourquoi ne feriez-vous pas le tour du pays sur une fourgonnette Ford pour faire le prêche les jours de marché ?

Elle était convaincue que les scrupules religieux d'Amos se mettraient probablement en travers de son chemin quand elle commencerait à entreprendre les quelques modifications qu'elle avait l'intention d'apporter à la ferme. Si elle pouvait l'éloigner en l'expédiant faire une longue tournée de prêches, sa tâche serait simplifiée.

— Je dois cultiver le champ qui est sous ma main avant de m'attaquer aux sentiers lointains, rétorqua Amos avec austérité. Du reste, cela serait m'exalter et me souffler d'orgueil, si j'allais prêcher dans tout le pays sur une de ces fourgonnettes Ford. Ça serait mettre ma propre gloire avant celle du Seigneur.

Flora fut étonnée de le trouver aussi subtil, puis elle réfléchit que c'était une source toujours renouvelée de satisfaction pour les maniaques religieux que de découvrir à tous leurs actes des motifs coupables, suffisant à les plonger dans une bonne et satisfaisante atmosphère de péché où ils pouvaient se vautrer de tout leur cœur. Elle crut néanmoins discerner une note de nostalgie dans les mots « une de ces fourgonnettes Ford », et en déduisit que l'idée d'une telle tournée le tentait considérablement. Elle revint à l'assaut :

— Mais, cousin Amos, c'est cela qui serait le plus grand péché : faire passer votre âme misérable avant la gloire du Seigneur. Il me semble qu'il importe peu que vous vous gonfliez d'orgueil et que vous perdiez votre sainte humilité, si un tas de pécheurs sont convertis par votre prédication. Vous devez être prêt, je le crois, à prêcher pour sauver autrui ; du moins, c'est ce que moi je serais prête à faire, si moi je parcourais le pays en prêchant sur une fourgonnette Ford. Vous voyez ce que je veux dire, n'est-ce pas ? En voulant paraître humble et en rejetant l'idée de faire cette tournée, vous donnez en réalité plus d'importance à votre âme qu'à la propagation de la Parole du Seigneur.

Elle était fière d'elle-même en terminant un discours qui présentait ce caractère subtil, cet air de découvrir triomphalement un énorme péché resté insoupçonné du pécheur lui-même, caractéristique de tous les discours prononcés pour révéler les secrètes tendances de l'esprit religieux. En tout cas, il produisit sur Amos l'effet désiré. Après une pause durant laquelle la carriole de Froid Accueil dépassa rapidement les maisons des faubourgs, il observa d'une voix rauque et étouffée :

— Ouais, il y a du vrai dans ce que vous dites. C'est peut-être, en effet, mon devoir de chercher un champ plus vaste. Il faut que j'y pense. Ouais… c'est terrible ! Un pécheur ne sait jamais comment le diable peut se déguiser pour le tromper. Cela sera un nouveau péché avec lequel il faudra lutter, le péché de m'occuper trop de savoir si mon âme est gonflée d'orgueil ou non. Et comment puis-je savoir quand je me sens gonflé d'orgueil en prêchant, si je pèche par orgueil ou si je fais bien en sauvant des âmes – et dans ce cas ce serait sans importance si je suis gonflé d'orgueil ? Ouais ! Et quel droit ai-je de me gonfler d'orgueil même si je les sauve ? Ah ! c'est une perspective sombre et déconcertante !

Tout cela fut murmuré d'une voix si basse que Flora put à peine entendre ce qu'il disait, mais elle en distingua suffisamment pour répondre avec fermeté.

— Oui, cousin Amos, tout cela est bien difficile, mais je pense vraiment qu'en dépit des difficultés vous devriez considérer sérieusement la possibilité de permettre à des centaines de nouveaux auditeurs d'entendre vos sermons. Vous avez une vocation, vous savez ! Personne ne doit négliger une vocation. N'aimeriez-vous pas prêcher à des milliers de gens ?

— Ouais, beaucoup, mais c'est vaniteux d'y penser, répondit-il avec regret.

— Vous y revoilà encore ! s'exclama sa jeune compagne. Qu'importe que ce soit vaniteux ? Que compte votre âme, en comparaison avec les âmes de milliers de pécheurs qui pourraient être sauvées par vos prédications ?

À ce moment, la carriole s'arrêta devant une auberge, dans une petite cour qui donnait sur la grand-rue. Flora fut bien soulagée car la conversation semblait s'être engagée dans un de ces cercles vicieux dont on ne peut sortir que par la mort ou l'épuisement complet de l'un des participants. Amos laissa Flora descendre de la carriole du mieux qu'elle put.

— Dépêchez-vous, il faut se hâter de quitter la maison du diable ! appela-t-il en jetant un regard désapprobateur sur les fenêtres chaudement éclairées du bistrot que Flora trouvait plutôt sympathique.

— Est-ce que la chapelle est loin d'ici ? demanda-t-elle en descendant la grand-rue où l'obscurité hivernale était percée par les durs traits de lumière jaune qui s'échappaient des petites boutiques.

— Non, la voilà !

Ils s'arrêtèrent devant un bâtiment que Flora prit à première vue pour un chenil exceptionnellement vaste. Les portes étaient ouvertes, révélant les sièges et les murs de pitchpin naturel. Certains des Frères étaient déjà installés et les autres se hâtaient d'entrer pour prendre place.

— Il faut attendre que la chapelle soit pleine, dit Amos.

— Pourquoi ?

— Cela les effraie de voir leur prédicateur au milieu d'eux comme n'importe quelle âme ordinaire, chuchota-t-il, restant à l'écart dans l'ombre. Ils ont la crainte de m'avoir au milieu d'eux, leur soufflant au visage le feu de l'enfer et la prédiction des supplices à venir. C'est effrayant aussi d'une autre manière quand je suis debout dans la chaire en hurlant ; mais cela ne les glace pas de frayeur comme quand, avant de commencer à prêcher, je me tiens au milieu d'eux et, comme n'importe lequel d'entre eux, je partage leurs livres de prière ou les regarde tour à tour pour lire dans leurs pensées.

— Mais je croyais justement que vous vouliez les effrayer ?

— Ouais, c'est bien cela, mais en m'y prenant d'une manière grande et glorifiante. Et puis je ne voudrais tout de même pas les effrayer tellement qu'ils ne veuillent plus jamais revenir m'écouter prêcher.

En étudiant les visages des Frères qui s'attroupaient dans le chenil, Flora pensa qu'Amos avait probablement sous-estimé la force de leurs nerfs : elle avait rarement vu un public paraissant aussi sain et aussi solide. Il soutenait très favorablement la comparaison avec certains publics qu'elle avait pu observer à Londres – particulièrement avec le public qu'elle avait vu une fois, mais pas plus, à une réunion dominicale de la Société du cinéma. Elle s'y était rendue à contrecœur pour accompagner une amie qui s'intéressait aux progrès du cinéma en tant qu'art. Le public se signalait par des barbes incultes, des chemises aubergine et des façons originales de porter les nœuds de cravate ; et comme si les ravages qu'exerçait sur leur système nerveux hypersensible le fonctionnement impitoyable de leur intelligence critique ne leur suffisaient pas, les malheureux avaient assisté jusqu'au bout à la présentation d'un film sur la vie japonaise intitulé *Oui*, produit en 1915 par une compagnie norvégienne avec des acteurs japonais. Il durait une heure trois quarts, et il contenait douze premiers plans de nénuphars totalement inertes sur une mer écumeuse et quatre suicides, accomplis tous les quatre avec une lenteur extrême. Tout autour d'elle, se souvint pensivement Flora, les gens s'extasiaient sur la beauté du dessin rythmique, la qualité passionnante et la valeur d'abstraction des lignes décoratives. Il y avait un petit bonhomme assis à côté d'elle qui n'avait rien dit, il s'était contenté de serrer son chapeau sur son cœur et de vider un sac de bonbons. Un lien inconscient, supposa-t-elle, avait dû se former entre eux, car au moment où le septième gros plan montrait une énorme face japonaise ruisselante de larmes, le petit bonhomme lui avait tendu le sac de bonbons en murmurant : « Prenez un fondant à la menthe, cela vous soutiendra. » Et Flora avait accepté avec reconnaissance, car elle avait extrêmement faim. Quand la salle s'était rallumée, ce qui arriva tout de même, Flora avait remarqué avec plaisir que le petit bonhomme était habillé d'une façon normale. Lui aussi avait jeté un regard incrédule sur sa coiffure nette et son manteau bien coupé, un regard qui semblait dire : « Dr Livingstone, je suppose ? » Puis, sous les yeux curieux de l'amie intellectuelle de Flora, il s'était présenté comme Earl P. Neck, de Beverly Hills, Hollywood, et leur avait offert sa carte très cérémonieusement en les invitant à prendre le thé avec lui. Il semblait une gentille petite créature, aussi Flora, dédaignant les haussements de sourcils de son amie (qui était extrêmement collet monté, comme tous les gens qui passent pour mener une vie de bohème), avait-elle accepté avec plaisir. Pendant le thé, Mr Neck et Flora avaient échangé leurs opinions sur différents films de nature frivole qu'ils avaient vus et appréciés. Car, de *Oui*, ils n'avaient pas encore le cœur de parler. Mr Neck avait dit qu'il était producteur, invité aux nouveaux studios britanniques à Wendover, et il avait proposé à Flora et à son amie de les leur faire visiter. Il fallait qu'elles se hâtent, avait-il ajouté, car il allait repartir à Hollywood à l'automne en emmenant le contingent annuel des meilleurs acteurs et actrices anglais. Il se trouvait que Flora n'avait jamais eu le temps de visiter Wendover, mais elle avait dîné deux fois avec Mr Neck depuis leur première rencontre et ils sympathisaient beaucoup. Il avait parlé souvent à Flora de Lily, sa maîtresse mince et coûteuse qui lui faisait des scènes ennuyeuses et lui prenait le temps et l'énergie qu'il aurait préféré consacrer à sa femme, mais il était obligé d'avoir Lily parce qu'à Beverly Hills, si vous n'aviez pas de maîtresse, les gens vous prenaient pour un excentrique. D'autre part, si vous passiez tout votre temps avec votre femme, ouvertement et franchement, en disant que vous l'aimiez (et après tout, pourquoi diable ne le pourriez-vous pas ?), les journaux publiaient des articles répugnants intitulés « La félicité domestique du tsar de Hollywood », et vous étiez tenu de leur fournir des photos de votre femme versant le chocolat du petit déjeuner et arrosant les fougères. Aussi, il n'y avait pas d'échappatoire, avait dit Mr Neck. Enfin, sa femme comprenait très bien, et ils jouaient à un jeu qui s'appelait « Semer Lily » et auquel ils trouvaient l'un comme l'autre un pareil intérêt.

En ce moment, Mr Neck était en Amérique ; mais il viendrait en avion à la fin du printemps, disait-il dans sa dernière lettre à Flora. Flora pensa que, quand il arriverait, elle l'inviterait à passer une journée avec elle dans le Sussex. Il y avait quelqu'un dont elle voulait l'entretenir. Mr Neck lui était revenu à la mémoire, tandis qu'elle regardait pensivement les

Frères entrer à la chapelle, à cause du programme du cinéma Majestic, situé de l'autre côté de la rue. On y donnait un drame stupéfiant de passion raffinée, intitulé *Les Péchés des épouses des autres*. Seth s'y trouvait probablement, savourant le spectacle.

Le chenil était presque plein. Quelqu'un jouait un air épouvantable sur le pauvre petit harmonium asthmatique près de la porte. Flora, jetant un coup d'œil par-dessus l'épaule d'Amos, remarqua qu'à part cet harmonium la chapelle avait l'aspect d'une salle de conférences ordinaire avec, à l'opposé de la porte, une petite estrade ronde sur laquelle était installée une chaise.

— C'est là que vous prêchez, cousin Amos ?

— Ouais.

— Judith et les garçons viennent-ils quelquefois vous entendre prêcher ?

Elle entretenait la conversation, car elle ne voulait pas céder au sentiment d'effroi qui grandissait en elle à l'idée de ce qui l'attendait.

Amos fronça les sourcils.

— Non, ils se pavanent comme Achab dans leur orgueil, et leurs yeux bouffis de graisse ne voient pas la fosse creusée sous leurs pas par le Seigneur. Ouais, c'est d'une famille rongée de péchés que je suis affligé. La main du Seigneur pèse lourdement sur Froid Accueil et c'est un vin amer qu'elle presse hors de nos âmes.

— Alors, pourquoi ne vendriez-vous pas la ferme pour en acheter une autre dans un endroit vraiment gentil, si c'est l'impression que celle-ci vous fait ?

— Non, il y a toujours eu des Starkadder à Froid Accueil, répondit-il sourdement. Et puis, c'est la vieille Mrs Starkadder, tante Doom, comme elle s'appelait avant de se marier avec Fig Starkadder…

Elle ne voudra jamais nous voir partir. Il y a une malédiction sur nous. Et Ruben est là, à guetter mon départ pour mettre la main sur la ferme. Mais il ne l'aura jamais. Non, je la laisserais plutôt à Adam !

Avant que Flora ait eu le temps de lui exprimer le vif sentiment d'effroi qu'elle ressentait à la perspective indiquée dans ces menaces, il s'avança en disant : « C'est presque plein, il faut entrer », et ils entrèrent.

Flora prit place au bout d'un rang, près de la sortie. Elle pensait qu'il était préférable de s'asseoir près de la porte, au cas où l'effet combiné de la prédication d'Amos et du manque de ventilation deviendrait impossible à supporter. Amos se dirigea vers un siège situé juste en face de la petite estrade et s'assit, après avoir jeté deux longs regards absorbés, chargés des promesses d'une terrifiante éloquence, sur les Frères assis sur le même rang que lui.

Maintenant le chenil était plein à craquer, et l'harmonium avait entamé quelque chose d'à peu près semblable à un chant.

Flora se trouva en possession d'un livre de cantiques que sa voisine de gauche lui avait glissé dans la main.

— C'est le numéro 200 : « Qu'allons-nous faire, ô Seigneur ? » dit la femme à haute voix.

Flora avait toujours supposé, d'après les impressions recueillies au cours de ses lectures étendues, que la coutume était de parler à voix basse dans un édifice consacré aux actes de dévotion. Mais elle était prête à se convaincre du contraire, aussi accepta-t-elle le livre avec un sourire aimable en disant : « Je vous remercie bien. » Le cantique était ainsi conçu :

Ô Seigneur, qu'allons-nous faire ?
Quand Gabriel soufflera sur mers et terres,

Marais et déserts, montagnes et plaines,
La terre peut brûler, nous frissonnerons quand [même...

Flora approuva cet hymne parce qu'elle y trouvait une ferme résolution jointe à une grande clarté de vision en face d'une éventualité désagréable. Cet état d'esprit trouvait écho en elle. Elle chanta avec zèle de sa plaisante voix de soprano. Le chant était dirigé par un vieux bonhomme excessivement sale, aux longs cheveux gris, qui se tenait sur l'estrade et agitait ce que Flora, après le premier choc d'incrédulité, reconnut être un pique-feu.

— Qui est-ce ? demanda-t-elle à sa nouvelle amie.

— C'est Frère Ambleforth. Il conduit le frissonnement quand nous commençons à frissonner.

— Et pourquoi conduit-il la musique avec un pique-feu ?

— Pour nous remettre en pensée le feu de l'enfer, fut la naïve réponse, et Flora n'eut pas le cœur de dire qu'en ce qui la concernait, en tout cas, ce but n'était pas atteint.

Après l'hymne, qu'on chanta assis, tout le monde croisa les jambes et s'installa plus confortablement, tandis qu'Amos se levait de sa chaise avec une résolution terrifiante, montait à l'estrade et s'asseyait. Pendant quelque trois minutes, il considéra lentement les Frères, adoptant une expression de mépris et de dégoût profonds, mêlés d'un chagrin pieux et miséricordieux. C'était parfaitement exécuté. Flora se souvenait avoir vu cette expression sur le visage de sir Henry Wood lorsqu'il s'arrêtait pour contempler l'arrivée des retardataires aux fauteuils d'orchestre à Queen's Hall, au moment où il allait lever son bâton pour diriger les premières mesures de la *Symphonie héroïque.* Son cœur eut un élan vers Amos ; cet homme était un grand artiste. Enfin il prit la parole. Sa voix rompit le silence comme une cloche fêlée.

— Misérables vers rampants, vous voilà donc encore ! Vous êtes venus comme Nimshi, fils de Jéroboam, quittant secrètement vos maisons maudites pour venir entendre ce qui vous attend ! Êtes-vous venus, vieux et jeunes, malades et bien portants, matrones et vierges (s'il y a des vierges parmi vous, ce qui m'étonnerait, étant donné l'état de péché dans lequel est plongé le monde), jeunes gens et vieillards, pour m'entendre parler des grandes flammes rouges du feu de l'enfer qui vous lécheront ?

Suivit une pause longue et dramatique, à la manière de sir Henry. Le seul bruit (joint à l'odeur qui l'accompagnait, il suffisait d'ailleurs amplement) était le sifflement saccadé des becs de gaz qui éclairaient la salle, projetant l'ombre anguleuse de leur nez sur la face des Frères. Amos poursuivit :

— Ouais, vous êtes venus. (Il ricana sèchement d'un air méprisant.) Par dizaines, par centaines, comme des rats vers un grenier, comme les souris à la fête de la moisson, et quel bien cela vous fera-t-il ? (Nouvelle pause à la manière de sir Henry.) Rien, pas l'ombre d'un atome de bien !

Il s'arrêta et inspira profondément, puis subitement bondit de son siège et tonna de sa voix la plus forte :

— Vous êtes tous damnés !

Une expression de vif intérêt et de grande satisfaction passa sur les visages des Frères, et il y eut un réarrangement général de bras et de jambes comme s'ils voulaient être assis le plus confortablement possible pour écouter les mauvaises nouvelles.

— Damnés, répéta-t-il, sa voix s'abaissant en un murmure poignant et dramatique. Ah ! prenez-vous quelquefois le temps de réfléchir à la vraie signification de ce mot que vous employez avec légèreté tous les jours de votre vie de pécheurs ? Non, certainement pas, vous ne prenez jamais le temps de réfléchir à quoi que ce soit, n'est-ce pas ? Eh bien, je vais vous le dire. Cela signifie un supplice horrible, sans fin. Vos pauvres corps de pécheurs seront étendus sur des grils rouges dans le plus profond de l'enfer en flammes, et les démons se moqueront de vous en agitant devant vous des boissons rafraîchissantes et en vous liant encore plus serré sur vos terribles lits. Ouais, et l'air sera chargé de l'odeur de la chair brûlée et des cris de vos bien-aimés…

Il prit une gorgée d'eau, et Flora pensa qu'il l'avait bien gagnée. Elle commençait à trouver qu'elle apprécierait elle-même un verre d'eau. La voix d'Amos prit alors un ton aimablement disert et d'une douceur fallacieuse. Ses yeux saillants parcoururent lentement son public.

— Vous savez bien ce que c'est, n'est-ce pas ? quand vous vous brûlez la main en sortant un gâteau du four, ou avec une allumette quand vous allumez une de vos cigarettes impies ? Ouais, cela fait un mal terrible, n'est-ce pas ? Et vous courez vite la badigeonner avec un bout de beurre pour enlever la douleur, mais… (Silence impressionnant.) … il n'y aura pas de beurre en enfer. Votre corps tout entier brûlera et cuira avec cette douleur insupportable, et vos langues noircies pendront hors de vos bouches et vos lèvres craquelées essaieront de réclamer une goutte d'eau, mais aucun son ne sortira parce que votre gorge sera plus sèche que le sable du désert, et vos yeux battront comme des boules de fer rougies au feu contre vos paupières grillées…

À ce moment, Flora se leva tranquillement. Après une excuse à sa voisine, elle traversa rapidement l'allée et s'approcha de la porte. Elle l'ouvrit et sortit. Les détails de la description d'Amos, l'atmosphère renfermée et l'odeur de gaz rendaient l'intérieur de la chapelle trop semblable à l'enfer pour qu'elle eût besoin d'y faire un voyage organisé sous la conduite de son cousin ! Elle pensa qu'elle pourrait passer la soirée ailleurs d'une manière plus profitable. Mais où ? L'air frais sentait délicieusement bon. Elle eut le temps de reprendre son sang-froid en enfilant ses gants sous le porche. Elle se demanda si elle irait jeter un coup d'œil sur *Les Péchés des épouses des autres*, mais elle finit par décider qu'elle avait suffisamment entendu parler de péché pour une seule soirée. Que faire d'autre ? Elle ne pouvait retourner à la ferme que dans la carriole d'Amos, car Froid Accueil était à sept miles de Beershorn et le dernier autobus pour Howling partait à trois heures trente pendant les mois d'hiver. Il était maintenant bientôt huit heures et elle était affamée. Elle jeta un coup d'œil dépité sur la rue. La plupart des boutiques étaient fermées, mais il en restait une à quelques pas du cinéma qui était encore ouverte. Elle s'appelait le Pam's Tea Room et parut à Flora peu accueillante. Dans la vitrine gisaient dans un lamentable pêle-mêle des petits gâteaux, des petites boîtes en bois blanc, des sacs de raphia, et des sacs de toile brodés de roses trémières. Mais où il y avait des gâteaux, il pouvait aussi y avoir du café. Elle traversa la rue et entra.

Elle n'eut pas plus tôt pénétré à l'intérieur qu'elle se rendit compte qu'elle avait quitté le feu de l'enfer pour une soirée ennuyeuse, car à l'une des tables un monsieur était assis, qu'elle reconnut pour l'avoir rencontré à une soirée donnée par une certaine

Mrs Polswett à Londres. Cela ne pouvait être que Mr Mybug. C'était à cela qu'il ressemblait et c'était cela bien entendu qu'il était. Il n'y avait plus personne d'autre dans la boutique. Il avait la partie belle ; elle ne pourrait lui échapper.

9

Quand elle entra, il lui lança un coup d'œil et sa figure exprima le contentement. Il avait devant lui quelques livres et des papiers et venait de s'arrêter d'écrire. Maintenant Flora était furieuse pour de bon. Elle en avait sûrement assez supporté ce soir sans être encore obligée de subir une conversation intellectuelle. « Voilà une occasion, pensa-t-elle, de se livrer à cette impolitesse calculée que seules les personnes généralement bien élevées peuvent se permettre. » Elle s'installa à une table en tournant le dos au supposé Mr Mybug, s'empara d'un menu décoré de lutins et s'abandonna à son sort. Une servante vêtue d'une longue robe de chintz à volants ayant besoin d'un repassage lui apporta du café, quelques gâteaux et une orange, qu'elle saupoudra de sucre avant de la déguster avec satisfaction. La servante l'avait prévenue : « Nous sommes fermés », mais comme cela ne paraissait pas devoir l'empêcher de s'installer et de déguster son orange sucrée, elle s'en était moquée. Elle entamait son quatrième gâteau sec quand elle eut conscience d'une présence. Quelqu'un, par-derrière, s'approchait. Avant qu'elle eût pu rassembler ses forces, la voix de Mr Mybug dit : « Hello, Flora Poste ! croyez-vous que les femmes possèdent une âme ? » Et il était là, la dominant et abaissant son regard sur elle avec un sourire à la fois audacieux et espiègle. La question ne surprit nullement Flora. Elle savait que les intellectuels, comme le serpent python bicolore de Mr Kipling, parlaient toujours ainsi. Elle répondit donc aimablement, mais sincèrement : « Je crains que la question ne m'intéresse pas beaucoup. » Mr Mybug émit un bref rire. De toute évidence, il était content. Flora, raclant encore une cuillerée du jus de son orange, se demanda pourquoi.

— Vraiment ? Bonne petite fille... Nous nous entendrons bien si vous êtes franche avec moi. À vrai dire, je me fiche un peu de savoir si elles ont une âme ou non. Les corps ont plus d'importance que les âmes... Dites, vous permettez que je m'asseye ? Vous vous souvenez de moi, n'est-ce pas ? Nous nous sommes rencontrés en octobre chez les Polswett... Dites, je ne vous importune pas, au moins ? Les Polswett m'ont dit que vous séjourniez par ici et je me demandais si je n'allais pas vous rencontrer. Vous connaissez bien Billie Polswett ? Elle est charmante, je trouve... si simple, si gaie, et un tel don pour l'amitié. Lui est charmant aussi, un peu homo peut-être, mais tout à fait charmant... Vraiment cette orange a l'air excellente, je crois que je vais en prendre une aussi ; j'adore manger des choses avec une cuillère. Puis-je m'installer ?

— Faites, dit alors Flora, acceptant son sort puisqu'il n'y avait plus moyen d'y échapper.

Mr Mybug s'assit, puis, se retournant, il appela la serveuse qui arriva et lui répéta :

— Nous sommes fermés.

— Dites donc, cela me semble un peu sans cœur ! ricana Mr Mybug en regardant Flora, avant d'ajouter : Eh bien ! mademoiselle, oublions-le, et apportez-moi tout simplement une orange et un peu de sucre, voulez-vous ?

La serveuse s'en alla et Mr Mybug put de nouveau se consacrer à Flora. Il appuya ses coudes sur la table, posa son menton entre ses mains et la regarda fixement. Comme Flora continuait tout simplement à manger son orange, il fut obligé d'ouvrir le feu en disant :

— Eh bien ?

Un prélude que Flora, la mort dans l'âme, reconnut comme celui qu'utilisaient les intellectuels en instance de devenir amoureux de vous.

— Vous écrivez un livre, n'est-ce pas ? dit-elle hâtivement. Je me souviens que Mrs Polswett me l'avait dit. N'est-ce pas une vie de Branwell Brontë ?

Elle pensait qu'il valait mieux utiliser l'information fournie innocemment par Mrs Murther de L'Homme condamné, et dissimuler le fait qu'elle n'avait rencontré Mrs Polswett (une protégée de Mrs Smiling) qu'une fois, et qu'elle l'avait trouvée horriblement ennuyeuse.

— Oui, cela sera bougrement bien, dit Mr Mybug. C'est une étude psychologique, naturellement, et j'ai amassé un tas de faits nouveaux, y compris trois lettres écrites à une vieille tante en Irlande, Mrs Prunty, pendant la période où il travaillait aux *Hauts de Hurlevent*.

Mr Mybug jeta un rapide coup d'œil à Flora pour voir si elle réagissait par un rire ou un air abasourdi, mais l'expression douce et intéressée de son visage ne changea pas, aussi dut-il expliquer :

— Voyez-vous, il est évident que ce livre est de lui et pas d'Emily. Aucune femme n'aurait pu écrire cela. C'est de souche mâle. J'ai ébauché aussi une théorie sur son ivrognerie. Voyez-vous, il n'était pas vraiment un ivrogne. Il était un génie formidable, une sorte de second Chatterton, et ses sœurs le détestaient à cause de son génie.

— Je croyais que la plupart des documents contemporains étaient d'accord pour reconnaître que ses sœurs lui étaient tout à fait dévouées, dit Flora, qui n'était que trop contente de maintenir la conversation dans un ton impersonnel.

— Je sais… je sais, mais cela n'était que ruse de leur part. Voyez-vous, elles étaient dévorées de jalousie pour leur brillant frère, mais elles craignaient que, si elles le montraient, il ne s'en allât à Londres pour de bon, en emportant ses manuscrits. Et elles ne voulaient pas de cela, car leur petit jeu en aurait été gâché.

— De quel petit jeu s'agit-il ? demanda Flora, essayant avec quelque difficulté d'imaginer Charlotte, Emily et Anne en train de se livrer à un petit jeu.

— Faire passer ses manuscrits pour les leurs, bien entendu. Elles voulaient le garder sous leur nez pour pouvoir voler son travail et le vendre pour acheter à boire.

— Pour qui ? Pour Branwell ?

— Non, pour elles-mêmes. Elles étaient toutes les trois des ivrognes, mais c'était Anne la pire de toutes. Branwell, qui l'adorait, faisait semblant de s'enivrer au Taureau noir pour procurer du vin à Anne. Le propriétaire ne lui en aurait jamais donné si Branwell ne s'était pas bâti – avec quel dévouement, Dieu seul le sait – cette fausse réputation d'ivrogne brillant, insouciant et paresseux. Le propriétaire était fier d'accueillir le jeune Mr Brontë à sa taverne, cela attirait des clients chez lui, et Branwell pouvait obtenir du vin pour Anne à crédit, autant qu'Anne voulait. Secrètement, il travaillait douze heures par jour, écrivant *Shirley* et *Villette*, et naturellement *Les Hauts de Hurlevent*. J'ai démontré tout cela à l'aide des preuves fournies par les trois lettres à la vieille Mrs Prunty.

— Mais est-ce que les lettres, s'enquit Flora, qui était fascinée par ce récit, disent réellement qu'il a écrit *Les Hauts de Hurlevent* ?

— Naturellement pas, rétorqua Mr Mybug. Prenez la question comme un psychologue la prendrait. Voilà un homme qui travaille quinze heures par jour à un chef-d'œuvre prodigieux qui absorbe presque toute son énergie ; il prend à peine le temps de manger et de dormir, il est comme une dynamo se chargeant de sa propre vitalité démoniaque. Chaque parcelle de son être est concentrée sur l'achèvement des *Hauts de Hurlevent*. Avec le peu d'énergie qui lui reste, il écrit à une vieille tante en Irlande. Aussi, je vous demande : croyez-vous qu'il va mentionner le fait qu'il est en train d'écrire *Les Hauts de Hurlevent* ?

— Oui, dit Flora.

Mr Mybug secoua violemment la tête.

— Non, non et non ! Naturellement, il ne le fait pas. Il désire s'en évader pour un moment, s'évader de ce travail obsédant qui dévore sa vitalité. Naturellement, il n'en parle pas – même pas à sa tante.

— Pourquoi même pas à elle ? L'aimait-il tellement ?

— Elle était la passion de sa vie, dit Mr Mybug simplement, avec une gravité lumineuse dans la voix. Pensez, il ne l'avait jamais vue ; elle n'était pas comme le reste des femmes ternes et anguleuses qui l'entouraient. Elle symbolisait le mystère, la femme, l'éternel X insoluble et insondable. C'était une perversion naturellement, cette passion pour elle, et cela la rendait encore plus forte. Tout ce qui nous reste de ces rapports fragiles et merveilleusement délicats entre la vieille femme et le jeune homme sont ces trois brèves lettres. Rien de plus.

— N'y a-t-elle jamais répondu ?

— Peut-être, mais les lettres se sont perdues. Mais les lettres qu'il lui écrivait, lui, suffisent pour se faire une opinion. Ce sont de petits chefs-d'œuvre de passion réprimée. Elles sont pleines de petites questions tendres… Il lui demande comment va son rhumatisme. Si son chat Toby est guéri de la fièvre. Quel temps il fait à Derrydownderry – à Haworth, ce n'est pas merveilleux… Comment va cousine Martha (et quel portrait il nous trace de cousine Martha en ces simples mots : « Une rude petite Irlandaise, aux pommettes saillantes, avec des cheveux noirs pendants et des lèvres gonflées de sang frais »). Peu importait à Branwell qu'à Londres le duc manœuvrât contre Palmerston dans les réformes orageuses des années 40. La santé et le bien-être de tante Prunty primaient tout dans son cœur.

Mr Mybug s'interrompit et se rafraîchit avec une cuillerée de jus d'orange. Flora rumina ce qu'elle venait d'entendre. D'après ce qu'elle avait pu constater parmi ses relations, les hommes de génie n'avaient guère l'habitude de se reposer de leur fatigue en écrivant à leurs vieilles tantes ; cette tâche, en effet, incombait généralement ou à leurs sœurs ou à leurs femmes. Aussi, Flora pensa qu'il était beaucoup plus vraisemblable de croire que c'étaient Charlotte, Anne et Emily qui avaient à s'occuper des quelques vieilles tantes qui réclamaient des lettres. Mais peut-être Charlotte, Anne et Emily avaient-elles décidé un beau matin que, cette fois, c'était vraiment le tour de Branwell d'écrire à tante Prunty et l'avaient-elles surveillé chacune à tour de rôle pendant qu'il composait ces trois lettres, qui avaient ensuite été postées à des intervalles judicieusement espacés.

Elle jeta un coup d'œil à sa montre. Il était huit heures et demie. Elle se demanda à quelle heure les Frères devaient sortir du chenil. Jusqu'à présent, aucun indice ne témoignait qu'ils eussent été lâchés ; le chenil résonnait de leurs chants, et de temps en temps il y avait un silence qu'ils devaient occuper à frissonner. Elle étouffa un bâillement, elle commençait à avoir sommeil.

— Quel titre lui donnerez-vous ?

Elle savait que les intellectuels apportent beaucoup de soin au choix du titre de leurs livres. Le titre des biographies était particulièrement important. N'était-il pas vrai que, l'année précédente, le public avait froidement laissé tomber, à sa sortie des presses, *Victoria Vista*, cette biographie assez cinglante de Thomas Carlyle, en croyant qu'il s'agissait d'un ennuyeux livre de souvenirs, tandis que *Odeur de sainteté*, une histoire assez inintéressante des réformes sanitaires de 1840 à 1873, s'était vendue comme des petits pains, car tout le monde avait cru que c'était une critique de la morale victorienne ?

— J'hésite entre *Le Bouc émissaire : une étude de Branwell Brontë* et *Âme de léopard : une étude de Branwell Brontë*. Vous savez… « une âme de léopard, belle et libre »…

Flora connaissait en effet la citation, tirée de l'*Adonaïs* de Shelley. Un des désavantages de l'instruction presque universelle était le fait que toutes sortes de gens acquéraient une certaine familiarité avec vos écrivains favoris. Cela vous produisait un effet bizarre ; c'était comme si vous aviez vu un étranger ivre drapé dans votre propre robe de chambre.

— Lequel préférez-vous ? demanda Mr Mybug.

— *Âme de léopard*, répondit Flora sans hésiter, pour éviter une discussion longue et ennuyeuse à ce sujet.

— Vraiment ? Voilà qui est intéressant. Moi aussi ! C'est plus farouche, en quelque sorte, n'est-ce pas ? Je veux dire que cela vous donne un peu l'impression d'un être farouche, lié et enchaîné. Hein ? Et la teinte fauve de Branwell soutient la comparaison avec cette farouche teinte du léopard. Dans le cours du livre, je l'appelle le léopard. Et puis, naturellement, il y a un second plan de symbolisme…

« Il pense à tout », se dit Flora.

— … un léopard ne peut pas changer son pelage, pas plus que Branwell à la fin. Il avait beau prendre à sa charge l'ivrognerie de ses sœurs et les laisser, par un sens pervers du sacrifice, revendiquer ses livres, la flamme de son génie a triomphé à la fin, tache noire sur riche fond or. Il n'y a plus une personne intelligente en Europe actuellement qui croie vraiment qu'Emily ait écrit *Les Hauts de Hurlevent*.

Flora acheva le dernier biscuit qu'elle avait mis de côté et jeta un regard plein d'espoir du côté du chenil. Il lui semblait que l'hymne qu'on chantait maintenant avait la cadence particulière des hymnes que l'on joue juste avant la sortie de l'église.

Dans les rares intervalles où Mr Mybug interrompait le compte rendu de son ouvrage, il contemplait fixement Flora, le menton dans les mains. Aussi ne fut-elle pas surprise de l'entendre dire brusquement : « Aimez-vous la marche ? » Cela la plongea dans un cruel dilemme. Elle souhaita passionnément que le chenil ouvrît ses portes et qu'Amos, tel un ange flamboyant, vînt la délivrer. Car si elle disait qu'elle adorait marcher, Mr Mybug la traînerait pendant des kilomètres sous la pluie en parlant de questions sexuelles. Si elle disait que cela ne lui plaisait que modérément, il l'obligerait à s'asseoir sur des barrières humides en essayant de l'embrasser. D'autre part, si elle trouvait une parade pour se défendre et disait qu'elle détestait marcher, ou bien il soupçonnerait qu'elle soupçonnait qu'il voulait l'embrasser, ou bien il l'installerait dans un affreux salon de thé en lui parlant encore de questions sexuelles et en lui demandant ce qu'elle en pensait. Il ne semblait vraiment y avoir aucune échappatoire, à moins de se lever et de sortir précipitamment de la boutique. Mais Mr Mybug lui épargna cette décision en poursuivant de la même voix basse :

— Je pensais que nous pourrions faire quelques promenades ensemble, si vous le vouliez ? Il faut que je vous prévienne, je suis… assez sensible.

Et il émit un rire brusque tout en continuant à la fixer sombrement.

— Alors, peut-être devrions-nous remettre nos promenades à des temps plus propices, dit-elle aimablement. Ce serait dommage que votre livre fût retardé par une grippe. Si vous êtes vraiment sensible de la poitrine, vous ne pourrez jamais prendre assez de précautions.

L'expression de Mr Mybug trahissait qu'il aurait donné cher pour écarter cette réplique d'un rire brutal, car il avait préparé la phrase suivante, qui devait être prononcée d'une voix encore plus basse : « Vous voyez, je crois à une franchise totale sur ces questions, Flora. » Mais la phrase ne sortit pas. Il n'avait pas l'habitude de parler avec des jeunes filles à l'air aussi pur que Flora. Cela le désarçonnait. Il dit donc simplement d'une voix sans timbre : « Oui… ah ! oui, bien sûr », et lui lança un coup d'œil rapide. Flora tirait pensivement sur ses gants et gardait les yeux rivés sur le flot des Frères qui surgissaient du chenil. Elle avait peur de manquer Amos. Mr Mybug se leva brusquement et la regarda longuement, les mains enfoncées dans ses poches.

— Vous êtes avec quelqu'un ? demanda-t-il.

— Mon cousin prêche à l'église des Frères frissonnants en face. C'est lui qui doit me reconduire.

Mr Mybug murmura :

— Ma chère, comme c'est amusant…

Puis il ajouta :

— … je pensais que nous aurions pu revenir à pied.

— Il y a dix kilomètres et je crains que mes chaussures ne soient pas assez résistantes, répliqua Flora fermement.

Mr Mybug eut un sourire ironique et chuchota quelque chose dans le genre de « Échec au roi », mais Flora avait vu Amos sortir du chenil et, sentant que la délivrance était proche, elle ne se souciait guère de savoir qui était en échec. Elle dit aimablement :

— Je dois partir, je crains, mon cousin me cherche. Au revoir, et merci de m'avoir parlé de votre livre, c'était si intéressant. À un de ces jours, peut-être…

Mr Mybug bondit sur cette phrase qui avait glissé d'une brèche involontaire dans l'armure sociale de Flora, avant qu'elle ait pu la retenir. Il l'assura avec empressement qu'il serait ravi si cela pouvait s'arranger. « Je vais vous donner ma carte », poursuivit-il, et il en sortit une, énorme, sale et vilaine, que Flora mit dans son sac avec une certaine répugnance.

— Je vous préviens, continua Mr Mybug, que je suis une drôle de brute lunatique, personne ne m'aime. Je suis comme un enfant qui a reçu tant de coups sur les doigts qu'il n'ose plus donner une poignée de main, mais on découvre quand même quelque chose en moi, si on se donne la peine de chercher.

Flora n'avait pas envie de chercher, mais elle le remercia tout de même pour sa carte le plus aimablement possible, et se précipita dans la rue pour rejoindre la silhouette menaçante d'Amos qui attendait de l'autre côté du chemin. Comme elle s'approchait de lui, il se recula, la montra du doigt et émit un simple mot : « Fornicatrice ! »

— Ah non ! tout de même, cousin Amos ! Ce n'est pas un étranger, c'est une personne que j'ai rencontrée dans une soirée à Londres ! protesta Flora, un peu indignée par l'injustice de l'accusation surtout quand elle pensait à ses vrais sentiments pour Mr Mybug.

— C'est tout pareil. Ouais, et pire encore s'il vient de Londres, la cité du démon, dit Amos sévèrement.

Cependant sa protestation semblait avoir été plutôt une question de forme que de sentiment. Il n'en parla plus et ne rompit le silence pendant le voyage du retour que pour vanter le foudroyant effet produit sur les Frères par son sermon et reprocher à Flora d'avoir manqué quelque chose en ne restant pas pour la séance de frissonnements. À cela, Flora répondit qu'elle regrettait bien, mais que cette éloquence violente était plus que son esprit faible et pécheur ne pouvait supporter. Elle ajouta avec fermeté qu'il devrait vraiment s'occuper de cette question de tournée dans une fourgonnette Ford. Il soupira lourdement, l'accusant d'être, sans aucun doute, le diable lui-même envoyé pour le tenter. Malgré tout, le grain était semé, il mûrirait.

C'est seulement lorsqu'elle fut de retour dans sa chambre qu'elle découvrit, en examinant la carte de Mr Mybug à la lumière de la bougie, que son nom n'était pas Mybug, mais Meyerburg, et qu'il habitait la rue Charlotte : deux circonstances qui n'étaient pas faites pour remonter son moral. Mais les distractions de la journée avaient été telles que le sommeil qui suivit fut profond et ininterrompu.

10

On arrivait maintenant à la troisième semaine de mars. Des rêves féconds tourmentaient les pouliches, l'aristoloche était en bourgeons. La récolte des rutabagas était terminée, celle des betteraves pas encore commencée. Ce qui signifiait que Micah, Urk, Amos, Caraway, Harkaway, Ezrah, Luc, Mark et les quatre journaliers n'appartenant pas à la famille avaient pas mal de temps à tuer d'une manière ou d'une autre. Seth, naturellement, était toujours le plus occupé au printemps. Adam était employé dans la bergerie auprès des jeunes agneaux. Ruben préparait les champs pour la récolte de l'année suivante ; il n'était jamais en repos, si creuse que fût la période de l'année. Mais les autres Starkadder étaient tout simplement mûrs pour les disputes et les méfaits. Quant à Flora, elle s'amusait beaucoup : elle était mêlée à tous les complots. Seule une personne d'esprit candide que les intrigues ennuient en temps normal peut goûter pleinement la joie d'en manigancer une ; et si, au lieu d'une, il y en a plusieurs qui menacent toutes de s'embrouiller et de se gâcher mutuellement, l'amusement n'en est que plus intéressant.

Bien sûr, certains des complots marchaient mieux que les autres. Le complot destiné à contraindre Adam à se servir d'une petite lavette pour faire la vaisselle au lieu d'une branche d'aubépine avait tourné court. Un jour, au moment où Adam pénétrait dans la cuisine, juste après le petit déjeuner, Flora lui dit : « Oh ! Adam, voilà votre petite lavette. Je l'ai achetée à Howling cet après-midi. Regardez : n'est-elle pas mignonne ? Essayez-la, vous verrez. » Pendant un instant, elle crut qu'il allait rejeter violemment la lavette, mais en la regardant son expression de fureur se changea graduellement en une autre plus difficile à déchiffrer. C'était, en effet, une assez gentille petite lavette. Elle avait un simple manche de bois blanc avec une taille fine tout au bout, afin qu'on puisse l'avoir confortablement en main. Sa tête était faite de doux fils blancs, chaque fibre bien séparée et gracieuse, au lieu d'être agglomérée dans une masse inesthétique, comme sur la tête de la plupart des petites lavettes. Encore plus séduisante était la boucle de fine ficelle rouge nouée autour de son col et qui servait à la pendre.

Adam tendit prudemment un doigt pour la tâter.

— C'est pour moi ?

— Ouais… je veux dire oui, c'est pour vous, pour vous tout seul. Prenez-la !

Il la prit entre le pouce et l'index et resta à la contempler. Ses yeux s'étaient voilés comme les creux profonds de l'Atlantique avant l'agitation de l'orage, ses doigts noueux se fermèrent sur le manche.

— Ouais… c'est à moi, murmura-t-il. Ni gîte ni parents, et pourtant c'est à moi… ma petite lavette.

Il défit le brin d'épines qui fixait le devant de sa chemise et y enfonça la lavette. Mais il la retira de nouveau et remit l'épine à sa place en s'exclamant : « Ma petite lavette ! » Il la contempla comme en rêve.

— Oui, c'est pour nettoyer les assiettes, dit Flora avec fermeté, prévoyant soudain un nouveau danger à l'horizon.

— Non, non ! protesta Adam, c'est trop joli pour nettoyer ces grandes vieilles assiettes avec ; il faut faire cela avec les épines, cela suffit bien. Je garderai ma petite lavette dans l'étable avec notre Paresseuse et notre Disgracieuse.

— Elles vous la mangeront peut-être, suggéra Flora.

— Ouais, ouais, cela se pourrait bien, enfant de Robert Poste. Eh bien, il faudra que je la pende par sa petite corde rouge au-dessus de la bassine à laver. Jamais je ne mettrai ma petite lavette mignonne dans cette sale vieille eau graisseuse. Ouais, elle est plus jolie que les fleurs du pommier, ma petite lavette.

Et, traînant ses pieds à travers la cuisine, il l'accrocha soigneusement au-dessus de l'évier et resta quelque temps à l'admirer. Mue par une irritation bien justifiée, Flora sortit se promener.

De temps en temps, des lettres de ses amis de Londres venaient lui remonter le moral. Mrs Smiling se trouvait en Égypte, mais elle écrivait souvent. Quand elle séjournait dans les pays chauds, elle portait une quantité de robes blanches, ne parlait que très peu, et tous les hommes de l'hôtel tombaient amoureux d'elle. Charles aussi répondait aux petites lettres de Flora (dont les courtes phrases explicites remplissaient les deux faces d'un papier à lettres bleu foncé), lui donnant des détails sur le temps qu'il faisait dans le Hertfordshire. (Sa mère ajoutait des messages affectueux.) En dehors de ce sujet, le peu qu'il écrivait semblait procurer à Flora une grande satisfaction ; elle attendait ses lettres avec impatience. Elle recevait aussi des nouvelles de Julia qui collectionnait des livres sur les gangsters, de Claude Hart-Harris et de toute la bande en général. Aussi, bien qu'exilée, ne se sentait-elle pas abandonnée !

De temps en temps, en faisant sa promenade quotidienne sur la lande, elle apercevait Elfine ; une forme légère, élancée, évoquant les contours plastiques d'un enfant de chœur de Botticelli, se dessinant sur le transparent ciel froid du printemps. Elfine ne s'approchait jamais d'elle et cela agaçait Flora. Elle voulait s'emparer d'Elfine pour lui donner, avec tact, quelques conseils au sujet de Dick Hawk-Monitor.

Adam avait confié à Flora ses craintes au sujet d'Elfine ; elle ne croyait pas qu'il l'avait fait consciemment. Il était occupé à traire à ce moment-là, pendant qu'elle le regardait, et il se parlait à moitié à lui-même :

— Elle est toujours à reluquer aux fenêtres du manoir de Haut-Couture… (Il prononçait ce nom « Août-Quiteur », à la manière locale.) Pour se rincer l'œil avec ce jeune coq d'Inde de Mr Richard !

Avec ces mots, quelque chose de terrien, quelque chose de sombre et d'enraciné comme le chiendent poussant son chemin tenace à travers la glèbe s'était infiltré dans la voix du vieillard. Il était ému. Des vagues souvenirs déferlaient sur lui.

— S'agit-il du jeune gentilhomme ? avait demandé Flora nonchalamment, car elle voulait aller au fond de la question sans en avoir l'air.

— Ouais ! Qu'il soit maudit comme un capricieux, vaniteux, coureur de cotillons en herbe !

La réponse était venue éclaboussée de rage ; mais derrière la rage s'insinuaient les traces d'autres émotions plus obscures : recherches fébriles dans les vieilles histoires des cours de ferme et des huches à pain ; réminiscences de concupiscences de poulaillers et de mares à canards ; intérêt grivois, épicé, croustillant pour le sordide drame de l'éternelle poursuite aveugle du mâle et de l'inévitable soumission vaincue de la femme.

Flora ressentait un peu de dégoût, mais son désir de mettre de l'ordre à Froid Accueil l'avait contrainte à poursuivre son enquête.

Elle avait demandé quand le jeune couple devait se marier, sachant d'avance quelle serait la réponse. Adam avait émis un bruit sonore et inaccoutumé, qu'elle avait interprété avec difficulté comme un rire sans joie.

— Quand les pommes pousseront sur l'aristoloche, on verra le vice qui s'achètera un habit de noces ! avait répondu Adam, d'un air entendu.

Flora avait approuvé, simulant plus de pessimisme qu'elle n'en ressentait. Elle pensait qu'Adam voyait les choses un peu trop en noir. Sans doute Richard Hawk-Monitor n'était-il que faiblement attiré par Elfine, mais la pensée de réaliser ce qu'Adam craignait ne lui était probablement jamais venue à l'esprit. Même s'il avait eu cette pensée, il l'aurait sûrement aussitôt repoussée. Flora les connaissait, ces hobereaux, amateurs de chasse à courre. Ils étaient ce que les Américains (que Dieu les bénisse !) appellent « bêtes ». Ils détestaient les histoires. La poésie (Flora était à peu près convaincue qu'Elfine écrivait des vers) les ennuyait. Ils préféraient la société des gens qui parlent une fois toutes les vingt minutes. Ils aimaient que les chiens soient bien dressés, les jeunes filles bien habillées, et que les gelées soient de courte durée. Il était peu vraisemblable que Richard complotât une trahison classique envers Elfine. Mais il était encore moins vraisemblable qu'il désirât l'épouser. L'excentricité de son accoutrement, de ses manières et de sa coiffure devait automatiquement le refroidir.

Non, cette idée-là, comme la majorité des idées du reste, n'avait jamais dû pénétrer son cerveau.

« Ainsi, si je ne m'en occupe pas, pensa Flora, elle me restera tout simplement sur les bras, et Dieu sait que personne ne voudra l'épouser tant qu'elle aura cette allure et qu'elle portera ces robes-là. À moins, naturellement, que je ne la colle à Mr Mybug. »

Mais Mr Mybug était, temporairement du moins, amoureux de Flora elle-même, c'était un autre obstacle. Et après tout, serait-ce chic de lancer Elfine, tout inexpérimentée, parmi ces lions du quartier de Bloomsbury qui changent de mari et de femme à chaque week-end sans qu'aucun s'en étonne ? Ils évoquaient toujours pour Flora la description des « sangliers sauvages » peints sur les vases dans l'histoire de Dickens : « Chaque sanglier sauvage avait la jambe levée en l'air, jusqu'à dessiner un angle douloureux, pour montrer sa liberté parfaite et sa gaieté. » Comme cela devait être décourageant pour eux de trouver chaque nouvel amour tellement semblable à l'ancien ! Cela devait être tout à fait comme ces soirées ratées où l'on essaie vainement de gonfler tous les ballons les uns après les autres, pour découvrir finalement qu'ils sont tous percés. Non, Elfine ne devait pas être livrée à la merci de Bloomsbury ; elle devait subir une transformation qui lui permettrait d'épouser Richard.

Aussi Flora continua-t-elle à chercher Elfine, au cours de ses promenades sur la lande.

*

* *

Tante Ada Doom était là-haut dans sa chambre, assise toute seule. Il y avait quelque chose de presque symbolique dans sa solitude. Elle était le cœur, l'axe de la maison… et elle était, comme tous les cœurs, tout à fait solitaire. Vous n'avez jamais entendu parler d'un être qui ait deux cœurs, n'est-ce pas ? Eh bien, toutes les vagues errantes de désir, de passion, de jalousie et de convoitise qui faisaient palpiter la maison convergeaient comme un réseau vers le cœur même de sa solitude. Elle sentait qu'elle était un cœur entièrement, irrévocablement seul.

Les vents affaiblis du printemps caressaient la vieille maison. Les pensées de la vieille femme se blottissaient dans la pièce chaude où elle était assise toute seule… Elle ne voulait pas voir sa nièce… il fallait l'empêcher d'entrer…

Trouver une excuse. Lui fermer la porte. Voilà un mois qu'elle est là et vous ne l'avez pas encore vue. Elle a dû trouver cela étrange, hein ? Elle a laissé entendre qu'elle aimerait monter ici. Vous n'avez pas voulu la voir. Vous ressentez… vous ressentez une étrange émotion en pensant à elle. Vous ne la verrez pas… Vos pensées tournoient autour de la pièce comme des bêtes se frottant aux murs engourdis. En dehors des murs, les vents se heurtent comme des bêtes engourdies. Errant de l'intérieur à l'extérieur, vents et pensées s'engourdissent. Comme c'est énervant, ce vent chaud qui annonce le printemps…

Quand vous étiez petite, si petite que le moindre souffle de brise soulevait votre petite crinoline pardessus votre tête, vous avez vu quelque chose de vilain dans le bûcher.

Vous ne l'avez jamais oublié.

Vous n'en avez jamais parlé à votre maman (vous pouvez encore, après si longtemps, vous rappeler la fraîche odeur du bétel avec lequel on nettoyait ses chaussures), mais vous vous en êtes souvenue toute votre vie.

C'est cela qui vous a rendue… différente des autres, cette chose que vous avez vue dans la remise à outils et qui a fait de votre mariage un cauchemar prolongé.

En fait, vous ne vous êtes jamais inquiétée de savoir ce que cela avait pu être pour votre mari.

C'est pour cela que vous avez mis vos enfants au monde avec répugnance. Même maintenant, à soixante-dix-neuf ans, vous ne pouvez pas voir passer une bicyclette devant la fenêtre de votre chambre sans ressentir une nausée au fond de votre estomac… Car c'est dans le hangar à bicyclettes que vous avez vu quelque chose de vilain, quand vous étiez toute petite.

C'est pourquoi vous restez dans cette pièce ; vous y avez passé vingt ans depuis que Judith s'est mariée et que son mari est venu habiter à la ferme. Vous vous êtes échappée de ce monde énorme et terrifiant que l'on trouve au-delà de ces quatre murs, auxquels se heurtent vos pensées comme des bêtes engourdies. Oui, c'est à cela qu'elles ressemblent, à des bêtes ! Exactement des bêtes !

Dans le monde extérieur, il y a des cabanes de jardinier où de vilaines choses peuvent arriver. Mais rien ne peut arriver ici. Vous avez l'œil à cela. Aucun de vos petits-enfants ne peut quitter la ferme. Judith ne peut pas s'en aller, ni Seth, ni Amos, ni Caraway, ni Urk, ni Micah, ni Ezrah, ni Mark, ni Luc. Harkaway peut aller verser les bénéfices de la ferme à la banque de Beershorn chaque samedi matin, mais aucun des autres ne peut bouger.

Nul membre de la famille ne doit s'aventurer dans le grand vilain monde où de vilaines choses peuvent se passer dans des étables et être vues par des petites filles.

Vous les tenez tous, vous recourbez votre vieille main ridée comme un coquillage brun et vous riez toute seule. Oui, vous les tenez comme cela… dans le creux de votre main, comme le Seigneur tenait Israël. Ils n'ont que ce que vous voulez bien leur donner. Vous accordez à Micah, Urk, Caraway, Mark, Luc et Ezrah dix pence par semaine d'argent de poche. Harkaway a un shilling pour couvrir ses frais d'autobus aller et retour à Beershorn. Vous avez posé votre talon sur eux et vous les maintenez tous comme des esclaves sous votre botte.

Même Seth, votre chéri, le dernier et le plus beau de vos petits-fils, vous le tenez dans le creux de votre paume. Il a une livre d'argent de poche par semaine. Amos n'a rien, Judith non plus…

Vos pensées, semblables à des bêtes engourdies, tournoient lentement dans l'air taciturne de la chambre tranquille. Le paysage d'hiver éclatait sous la pression du printemps qui battait avec insistance contre la vitre.

Ainsi vous êtes là, assise, vivante d'un repas à l'autre (lundi : porc, mardi : bœuf, mercredi : saucisses, jeudi : mouton, vendredi : veau, samedi : curry, dimanche : côtelettes)… Quelquefois… vous êtes si vieille… comment pouvez-vous vous en rendre compte ?… vous renversez de la soupe sur vous… vous pleurnichez… Un jour, Judith a monté les rognons de votre petit déjeuner, et ils étaient trop chauds et ont brûlé votre langue… Jour après jour, saison après saison, année après année, vous êtes là, assise toujours seule. Vous l'âme de Froid Accueil.

Quelquefois, Urk, le second enfant du mari de votre sœur par alliance, vient vous voir et vous dit que la ferme tombe en pourriture.

Peu importe. Il y a toujours eu des Starkadder à Froid Accueil.

Eh bien, qu'elle pourrisse... On ne peut pas avoir de ferme sans hangars (à bestiaux, à bois, à outils, à bicyclettes, à jardinage), et où il y a des hangars, les choses sont destinées à pourrir... Quoique, si vous en jugez d'après votre inspection bihebdomadaire des comptes de la ferme, tout n'ait pas l'air d'aller aussi mal que cela. En tout cas, vous êtes là, et ils restent tous là avec vous.

Vous leur dites que vous êtes folle ; que vous avez été folle depuis que vous avez vu quelque chose de vilain dans le bûcher, il y a des années et des années. Alors, si l'un d'eux s'en allait habiter une autre région, vous deviendriez encore plus folle. Toute tentative quelconque de leur part pour s'échapper de la ferme provoquerait sûrement une de vos crises de folie. C'est regrettable d'un côté, mais bien pratique de l'autre !... L'incident du bûcher a détraqué quelque chose dans votre cerveau d'enfant, il y a soixante-dix ans.

Mais si on considère que c'est à cause de cet incident que vous êtes assise là, comme la reine de la ruche, vous faisant monter cinq repas par jour à des heures réglées comme du papier à musique, cela n'a pas été un si mauvais jour pour vous, le jour où vous avez vu quelque chose de vilain dans le bûcher.

11

Le taureau mugissait. Régulière, sa voix puissante s'élevait dans l'air, comme une sombre colonne rouge. Seth s'appuyait mélancoliquement sur la barrière, surveillant Ruben qui lentement, mais habilement, réparait une fuite dans la fosse à purin. Pas un bourgeon ne perçait encore sur la sombre face hérissée de la haie, mais l'air geignait au passage du printemps. Il était onze heures du matin. Un oiseau poussait sa petite chanson naïve sur le toit de la laiterie.

Les deux frères levèrent la tête en voyant Flora traverser la cour, habillée pour sa promenade sur la lande. Elle regarda d'un air interrogateur vers l'étable où Gros-Bonnet, le taureau, faisait un vacarme épouvantable.

— Je pense que ce serait une bonne idée de le lâcher, dit-elle.

Seth ricana et poussa du coude Ruben qui s'empourpra.

— Je ne parle pas des besoins de la reproduction, mais je crois qu'il lui faudrait de l'air et de l'exercice, ajouta Flora. Vous ne pouvez vous attendre à ce qu'un taureau engendre un bétail sain s'il est enfermé dans une puanteur sombre toute la journée.

Seth, déplorant le ton impersonnel que prenait la conversation, s'éloigna nonchalamment. Mais Ruben était toujours disposé à écouter un avis concernant l'amélioration de la ferme, et Flora s'en était bien aperçue. Il dit, tout à fait civilement :

— Ouais ! C'est vrai, il faudra qu'on le lâche dans le grand champ demain.

Il se remit à réparer la fosse à purin, mais au moment où elle s'éloignait, il leva de nouveau la tête et lança cette remarque :

— Alors, vous êtes allée avec le vieux singe, hé ?

Flora, qui commençait à s'habituer à l'argot des Starkadder, saisit tout de suite que cela avait trait à son expédition de la semaine précédente, en compagnie de son cousin Amos, à la chapelle des Frères frissonnants. Elle répondit d'un ton à peine nuancé d'une surprise polie :

— Je ne vois pas très bien ce que vous voulez dire, mais si vous voulez dire que je suis allée à Beershorn avec cousin Amos, eh bien, oui, c'est vrai.

— Ouais, c'est bien vrai ? Est-ce que le vieux singe a dit quelque chose de moi ?

Flora se rappelait seulement une remarque concernant les souliers des morts, qu'elle jugea peu prudent de répéter. Aussi, elle répondit qu'elle avait oublié presque toute la conversation parce que le sermon avait été si puissant qu'il avait chassé toute autre pensée de sa tête.

— J'ai conseillé à cousin Amos, ajouta-t-elle, d'adresser ses sermons à un public plus étendu. Je pense qu'il devrait faire le tour du pays sur une fourgonnette, prêchant…

— Fichant la frousse aux pauvres petits oiseaux dans les buissons, plutôt, coupa Ruben sombrement.

— … aux foires et les jours de marché. Voyez-vous, si cousin Amos était parti assez souvent, cela signifierait que quelqu'un d'autre aurait à s'occuper de la ferme, n'est-ce pas ?

— Quelqu'un d'autre aura à s'en occuper, en tout cas, quand le vieux singe mourra, dit Ruben.

Une passion primitive cailla le blanc de ses yeux, et son souffle devint rauque.

— Oui, bien sûr, dit Flora, il parle de la laisser à Adam. Eh bien, voyez-vous, je ne crois pas que ce soit une bonne idée, qu'en pensez-vous ? Pour commencer, Adam a soixante-dix ans. Il n'a pas d'enfants (du moins pas que je sache, et naturellement je n'écoute pas les racontars de Mrs Beetle), et je ne pense pas qu'il soit susceptible de se marier, n'est-ce pas ? Il n'est pas non plus très calé en matière de droit, aussi je ne pense pas qu'il prendrait la peine de faire un testament. De toute façon, Dieu sait à qui il laisserait la ferme. Il serait capable de la laisser à Paresseuse ou à Disgracieuse et cela causerait beaucoup de complications légales, car je doute fort que deux vaches aient le droit d'hériter une ferme. De plus, Insoucieuse et Dédaigneuse pourraient réclamer leur part, et cela entraînerait des procès interminables qui engloutiraient toutes les ressources de la ferme. Oh ! non, je ne pense pas vraiment que ce soit une bonne solution pour cousin Amos de léguer la ferme à Adam. Je crois qu'il vaudrait mieux qu'il se laisse persuader de faire des tournées de prêches autour de l'Angleterre, ou peut-être qu'il se retire dans un village lointain pour y écrire un charmant et long livre de sermons. Alors, celui qui serait chargé de s'occuper de la ferme pourrait prendre les affaires bien en main, et lorsque cousin Amos reviendrait enfin il ne manquerait pas de voir que la direction doit en être laissée entre les mains de cette personne pour éviter le dérangement de tout réorganiser. Voyez-vous, Ruben, cousin Amos ne pourrait même pas songer à laisser la ferme à Adam à ce moment-là, car la personne qui s'en serait chargée serait évidemment la personne à qui il faudrait la laisser.

Elle hésita un peu vers la fin de son discours en se rappelant que si les Starkadder n'étaient que trop empressés à suivre les lois de la nature, ils suivaient rarement celles de la logique. Ses remarques n'eurent d'ailleurs pas sur Ruben l'effet escompté ; il dit d'une voix épaissie par la rage :

— Vous, par exemple ?

— Non, vraiment ! Je vous ai déjà dit, Ruben, que je serais incapable d'exploiter une ferme. Vous devriez pourtant me croire.

— Alors, si ce n'est pas de vous, de qui voulez-vous parler ?

Flora, abandonnant toute diplomatie, répondit :

— De vous !

— De moi ?

— Ouais, de vous, répéta-t-elle, adoptant avec résignation le parler des Starkadder.

Il la regarda d'un air buté. Elle observa, avec dégoût, qu'il avait la poitrine couverte d'une épaisse toison.

— Ce n'est pas possible, dit-il enfin. La vieille le laissera jamais partir.

— Pourquoi pas ? demanda Flora ; pourquoi ne partirait-il pas ? Pourquoi tante Ada Doom veut-elle vous garder ici, comme si vous étiez des enfants ?

— Elle… elle… elle est malade, bégaya Ruben, levant un regard furtif vers les fenêtres fermées et poussiéreuses au-dessus desquelles, sous le chaume, les hirondelles faisaient leur nid… Si l'un de nous annonce qu'il veut quitter la ferme, elle fait une attaque. Il y a toujours eu des Starkadder à Froid Accueil. Aucun de nous ne peut s'en aller, sauf Harkaway quand il porte l'argent à la banque de Beershorn, le samedi matin.

— Mais vous allez tous quelquefois à Beershorn.

— Ouais, mais c'est un grand risque. Elle aurait sûrement une attaque, si elle le savait.

— Une attaque de quoi ?

Flora commençait à s'impatienter. Contrairement à Charles, elle n'appréciait pas les sombres mystères.

— Sa… sa maladie. Elle… elle n'est pas comme les grand-mères des autres gens. Quand elle n'était pas plus grosse qu'une linotte, elle a vu…

— Oh ! Ruben, dépêchez-vous d'achever, vous serez bien bon ; tout le soleil sera parti quand j'arriverai sur la lande.

— Elle… elle est folle !

Net et sombre, le mot tomba entre eux dans l'air indifférent. Le temps, qui s'était jusque-là conduit normalement, commença soudain à pivoter sur un point brillant de l'espace infini. Un malheur n'arrive jamais seul.

— Ah ! dit Flora pensivement.

Ainsi c'était cela, tante Ada Doom était folle. D'après tous les calculs de probabilité, on devait s'attendre à trouver une grand-mère folle à Froid Accueil, et pour une fois les calculs s'étaient révélés justes.

La grand-mère folle existait bien. Flora observa, en tapotant sa chaussure avec sa canne, que c'était très gênant.

— Ouais, dit Ruben, c'est terrible ! Et sa folie prend la forme de vouloir savoir tout ce qui se passe. Elle veut voir tous les livres de comptes deux fois par semaine, le livre du lait et le livre des poulets et le livre des cochons et le livre du blé. Si nous ne lui montons pas les livres, elle a une attaque. C'est terrible ! Elle est le chef de famille, vous voyez. Il faut la garder vivante à tout prix. Elle ne descend que deux fois par an : le 1er mai et le dernier jour de la fête de la moisson. Si quelqu'un mange trop, elle a une attaque, c'est terrible !

— En effet, convint Flora.

Elle était surtout frappée par le fait que la folie de tante Ada Boom avait pris une forme tout ce qu'il y a de plus commode. Si les gens qui devenaient fous pouvaient s'arranger pour choisir leur genre de folie, elle était convaincue qu'ils opteraient tous pour celle de tante Ada Doom.

— C'est pour cela qu'elle ne veut pas me voir ? demanda-t-elle. Je suis ici depuis près d'un mois et je n'ai encore pas pu la rencontrer.

— Ouais, peut-être, répondit Ruben avec indifférence.

Son long discours semblait l'avoir épuisé. Son visage flasque se creusait de plis rébarbatifs.

— Eh bien, en tout cas, dit Flora brusquement, ce n'est pas parce que tante Ada est folle qu'il ne faut pas essayer de persuader cousin Amos d'aller faire une tournée de prêches. Vous pourriez toujours diriger la ferme pendant son absence. Cela vaut la peine d'essayer !

— Croyez-vous, dit brusquement Ruben, que si je gardais la ferme pendant que le vieux singe serait parti radoter sur le feu de l'enfer, devant un tas d'oiseaux et de vaches effarouchées, loin là-bas, il reviendrait pour voir comment je m'en tire et me la laisserait peut-être pour moi à la fin ?

— Oui, je le crois, assura Flora.

Le visage de Ruben grimaça d'émotion et subitement, en le regardant, elle fut sûre de la victoire.

— Ouais, dit-il d'une voix résignée, qu'on me pende si je ne lui fourre pas dans la tête, au vieux singe, qu'il devrait ficher le camp radoter, pas plus tard que cette semaine.

À sa grande surprise, il lui tendit la main, qu'elle prit et serra chaleureusement. C'était le premier signe d'humanité qu'elle eût rencontré chez les Starkadder. Elle en fut émue. Ses sentiments furent semblables à ceux d'un explorateur se trouvant nez à nez avec un Pygmée blanc, au sein de la forêt vierge.

Elle était très gaie lorsqu'elle se dirigea vers la lande. Si Ruben n'exagérait pas ses efforts de persuasion (et là était le vrai danger, car Amos était astucieux et percerait vite à jour une tentative trop évidente de se débarrasser de lui), son plan devait réussir.

C'était un matin frais et agréable et elle se sentait d'autant plus disposée à jouir de sa promenade que Mr Mybug (elle ne pouvait pas s'habituer à l'appeler Meyerburg) ne l'accompagnait pas. Les trois matins précédents, elle avait dû supporter sa compagnie, mais ce matin il avait annoncé qu'il fallait vraiment qu'il se mette au travail. Flora ne voyait d'ailleurs pas pourquoi, mais elle était ravie d'être débarrassée de lui ! Flora n'appréciait pas particulièrement les promenades en compagnie de Mr Mybug ; pour commencer, il n'y avait vraiment que les questions sexuelles qui l'intéressaient. C'était peut-être compréhensible, mais sûrement regrettable. Après tout, beaucoup de nos grands esprits ont eu la même faiblesse. Mais l'ennui, avec Mr Mybug, c'est que les objets les plus innocents, ceux que personne, même les grands esprits en question, n'aurait songé à associer à une idée de sexualité, lui suggéraient toujours, à lui, des pensées d'ordre sexuel. Il les montrait du doigt ou faisait des comparaisons et demandait à Flora ce qu'elle en pensait. Flora trouvait difficile de répondre car cela ne l'intéressait pas. Elle se contentait d'une simple formule de politesse et Mr Mybug prenait son manque d'enthousiasme pour du refoulement. Il déplorait que la plupart des Anglaises – c'est-à-dire celles de dix-neuf à vingt-quatre ans – soient des refoulées. Froides, voilà ce qu'étaient les jeunes Anglaises de dix-neuf à vingt-quatre ans.

Il leur arrivait de traverser un charmant bois de jeunes bouleaux qui commençaient à bourgeonner. Infailliblement, les troncs évoquaient pour Mr Mybug des symboles phalliques, tandis que les bourgeons lui rappelaient les pointes des seins des jeunes vierges.

Mr Mybug faisait ensuite remarquer à Flora qu'ils marchaient tous deux sur des semences en germination dans le sein de la terre. Cela lui donnait l'impression de piétiner le corps d'une grande femme à la peau brune. Il avait la sensation de prendre part à une puissante cérémonie de gestation. Flora lui demandait quelquefois le nom d'un arbre, mais il ne le savait jamais. Cependant, il y avait tout de même des occasions où les collines lointaines n'évoquaient pas pour lui des mamelles opulentes. Dans ces moments-là, il restait immobile, fixant les bois à l'horizon, fronçant les sourcils et respirant profondément, puis il déclarait que le paysage lui rappelait une de ces jolies choses de Poussin. Ou bien il s'arrêtait pour contempler une mare et la comparer à une peinture de Manet.

Pour être tout à fait juste, il fallait reconnaître que Mr Mybug s'intéressait parfois aux problèmes sociaux du jour : pas plus tard que la veille, en se promenant le long d'une allée de rhododendrons, dans une propriété ouverte au public, il avait discuté avec Flora un cas d'arrestation à Hyde Park. C'étaient les rhododendrons qui lui avaient fait penser à Hyde Park. Il disait que c'était impossible de s'asseoir plus de cinq minutes, après sept heures du soir, dans Hyde Park sans être arrêté ou accosté.

On voyait beaucoup d'homosexuels à Hyde Park – des prostituées aussi. Dieu ! que ces bourgeons de rhododendrons avaient un aspect phallique impérieux !

Tôt ou tard, il faudrait s'attaquer au problème de l'homosexualité. Il faudrait s'attaquer également au problème des lesbiennes et des vieilles filles… Dieu ! que cette petite mare, là-bas dans le creux, avait donc exactement la forme d'un nombril. Il aimerait arracher ses vêtements et s'y plonger. Voilà encore un autre problème… auquel il faudrait aussi s'attaquer. La pruderie au sujet de la nudité n'existait nulle part comme en Angleterre… Et pourtant, si tous les gens circulaient nus, les désirs sexuels disparaîtraient automatiquement. Flora avait-elle jamais assisté à une réunion où tout le monde s'était déshabillé ?… Cela lui était arrivé, à lui, une fois où ils étaient allés toute une bande se baigner dans la rivière, sans rien sur eux, et, après, la petite Harriett Belmont s'était assise toute nue dans l'herbe pour leur jouer de la flûte. C'était délicieux : si gai et si simplement naturel. Et Billie Polswett avait exécuté une danse d'amour hawaïenne, faisant tous les gestes qui sont habituellement omis sur scène. Son mari aussi avait dansé. C'était charmant, si chaud, si naturel et si réel en quelque sorte !…

Aussi, tout compte fait, Flora était très contente de faire sa promenade toute seule.

Elle croisa une jeune fille sur un poney, et deux jouvenceaux se promenant sac au dos avec des cannes, mais personne d'autre. Elle descendit dans une vallée remplie de noisetiers et de genêts, et se dirigea vers une petite maison de pierres grises au toit bleu turquoise, située sur l'autre versant de la lande. C'était une cabane de berger ; elle pouvait voir la bergerie de pierre, tout à côté, où on gardait les brebis à l'époque de la naissance des agneaux, et l'abreuvoir bas dans lequel elles buvaient. Si Mr Mybug avait été là, il eût expliqué que les brebis payaient leur tribut féminin à la force vitale. Il avait coutume de dire que la réussite d'une femme pouvait seulement s'estimer d'après la réussite de sa vie sexuelle ; Flora supposait qu'il aurait dit la même chose d'une brebis... Oh ! comme elle était heureuse qu'il ne fût pas là !

Elle tourna en sautillant autour de la petite maison de berger et découvrit Elfine qui prenait un bain de soleil assise sur une butte.

Ce fut une surprise pour les deux cousines, mais Flora fut tout à fait satisfaite, puisqu'elle cherchait depuis longtemps une occasion de lui parler. Elfine bondit sur ses pieds et eut l'air effarouché : elle avait un peu de la grâce fragile d'un poulain de l'année. Un sourire de dryade se jouait sur sa bouche qui donnait une impression de curieuse pureté. Mais ses yeux restaient inanimés et hostiles. Flora pensa : « Quelle ignoble façon de se coiffer, elle n'a pas dû le faire exprès ! »

— C'est vous, Flora ? Je suis Elfine, dit-elle simplement.

Sa voix avait un timbre amorti et fêlé pareil au ton flûté et sans sexe des voix d'enfants de chœur (seulement les enfants de chœur sont rarement sans sexe, comme plus d'une épouse de pasteur peut en témoigner à ses dépens). « Elle ne fait pas beaucoup de frais en mon honneur », pensa Flora. Mais elle répondit poliment :

— Oui, quel temps délicieux, ce matin. Êtes-vous allée loin ?

— Oui… non… par là-bas.

Le geste vague de son bras tendu balaya d'une façon curieuse des horizons illimités. Les gestes de Judith donnaient cette même impression d'infini, c'est pourquoi il ne restait plus un vase dans la ferme.

— J'étouffe dans la maison, continua Elfine avec une extrême brusquerie. Je déteste les maisons.

— Vraiment ? dit Flora.

Elle remarqua qu'Elfine prenait des réserves de souffle, et comprit qu'elle allait se lancer dans une bonne et longue description d'elle-même et de ses états d'âme, comme le font toutes ces dryades timides quand on leur en donne l'occasion ; aussi, elle s'installa au soleil sur une autre butte et, levant les yeux vers la silhouette élancée d'Elfine, se disposa à écouter.

— Aimez-vous la poésie ? demanda Elfine.

Un flot de couleurs se répandit sous sa peau, et ses mains bistrées et osseuses comme celles d'un garçon se serraient nerveusement.

— Quelquefois, répondit Flora avec prudence.

— Je l'adore, dit Elfine simplement. Elle traduit toutes les pensées que je ne peux pas exprimer moi-même… il me semble, je veux dire… Oh ! je ne sais pas. Mais c'est tout pour moi, et c'est suffisant ! N'éprouvez-vous pas cela ?

Flora répondit qu'elle avait effectivement ressenti de temps en temps quelque chose de ce genre, mais sa réponse était hésitante, car elle n'avait pas très bien saisi ce qu'Elfine voulait dire exactement.

— J'écris des poèmes, ajouta Elfine (« Donc j'avais raison », pensa Flora). Je vous en montrerai quelques-uns, si vous me promettez de ne pas rire. Je ne peux pas supporter qu'on se moque de mes enfants. J'appelle mes poèmes mes enfants (Flora sentit qu'elle pouvait promettre cela en toute sécurité). Et l'amour aussi, murmura Elfine, sa voix se brisant et fondant timidement, comme la glace en Finlande sous les premiers rayons du soleil et les vents cajoleurs du printemps… L'amour et la poésie vont ensemble en quelque sorte… Ici, entre les collines, quand je suis seule avec mes rêves… Oh ! je ne peux pas vous décrire ce que je ressens… J'ai poursuivi un écureuil toute la matinée.

Flora dit avec sévérité :

— Elfine, êtes-vous fiancée ?

Sa cousine ne bougea pas. La couleur, lentement, se retira de son visage. Sa tête s'inclina. Elle murmura :

— Il y a quelqu'un… mais nous ne voulons pas tout gâcher par des attaches définitives qui nous lieraient… C'est horrible de se lier à quelqu'un.

— Quelle bêtise ! C'est très bien au contraire, répliqua Flora avec austérité, et ce serait une très bonne chose pour vous d'être liée aussi. Alors, que supposez-vous qu'il adviendra de vous, si vous n'épousez pas ce quelqu'un ?

Le visage d'Elfine s'éclaira.

— Oh !… J'ai tout décidé, dit-elle vivement. J'obtiendrai une place dans un magasin de fournitures pour artistes à Horsham et je ferai de la pyrogravure à mes moments de loisirs. Je serai très bien, et plus tard je pourrai aller en Italie et peut-être apprendre à être un peu comme saint François d'Assise.

— C'est totalement inutile, pour une jeune fille, de ressembler à saint François d'Assise, rétorqua

Flora froidement, et dans votre cas ce serait un pur suicide moral. Une belle fille comme vous devrait mettre des robes ajustées, et, Elfine, quoi que vous fassiez, porter toujours des escarpins. Rappelez-vous : des escarpins. Vous êtes si belle que vous pouvez porter les vêtements les plus classiques et paraître à votre avantage. Mais, pour l'amour du ciel, évitez les blouses de lin orange et les bijoux ciselés à la main. Oh ! et les châles pour le soir !

Elle s'arrêta, s'apercevant à l'expression d'Elfine qu'elle était allée trop loin. Elfine paraissait embarrassée et extrêmement malheureuse. Flora eut des remords. Elle s'était prise d'affection pour ce petit être ridicule. Elle lança d'un ton très amical, attirant sa cousine vers elle :

— Eh bien, qu'est-ce qu'il y a ? Dites-le-moi ! Détestez-vous tant vivre à la maison ?

— Oui… mais je n'y suis pas souvent, chuchota Elfine. C'est… c'est Urk !

Urk… le petit homme à l'air de renard qui passait son temps à fixer les chevilles de Flora ou à cracher dans le puits.

— Que vient faire Urk là-dedans ? demanda-t-elle.

— Il… eux… je pense qu'il veut m'épouser, balbutia Elfine, je pense que grand-mère veut me marier avec lui quand j'aurai dix-huit ans. Il… il… grimpe au pommier devant la fenêtre de ma chambre et essaie de me regarder quand je… je… me déshabille, il a fallu que je pende trois serviettes de toilette devant ma fenêtre, mais il les a attrapées avec une canne à pêche, et il a ri en me montrant le poing… Je ne sais plus que faire.

Flora était justement indignée, mais elle dissimula sa colère, et résolut d'adopter Elfine et de la tirer des griffes de tous les Starkadder de Froid Accueil.

— Et… est-ce que le quelqu'un en question est au courant de cela ? demanda-t-elle.

— Oui… je lui ai tout raconté.

— Qu'a-t-il dit ?

— Oh… il a dit : « Pas de veine, ma vieille. »

— C'est Dick Hawk-Monitor, n'est-ce pas ?

— Oh ! Comment l'avez-vous su ? Oh ! je suppose que tout le monde le sait maintenant. C'est affreux !

— Certainement cela va plutôt mal, mais je ne pense pas que nous puissions aller jusqu'à dire que c'est affreux, affirma Flora calmement. Pardonnez-moi cette question, Elfine, mais le jeune Hawk-Monitor vous a-t-il vraiment demandé de l'épouser ?

— Eh bien ! il a dit que ce serait une bonne idée de le faire !

— Mauvais… mauvais… murmura Flora, secouant la tête. Excusez-moi, mais a-t-il l'air de vraiment vous aimer ?

— Il… il en a l'air quand je suis là, Flora, mais je n'ai pas bien l'impression qu'il songe beaucoup à moi quand je ne suis pas là.

— Et je suppose que vous l'aimez assez, ma chérie, pour désirer devenir sa femme ?

Elfine, après un moment d'hésitation, admit qu'elle avait été quelquefois assez égoïste pour souhaiter avoir Dick à elle toute seule. Il semblait y avoir aussi une dangereuse cousine nommée Paméla qui arrivait souvent de Londres pour passer les week-ends et que Dick trouvait très amusante.

L'expression de Flora ne subit aucun changement en apprenant cette nouvelle, mais son courage fut ébranlé. Car, s'il était déjà difficile d'obtenir Dick pour Elfine dans des circonstances normales, ce serait mille fois plus difficile avec une rivale sur le terrain. Malgré tout, son caractère étant de cette espèce rare qui devient froide et contente à la perspective d'une bataille, son inquiétude ne dura pas.

Elfine disait :

— … et puis, il y a ce bal. Naturellement je déteste danser, excepté dans les bois avec les fleurs et les oiseaux, mais je voudrais aller à ce bal parce que, vous comprenez, c'est le vingt et unième anniversaire de Dick et… en quelque sorte… je crois que ce serait assez rigolo.

— Amusant ou divertissant… mais pas rigolo, corrigea gentiment Flora. Êtes-vous invitée ?

— Oh ! non… Vous comprenez, grand-mère ne permet pas aux Starkadder d'accepter des invitations, sauf pour les funérailles ou les mariages religieux. Alors, maintenant, personne ne nous envoie plus d'invitations. Dick a bien dit qu'il aurait voulu que je vienne, mais je pense que c'était simplement pour être gentil. Je ne pense pas qu'il ait jamais cru un instant que je puisse y aller.

— Je suppose qu'il serait inutile de demander la permission à votre grand-mère… Lorsqu'on a affaire à de vieilles personnes tyranniques, c'est toujours prudent d'agir correctement, si on le peut ; elles sont alors moins susceptibles de soupçonner ce qu'on peut faire de moins correct.

— Oh ! je suis sûre qu'elle ne me laisserait jamais y aller. Elle s'est disputée avec Mrs Hawk-Monitor, il y a près de trente ans, et elle déteste la mère de Dick. Elle serait folle de rage si elle pouvait penser que je connais Dick ; de plus, elle trouve qu'il est immoral de danser.

— Une intéressante survivance de superstition médiévale, commenta Flora. Maintenant, écoutez-moi, Elfine, je crois que ce serait une très bonne idée d'aller à ce bal. Je vais essayer d'arranger cela. J'irai aussi et je veillerai sur vous. Ce sera peut-être un peu difficile de nous procurer des invitations, mais je vais faire de mon mieux et quand nous aurons nos invitations, je vous emmènerai à Londres où nous vous achèterons une robe.

— Oh ! Flora !

Flora fut contente de voir que l'atmosphère moitié sauvageonne, moitié dryade qui flottait autour d'Elfine comme une vapeur malodorante se dissipait. Elle parlait normalement. Si tel était le résultat d'une conversation tout ordinaire et d'un peu d'intérêt pour ses pauvres histoires enfantines, quel effet miraculeux produirait une robe bien coupée et une coiffure soignée ? Flora s'en serait frotté les mains de joie.

— Pour quand ce bal ? demanda-t-elle. Y aura-t-il beaucoup d'invités ?

— C'est le 21 avril, dans un mois. Oh ! oui, ce sera quelque chose de très bien, ils ont loué les salons de réunion de Godmere et tout le comté sera invité, parce que, vous comprenez, c'est le vingt et unième anniversaire de Dick.

« Tant mieux, pensa Flora, ce sera plus facile d'obtenir une invitation. » Elle avait tant d'amis à Londres, sûrement l'un d'eux connaîtrait ces Hawk-Monitor. Et Claude Hart-Harris, qui valsait si bien, pourrait être son cavalier à elle. Mais qui escorterait Elfine ?

— Seth danse-t-il ? demanda-t-elle.

— Je n'en sais rien, je le déteste, répondit Elfine simplement.

— Je ne peux pas dire que je l'aime beaucoup, moi-même, confessa Flora, mais s'il sait danser, je crois que ce serait aussi bien qu'il nous accompagne. Il vous faut un cavalier, vous savez. Ou peut-être pourriez-vous demander à quelqu'un d'autre ?

Mais Elfine, étant une dryade, ne connaissait naturellement aucun autre jeune homme, et le seul homme possible qui serait sûrement disponible pour le 21 avril était Mr Mybug. Flora pensa qu'elle n'avait qu'à le lui demander, elle était certaine qu'il se précipiterait pour escorter Elfine. C'était effrayant de n'avoir d'autre choix que Seth ou Mr Mybug. Mais c'était comme cela dans le Sussex.

— Eh bien, nous arrangerons ces détails plus tard, dit-elle. Ce qu'il faut que je fasse maintenant, c'est chercher si l'un de mes amis, à Londres, connaît ces Hawk-Monitor.

« Je demanderai à Claude, pensa-t-elle, il connaît des hordes de gens qui habitent des domaines à la campagne. Je lui écrirai cet après-midi. »

Elle se sentait bien disposée envers Elfine, mais elle ne souhaitait tout de même pas passer avec elle le reste de cette exquise matinée. Elle se leva donc et, avec un sourire aimable (ayant promis à sa cousine de la tenir au courant de la progression de leurs affaires), elle poursuivit son chemin.

12

Claude Hart-Harris envoya de sa maison de Chiswick Mall, quelques jours plus tard, une réponse à la lettre de Flora. Il connaissait les Hawk-Monitor. Le papa était décédé, la maman était une charmante vieille chose dont le dada était la métaphysique. Il y avait un fils qui était bien physiquement, mais pas particulièrement intelligent, et une fille du genre sportif nommée Joan. Il pensait pouvoir obtenir quatre invitations pour Flora, si elle était sûre de les désirer vraiment. Ne serait-ce pas une soirée plutôt ennuyeuse ? Enfin, si elle y tenait vraiment, il écrirait à Mrs Hawk-Monitor qu'une de ses amies qui se trouvait exilée dans une ferme à Howling aimerait beaucoup assister au bal, accompagnée de sa cousine et de deux jeunes gens. Lui, Claude, serait bien entendu charmé d'être le cavalier de Flora ; mais franchement, il craignait que Seth soit un peu moche. Devait-il absolument venir ?

— Moche ou non, dit la petite voix câline de Flora à cinquante kilomètres de distance (car elle répondait à sa lettre par téléphone, étant pressée d'arranger l'affaire), c'est tout ce que nous pouvons trouver ici, à moins de nous rabattre sur ce Mr Mybug dont je vous ai parlé. Je préférerais vraiment me passer de lui, Claude. Vous savez comment les intellectuels sont impossibles quand on les emmène au bal.

Claude manipula le cadran de son poste de télévision pour mieux étudier le joli visage pensif de Flora. Elle avait les yeux baissés et les lèvres serrées à l'idée de la grande responsabilité qui l'attendait. C'était grave de vouloir organiser l'avenir d'Elfine ! Il eut l'impression qu'elle traçait un plan de la pointe de son soulier. Elle-même ne pouvait pas le voir, car les téléphones publics n'étaient pas équipés pour la télévision.

— Oh ! oui, nous nous passerons facilement de conversations intellectuelles, dit-il fermement, je crois qu'il faut rayer le Mybug. Je vais écrire aujourd'hui même à Mrs Hawk-Monitor et je vous préviendrai dès que j'aurai une réponse. Peut-être vaudrait-il mieux que je lui dise de vous envoyer directement les invitations ?

Et ce fut cette solution qui, finalement, l'emporta. Lorsqu'elle se retrouva dans la rue ensoleillée, devant le bureau de poste de Beershorn, Flora éprouva un sentiment de gêne à la pensée des machinations auxquelles elle venait de se livrer. Claude avait dit que Mrs Hawk-Monitor était un amour, et Flora se proposait d'accaparer son fils pour Elfine. Elle eut beau faire de grands efforts d'imagination, elle ne put se représenter Mrs Hawk-Monitor accueillant avec joie Elfine comme belle-fille. Bien que la passion de Mrs Hawk-Monitor fût la haute philosophie, Flora était persuadée qu'elle ferait preuve de sens pratique quand il s'agirait de choisir une épouse pour Richard. Et en dépit de ses tendances philosophiques, il y avait peu de chances qu'elle sympathisât avec le genre artiste d'Elfine. Il faudrait qu'Elfine subît une transformation totale avant que Mrs Hawk-Monitor pût la considérer comme éligible et, même dans ce cas, comment lui faire admettre la famille d'Elfine ?

Qui, en vérité, admettrait ces figures d'une grandeur rude, mais légèrement encombrante qu'étaient Micah et Judith ? Et les Starkadder eux-mêmes ne manqueraient pas, si les fiançailles étaient annoncées, de faire une histoire de tous les diables.

Il y avait des heures difficiles en perspective.

Mais c'était ce que Flora aimait. Tout en détestant les drames et les scènes, elle appréciait les occasions d'affronter, avec toute sa froide volonté, une violente résistance. Cela l'amusait, et lorsqu'il lui arrivait d'être vaincue elle se retirait en bon ordre et se désintéressait de la lutte. Les duels à mort l'ennuyaient. Elle préférait abandonner la bataille plutôt que de voir gagner les autres. Mais il n'y avait aucun plaisir à livrer bataille à une chère vieille chose. Flora se rendait compte que si elle avait eu soixante-cinq ans et qu'elle eût été à la place de Mrs Hawk-Monitor, elle aurait eu des sentiments amers envers une jeune fille qui aurait planté une Elfine au sein d'une tranquille famille provinciale.

Il ne lui restait qu'un moyen de soulager sa conscience importune. Elfine devrait être réellement transformée. Il fallait déraciner ses goûts bohèmes, éduquer son cerveau pour qu'il s'harmonisât avec la tête bien coiffée qui l'hébergerait, ses gestes devraient être plus modérés et sa conversation moins naïve. Elle ne devrait plus écrire de poésie, ni entreprendre de longues promenades à moins d'être accompagnée par un chien de race qui convînt à ce genre d'exercice. Il faudrait qu'elle commençât à s'intéresser sérieusement aux chevaux. Elle apprendrait aussi à sourire à une simple allusion faite à un livre et à avouer qu'elle n'était pas une intellectuelle. Il fallait qu'elle devînt la femme aux longues jambes, aux yeux limpides et à l'air pudique. Elle possédait déjà les deux premières de ces qualités, il lui restait la troisième à acquérir. Flora était inquiète à l'idée qu'elle n'avait plus que vingt-sept jours devant elle pour apprendre toutes ces choses à Elfine.

Elle descendit la grand-rue et se dirigea vers l'arrêt des autobus, tout en combinant un plan d'éducation pour Elfine. Elle regarda l'horloge de la mairie, qui indiquait midi, et elle se rendit compte qu'elle avait une demi-heure à attendre. C'était un samedi matin, et la ville était pleine de gens venus des fermes et des villages environnants pour faire leurs emplettes de fin de semaine : quelques-uns attendaient déjà l'autobus, et Flora traversa la place du marché pour se joindre à eux.

Soudain, elle se rendit compte que quelqu'un, un homme, essayait d'attirer son attention. Elle faisait dignement mine de l'ignorer lorsque quelque chose dans son apparence lui sembla familier ; il avait une allure de Starkadder (il y en avait tant qu'une de ses préoccupations intimes était la peur d'en ignorer un, en le rencontrant dans la rue). Bien sûr, c'était Harkaway. Il venait de quitter la banque, où il avait versé les recettes hebdomadaires de la ferme. En un clin d'œil, Flora le reconnut et, tout en inclinant la tête, elle lui dit « Bonjour » en souriant.

Il lui rendit son salut à la manière des Starkadder, c'est-à-dire avec un regard soupçonneux. Il avait l'air d'avoir envie de lui demander ce qu'elle faisait à Beershorn. Elle était prête, s'il le faisait, à défaire le paquet de soie vert tendre qu'elle portait et à le lui agiter sous le nez tout le long de la grand-rue.

Par une manœuvre savante, Harkaway lui barra le chemin devant l'autobus.

— Vous êtes bien loin de chez nous, murmura-t-il.
— Pas plus que vous, rétorqua Flora, un peu irritée.
— Ouais, mais c'est que moi j'ai affaire à Beershorn chaque samedi. Moi, je viens tous les samedis matin de l'année, avec Vipère, précisa-t-il, et il désigna d'un mouvement de tête ce gros animal désagréable que Flora reconnut seulement alors, attelé au boghei, à quelque distance.
— Vraiment ? Moi, j'ai pris l'autobus.
Un sourire lent et énigmatique se dessina sur le visage de Harkaway. C'était quelque chose de rusé qui tenait à la fois du loup, de l'ours et du renard. Il fit tinter doucement quelques pièces de monnaie dans sa poche. Il avait l'air plongé dans une secrète satisfaction personnelle. Tout cela parce qu'il était venu à Beershorn avec le boghei et qu'il avait ainsi économisé les cent sous que sa grand-mère lui donnait chaque semaine pour le trajet.
— Ah ! l'autobus, répéta-t-il d'une voix traînante.
— Oui, l'autobus, il n'y en a pas avant midi et demi.
— Peut-être que je pourrais vous ramener à la maison avec moi, suggéra-t-il comme Flora l'espérait.
Son aversion pour l'atmosphère humide et malodorante de l'autobus avait lutté avec son aversion pour le retour en compagnie d'un Starkadder, et l'autobus avait perdu. Et puis elle était toujours contente d'étudier de plus près la vie privée des Starkadder. Harkaway pourrait peut-être l'éclairer sur cet Urk qui était censé devoir épouser Elfine.
— C'est très aimable à vous, dit-elle, et ils se dirigèrent ensemble vers le boghei.
Elle regardait pensivement son compagnon pendant que le boghei passait entre les haies, en se demandant quel pouvait être son vice particulier. Elle avait

du mal à le distinguer de Caraway, Ezrah, Luc et Mark. Tant pis, elle apprendrait bien un jour à les reconnaître.

Elle entama la conversation :

— Comment marchent les travaux du puits ? lança-t-elle, même si cela lui était bien égal.

— C'est tout effondré, c'est terrible !

— Oh ! je suis désolée, quel dommage ! La dernière fois que je l'ai vu, il était presque terminé, comment est-ce arrivé ?

— C'est la faute à Mark : lui et notre Micah se chamaillaient pour savoir qui poserait la dernière pierre et on était tous autour pour voir lequel cognerait le premier sur l'autre. Et Mark a poussé Micah dans le puits et a poussé les pierres sur lui. Ce qu'on a ri ! On s'en est roulé par terre.

— Est-ce que Micah… ? euh… est-il gravement blessé ?

— Non, Mark a plongé dedans pour le repêcher. Mais les pierres sont perdues.

— Quel dommage, vraiment ! commenta Flora.

Elle fut très surprise quand Harkaway éclata :

— Ouais, c'est bien dommage ! Il y en a à Froid Accueil à qui cela ferait du bien de recevoir quelques briques sur la tête. Je ne nomme personne, mais je me comprends.

De nouveau, les pièces de monnaie tintèrent doucement dans sa poche, le sourire d'ours se joua sur ses lèvres.

— Qui ? demanda Flora.

— Elle… la vieille, ma grand-tante. Elle nous tient tous sous son talon.

Il fit une fois de plus tinter ses pièces.

— Oh ! oui, ma tante, dit Flora songeuse.

Elle trouvait Harkaway comparativement agréable causeur et il n'avait pas l'air hostile non plus.

— Je ne comprends pas pourquoi vous ne vous affranchissez pas d'elle, reprit-elle. Je suppose que c'est elle qui a tout l'argent !

— Ouais… et elle est loufoque. Si l'un de nous quittait la ferme, elle le deviendrait plus encore. Cela serait une honte terrible pour nous. Il faut garder la tête de la famille en vie et avec tous ses esprits. Il y a toujours eu…

— Je sais, je sais, dit Flora hâtivement. C'est un tel réconfort, ne trouvez-vous pas ? Mais vraiment, Harkaway, je pense que c'est exagérer un peu l'autorité, d'empêcher des hommes adultes de se marier.

Harkaway émit un rire sec, à la consternation de Flora, car elle craignait une plaisanterie campagnarde. Mais non, à son grand étonnement, il dit :

— Non, non, plusieurs d'entre nous sont bel et bien mariés, mais la vieille ne doit jamais voir nos femmes, ou elle deviendrait folle pour tout de bon. Les femmes des Starkadder se tiennent dans leur coin. Elles habitent là-bas au village et ne montent à la ferme que pour les réunions ou quand la vieille descend. Il y a la Suzanne de Micah, la Phœbé de Mark, la Prue de Luc, la Letty de Caraway, la Jane d'Ezrah. Urk, lui, c'est un célibataire. Moi… j'ai mes propres embêtements.

Flora mourait d'envie de demander quels étaient ces embêtements, mais elle craignait que la question ne déclenchât un flot de confidences embarrassantes. Il était peut-être amoureux de Mrs Beetle ? En attendant, ses informations étaient tellement surprenantes qu'elles ne pouvaient que la laisser bouche bée.

— Voulez-vous dire qu'elles habitent toutes là-bas au village ? Les cinq femmes ?

— Six femmes, corrigea Harkaway d'une voix basse. Oui, il y en a une autre : la pauvre Rennett, « l'Innocente ».

— Vraiment, quelle parenté a-t-elle avec les autres ?

— C'est la propre fille de la Suzanne de Micah – par son dernier mariage avec Mark, je veux dire ; il est le propre demi-frère d'Amos qui est le cousin de Micah, aussi c'est un peu embrouillé. Ouais, pauvre Rennett !

— Qu'est-ce qu'elle a, elle ? s'enquit Flora assez sèchement.

La révélation de l'existence de toute une horde de Starkadder femelles inconnues d'elle la laissait tout à fait désemparée. Il lui semblait réellement que la tâche serait au-dessus de ses forces.

— Elle a eu une déception à cause de Mark Dolour, il y a dix ans… Elle ne s'est jamais mariée. Elle est drôle comme cela, dans sa tête. Quelquefois, quand les aristoloches pendent aux barrières, elle saute dans le puits. Ouais, et par deux fois elle a essayé d'étrangler Mériam, la fille de journée. C'est la nature pour ainsi dire qui a tourné à l'aigre dans ses veines.

Flora était vraiment bien contente quand le boghei s'arrêta devant la ferme. Elle n'avait pas envie d'en entendre davantage. Elle sentait qu'il lui serait impossible de sauver Suzanne, Letty, Phœbé, Prue, Jane et Rennett, en plus d'Elfine. Tant pis, ces femmes n'avaient qu'à suivre leur destin. Elle sauverait Elfine, et, une fois la tâche accomplie, elle tenterait un règlement de comptes avec tante Ada, mais en dehors de cela elle ne pouvait rien promettre.

*

*   *

Pendant les trois semaines qui suivirent, elle fut si occupée avec Elfine qu'elle n'eut pas le loisir de s'inquiéter de ces femelles Starkadder inconnues. Elle passa en effet la plus grande partie de son temps avec sa cousine.

Au début, elle s'attendait à rencontrer une opposition qui les empêcherait de faire leur promenade matinale ensemble sur la lande et de passer les après-midi dans le petit salon vert. Ces habitudes étaient évidemment innocentes, mais ce n'était pas une raison suffisante pour empêcher les Starkadder de chercher à y mettre fin. Au contraire, leur innocence même suffirait à déclencher les soupçons. Car les gens qui mènent une vie riche en émotions et qui (comme on dit) vivent intensément et dans une atmosphère de poésie sauvage ont la spécialité de découvrir toutes sortes de motifs louches aux actes les plus simples, spécialement s'il s'agit des actes de gens qui vivent moins intensément et avec moins de poésie sauvage qu'eux. Ainsi, vous risquez de les trouver sanglotant passionnément sur leur lit et d'apprendre que vous seul êtes la cause de ce désespoir, parce que vous leur avez dit une méchanceté au déjeuner. Ou bien ils se demandent avec anxiété pourquoi vous aimez tant aller au concert, il doit y avoir un motif caché là-dessous aussi.

En général, les cousines s'esquivaient discrètement pour leur promenade, au moment où il n'y avait personne aux alentours.

Flora avait appris par expérience qu'elle devait demander la permission aux Starkadder si elle voulait aller à Beershorn ou si – comme cela lui était arrivé environ une semaine après son arrivée – elle voulait s'acheter un pot de confiture d'abricot pour le thé. Dans cette circonstance, elle avait trouvé Judith sanglotant à plat ventre dans les sillons du champ de Ticklepenny. À ses questions, celle-ci avait seulement répondu que tout le monde était libre de faire ce qui lui plaisait, pourvu qu'on la laissât seule avec son chagrin. Flora avait compris à cette déclaration magnanime qu'on la laissait libre de payer la confiture. Et c'est ce qu'elle avait fait. Mais dans l'ensemble, elle ne dépensait que peu d'argent à Froid Accueil, et il lui restait presque quatre-vingts livres pour habiller Elfine. Elles décidèrent d'aller à Londres ensemble, la veille du bal, pour acheter la robe d'Elfine et lui faire couper les cheveux correctement.

Flora était ravie à l'idée de dépenser ses quatre-vingts livres pour Elfine. Si elle réussissait à obtenir une demande en mariage de la part de Dick, ce serait un magnifique triomphe sur les Starkadder. Ce serait une victoire du *Bon Sens supérieur* sur tante Ada Doom. Ce serait un succès de la philosophie pratique de Flora sur la philosophie subconsciente des Starkadder. Ce serait comme un daim splendide bondissant à travers un champ labouré.

Pendant trois semaines, elle força Elfine, comme un jardinier force habilement une fleur de serre. Sa tâche ne fut pas aussi difficile qu'elle eût pu le croire, car les excentricités d'Elfine, sa tenue et son habillement bizarres étaient dus surtout à ses goûts juvéniles et n'avaient pas été implantés en elle pendant des années par ses aînés. Elle était prête à faire table rase du passé, si on lui montrait quelque chose de mieux. Et puis, elle n'avait que dix-sept ans et était encore docile ; lorsque Flora eut gratté la surface « saint François d'Assise, pyrogravure, etc. », elle trouva au-dessous une honnête enfant capable d'aimer calmement et profondément, amicale, douce et attirée par les jolies choses.

— Avez-vous toujours admiré saint François ? demanda Flora par un après-midi pluvieux, tandis qu'elles étaient assises dans le petit salon vert. Je veux dire : qui vous a parlé de lui, et qui vous a conseillé de porter ces vêtements bizarres ?

— Je voulais ressembler à Miss Ashford. Elle a tenu La Cage de l'oiseau bleu à Howling, pendant un mois ou deux l'été dernier. J'y suis allée prendre le thé quelquefois. Elle était très bonne pour moi. Elle portait des vêtements adorables… c'est-à-dire, euh, je crois que vous ne les auriez peut-être pas trouvés à votre goût, mais ils me plaisaient beaucoup ; elle avait une blouse paysanne…

— Brodée de roses trémières, coupa Flora avec un soupir résigné, et je parierais qu'elle coiffait ses cheveux en macarons sur les oreilles et qu'elle avait un pendentif d'argent ciselé avec un petit bout d'émail au milieu. Et puis, est-ce qu'elle n'essayait pas aussi de cultiver des plantes médicinales ?

— Comment le savez-vous ?

— Cela importe peu, je le sais… et elle vous parlait de son frère le vent, et de ses sœurs les étoiles et de la brise sur la lande ; c'est bien cela ?

— Oui… elle possédait une image de saint François nourrissant les oiseaux. C'était ravissant.

— Et vous aviez envie de lui ressembler, n'est-ce pas, Elfine ?

— Oh ! oui ; elle n'essayait pas de m'encourager, naturellement, mais je voulais être comme elle, je copiais ses robes…

— Oui, eh bien, cela n'a pas d'importance en ce moment ; continuez votre lecture.

Elfine, obéissante, reprit sa lecture à haute voix de « Notre vie mondaine » du numéro d'avril de *Vogue*. Quand elle eut terminé, Flora lui fit parcourir, page par page, un journal de mode, nommé *Chiffons*, consacré à des descriptions et à des croquis de lingerie. Elle lui fit remarquer que ces combinaisons gracieuses et ces chemises de nuit ne tiraient leur beauté que de lignes pures et de broderies légères, et que la tendance romantique n'apparaissait que dans un pli ou un drapé d'étoffe. Puis elle expliqua que la même simplicité de ligne pouvait se retrouver dans le style de Jane Austen ou dans une peinture de Marie Laurencin.

— C'est ce genre de beauté que vous devez apprendre à rechercher et à admirer dans la vie de tous les jours.

— J'aime bien les chemises de nuit et *Persuasion*, dit Elfine, mais je n'aime pas « Notre vie mondaine », Flora. Cela donne une impression de gens toujours hors d'haleine et toujours prêts à trouver tout merveilleux.

— Je ne vous propose pas de baser votre manière de vivre sur « Notre vie mondaine », Elfine ! Je vous le fais lire seulement parce que vous aurez à rencontrer des gens qui font ce genre de choses, et qu'il ne faudra pas que vous soyez tout ébahie et intimidée en face d'eux. Au fond de vous-même, vous pourrez même les mépriser si vous voulez. Inutile du reste de parler de Marie Laurencin aux gens qui fréquentent les chasses à courre. Ils croiraient tout simplement que c'est votre nouvelle jument. Non ! Je vous parle de ces choses afin de vous donner pour vous-même quelques principes, auxquels vous pourrez comparer les nombreux faits et gens nouveaux que vous rencontrerez si vous entrez dans une vie nouvelle.

Elle ne parla pas à Elfine du *Bon Sens supérieur*, mais lui en cita, de temps à autre, une ou deux des pensées, et se promit de lui offrir l'excellente traduction par H.-B. Mainwaring du *Bon Sens supérieur*, comme cadeau de mariage.

Elfine fit des progrès. Sa nature charmante et les bons conseils de Flora s'accordèrent naturellement ; seule la question de la poésie souleva une petite résistance. Flora avertit Elfine qu'elle devait renoncer à écrire des vers si elle voulait se marier avec un gentilhomme campagnard.

— Je croyais que la poésie suffisait, déclara Elfine déçue. Je veux dire que je plaçais la poésie si haut que je pensais que lorsqu'on aimait quelqu'un et qu'on lui disait qu'on écrivait des poésies, cela suffisait pour qu'il vous aime aussi à son tour.

— Au contraire, répliqua Flora fermement, la plupart des jeunes gens seraient effrayés d'apprendre qu'une jeune fille écrit des vers. Cet aveu, joint à une tête mal coiffée et à une manière excentrique de s'habiller, serait presque fatal.

— J'en écrirai quand même en secret, et je les publierai quand j'aurai cinquante ans, dit Elfine obstinément.

Flora haussa froidement les sourcils, mais décida de revenir à la charge quand les cheveux d'Elfine seraient coupés et qu'elle aurait vu sa belle robe neuve.

*

* *

Elles entamèrent la semaine pleines d'optimisme. Au début, Elfine avait été désemparée et malheureuse dans le monde nouveau où Flora l'avait introduite. Mais en s'y accoutumant et en s'attachant à Flora, elle se trouva heureuse et s'épanouit comme une pivoine rose. Elle se nourrissait d'espoir, et Flora, malgré son esprit confiant, tremblait à l'idée de l'affreuse déception et de la sensation de vide qu'elle éprouverait si ses espoirs ne se réalisaient pas.

Il fallait qu'ils se réalisent. C'est ce qu'écrivit Flora à son allié Claude Hart-Harris. Elle l'avait choisi de préférence à Charles comme cavalier pour le bal des Hawk-Monitor parce qu'elle sentait qu'elle aurait besoin de toute sa présence d'esprit pour se diriger, ainsi qu'Elfine, à travers les embûches de la soirée. Si Charles l'accompagnait, elle aurait conscience de distraire une certaine partie de son attention au profit de leurs relations personnelles, tandis que des vibrations de paroles non prononcées viendraient embrouiller ses pensées.

Claude avait écrit qu'elle pouvait s'attendre à recevoir l'invitation vers le 19 avril. Aussi, le matin du 19, elle descendit à la cuisine pour déjeuner, avec une agréable sensation d'attente et de surexcitation.

Il était huit heures et demie. Mrs Beetle venait de terminer le balayage et secouait le paillasson dans la cour, au soleil. C'était toujours une surprise pour Flora de voir le soleil dans la cour, à Froid Accueil ; elle avait l'impression que l'atmosphère de la maison créerait un court-circuit lorsque les rayons atteindraient ses murs extérieurs.

— Beau temps ce matin, brailla Mrs Beetle, ajoutant que ce n'était pas trop tôt.

Flora acquiesça avec un sourire et se rendit au placard pour prendre sa petite théière verte (un cadeau de Mrs Smiling) et une boîte de thé de Chine. Elle jeta un coup d'œil dans la cour et fut contente de voir qu'aucun Starkadder mâle ne traînait par là. Elfine était sortie se promener. Judith était probablement vautrée mélancoliquement sur son lit, regardant avec des yeux lourds le plafond, où les premières mouches de l'année commençaient à se traîner en décrivant des cercles monotones. Le taureau beugla soudain de sa voix épaisse et pourpre. Flora s'arrêta, la théière à la main, et regarda pensivement l'étable de l'autre côté de la cour.

— Mrs Beetle, dit-elle, il faut lâcher le taureau. Pouvez-vous m'aider ? Avez-vous peur des taureaux ?

— Oui, dit Mrs Beetle, j'ai peur des taureaux et ne vous le laisserai pas sortir, Mademoiselle, même si je devais rester là jusqu'à minuit, avec tout le respect que je vous dois, Miss Poste. Même si vous deviez me tuer raide.

— Nous pourrions le diriger vers la grille avec la fourche, si c'est comme cela que vous appelez cet instrument, suggéra Flora, jetant un coup d'œil à l'objet en question, accroché à l'une des parois de l'étable.

— Non, Mademoiselle !

— Eh bien ! moi, je vais ouvrir la grille et essayer de l'y faire passer, décida Flora, qui pourtant avait horreur des taureaux et même des vaches. Agitez votre tablier dans sa direction, Mrs Beetle, et criez !

— Oui, Mam'zelle. Je vais monter à la fenêtre de votre chambre, dit Mrs Beetle, et je crierai depuis là, le son portera mieux.

Elle s'éclipsa comme par miracle, avant que Flora pût l'arrêter. Quelques secondes plus tard, Flora l'entendit, à la fenêtre au-dessus, qui criait d'une voix perçante :

— Allez-y, Miss Poste, j'y suis !

Flora était maintenant plutôt embarrassée ; la situation avait évolué plus rapidement qu'elle ne s'y attendait. Elle avait extrêmement peur. Elle se tenait là, agitant vaguement la théière et essayant de se rappeler tout ce qu'elle avait lu sur les habitudes des taureaux. Ils couraient après le rouge. Donc il ne lui courrait pas après, puisqu'elle était en vert. Ils étaient féroces, particulièrement au printemps (c'était le milieu d'avril et les arbres étaient en bourgeons). Ils vous encornaient…

Gros-Bonnet beugla de nouveau. C'était un son rauque et nostalgique, évocateur de marécages préhistoriques et de cornes enterrées. Flora traversa la cour rapidement, ouvrit la grille qui menait au grand champ en face de la ferme et l'attacha, puis elle prit la fourche (si c'était comme cela que cela s'appelait), et, se tenant à une distance confortable de l'étable, tira le verrou et vit la porte s'ouvrir.

Gros-Bonnet s'avança. C'était bien moins dramatique qu'elle ne l'eût cru. Il demeura une ou deux secondes ébloui par la clarté, sa grosse tête se balançant stupidement. Flora se tenait bien tranquille.

— Hue, hue ! Vas-y, grosse brute, braillait Mrs Beetle.

Le taureau progressa lourdement à travers la cour, tête baissée. Vers la grille, Flora le suivit prudemment, tenant la fourche. Mrs Beetle lui cria, pour l'amour de Dieu, de faire attention ! À un moment, Gros-Bonnet pivota à demi vers elle, et elle fit un geste énergique avec la fourche ; puis, à son grand soulagement, elle le vit franchir la grille et pénétrer dans le pré verdoyant ; elle bondit derrière lui pour fermer la grille avant qu'il ait eu le temps de se retourner.

— Voilà, dit Mrs Beetle, faisant sa réapparition à la porte de la cuisine avec l'empressement d'un propriétaire de journal voulant expliquer la défaite de son candidat aux élections… Je vous l'avais bien dit !

Flora remit la fourche en place et retourna à la cuisine préparer son petit déjeuner. Il était neuf heures. Le facteur devait arriver d'un moment à l'autre. Elle se mit à table à une place qui lui donnait libre vue, à travers la fenêtre de la cuisine, sur le sentier conduisant à la ferme, car elle n'avait pas envie qu'un Starkadder quelconque prenne les lettres de la main du facteur avant qu'elle ait pu voir si l'invitation au bal des Hawk-Monitor se trouvait parmi elles.

Mais, à sa grande consternation, au moment où la silhouette du facteur apparaissait au tournant du sentier, elle fut rejointe par une autre silhouette. Flora braqua ses yeux au-dessus de sa tasse pour voir qui cela pouvait être. C'était une personne entortillée dans beaucoup de lapins et de faisans morts, disposés de telle manière que la forme de son corps n'était pas reconnaissable. La personne s'arrêta, dit un mot au facteur, et Flora vit quelque chose de blanc passer d'une main à l'autre. Ce Starkadder festonné de lapins, quel qu'il fût, l'avait devancée. Elle mordit furieusement dans une rôtie et continua à observer la silhouette qui s'approchait. Elle fut bientôt assez distincte pour qu'elle reconnût Urk. Elle fut très ennuyée, car il ne pouvait rien arriver de pis.

— Cela vous retourne l'estomac, pas vrai, de voir son dîner arriver comme cela pendu autour de quelqu'un ? observa Mrs Beetle qui chargeait un plateau de nourriture pour le monter à Mrs Doom... Celui de demain aussi, pour ce que j'en sais, et celui du jour d'après. Vivent les Frigidaires !

Urk ouvrit la porte de la cuisine et s'avança lentement dans la pièce. Il rentrait de la chasse aux lapins ; ses narines étroites étaient légèrement dilatées pour aspirer l'odeur du sang des dix-sept cadavres suspendus à son cou. Les fourrures refroidies effleuraient ses mains de petites caresses légères et implorantes comme de timides appels à la pitié, et ses fesses étaient balayées par les plumes flétries des cinq faisans qui, accrochés à sa ceinture, lui entouraient les flancs. Il sentait le poids des vingt-cinq animaux morts qu'il portait (car ses poches intérieures renfermaient encore une ou deux grives) l'attirer, comme de puissantes racines de sang noir, vers la terre silencieuse. Il était tel un lion qui se vautre la gueule pleine sur le cadavre d'un hippopotame, repu.

Il tenait les lettres à bout de bras… les regardant avec une fixité engourdie. Flora vit avec un sursaut d'indignation que son pouce avait laissé une empreinte rouge sur une enveloppe où se lisait la nette écriture de Charles. C'était tout à fait intolérable ! Elle bondit, la main tendue.

— Mes lettres, s'il vous plaît, ordonna-t-elle sèchement.

Urk les poussa vers elle à travers la table, mais il en garda une dans la main, la retournant avec curiosité pour regarder le blason au dos de l'enveloppe. (« Oh ! Seigneur », pensa Flora.)

— Celle-là aussi doit être pour moi, insista-t-elle.

Urk ne répondit pas. Il leva les yeux sur elle, puis les abaissa sur la lettre, puis les releva de nouveau sur Flora. Quand il parla enfin, ce fut d'une voix glapissante et rauque.

— Qui vous écrit de Haut-Couture ?

— Marie, reine d'Écosse, merci, dit Flora avec une impertinence inaccoutumée en arrachant la lettre de ses mains.

Elle la glissa dans la poche de son manteau et s'assit pour finir le déjeuner. Mais le glapissement rauque et sourd rompit de nouveau le silence :

— Petite maligne, va ! vous pensez que je ne sais pas ce qui se passe ici… avec vos livres de Londres et toutes ces balivernes. Écoutez-moi : elle est à moi, je vous dis… à moi ! Elle est faite pour moi, comme la poule pour le coq, et personne ne l'aura que moi, compris ? Elle m'a été promise le jour de sa naissance par sa grand-mère. J'ai fait une croix sur son biberon avec le sang d'un rat d'eau, quand elle n'était née que d'une heure, pour la marquer pour moi, pour qu'elle puisse voir, et savoir qu'elle était à moi… et tous les ans depuis, le jour de son anniversaire, je l'ai emmenée au champ de Ticklepenny, et nous sommes restés penchés sur le vieux puits, jusqu'à ce que nous voyions un rat d'eau, et je lui ai dit : « Souviens-toi. » Tout ce qu'elle trouvait à répondre, c'était : « De quoi, cousin Urk ? » Mais elle le savait bien. Elle le sait. Quand les rats d'eau s'accoupleront sous l'aubépine, cet été, je la prendrai pour moi. Dick Hawk-Monitor, c'est quoi ? Un bout de gamin qui joue à la chasse à courre en veste rouge, comme son papa avant lui. Bien des fois, je me suis caché pour me ficher d'eux… Les imbéciles ! Moi et les rats d'eau, on peut se payer le luxe d'attendre ce qu'on désire. Alors, remarquez bien ce que je dis, Mademoiselle : Elfine est à moi… Cela m'est égal qu'elle soit un peu au-dessus de moi, ajouta-t-il, et ici sa voix s'épaissit d'une manière qui provoqua un son réprobateur de la part de Mrs Beetle, parce qu'un homme aime bien avoir un morceau appétissant… Mais elle est à moi…

— J'ai entendu, répliqua Flora, vous l'avez déjà dit.

— Et Dieu aide l'homme ou la femme qui essaiera de me la prendre. Moi et les rats d'eau, nous la reprendrons.

— Ce sont des rats d'eau autour de votre cou ? demanda Flora, l'air intéressé, je n'en ai encore jamais vu, cela en fait beaucoup pour une première fois.

Il se détourna d'elle d'un bizarre mouvement à la fois sinueux, plongeant et furtif, et sortit de la cuisine à pas feutrés.

— Eh bien, alors, s'écria avec force Mrs Beetle, en voilà un mauvais caractère !

Flora acquiesça placidement, mais elle décida d'emmener Elfine à Londres le jour même, au lieu d'attendre le lendemain comme elle en avait eu l'intention. Elle avait projeté de n'y aller avec Elfine que la veille du bal, mais il n'y avait plus de temps à perdre. Si Urk soupçonnait qu'elles voulaient se rendre au bal, il tenterait probablement de les en empêcher ; il fallait au moins assurer la robe et la coiffure d'Elfine, quoi qu'il arrive. Elles devaient partir tout de suite.

Flora se leva sans achever de déjeuner et se précipita dans la chambre d'Elfine. Celle-ci venait de rentrer de sa promenade. Flora lui annonça rapidement que leurs plans étaient changés, et la laissa se préparer tandis qu'elle-même se ruait en bas pour essayer de trouver Seth et de lui demander de les conduire à la gare. Elles avaient juste le temps d'attraper le train de dix heures cinquante-neuf.

Seth était penché sur la barrière du grand champ, regardant sombrement Gros-Bonnet qui trottinait en rond, tout en mugissant.

— Quelqu'un a lâché le taureau, dit Seth, le désignant.

— Je sais, c'est moi, et il était grand temps, dit Flora. Enfin, peu importe pour le moment. Seth, voulez-vous nous conduire, Elfine et moi, à Beershorn pour prendre le train de dix heures cinquante-neuf ?

Sa requête fut faite d'une voix fraîche et plaisante ; pourtant, une certaine vibration suppliante dans le ton ranima chez Seth cette flamme romanesque qui couvait toujours en lui. Et puis, il avait envie d'aller au bal Hawk-Monitor, pour voir si cela ressemblait à la scène du bal de la chasse dans le film *Sabots d'argent*, drame palpitant de la vie des gentilshommes campagnards, présenté il y avait un ou deux ans par

Intro-Pan-National. Il devinait que Flora emmenait Elfine à Londres pour lui acheter sa robe, et il était tout prêt à faire son possible pour que rien ne vînt se mettre en travers des préparatifs de la soirée.

Il répondit donc que ouais, il irait, et s'éloigna avec sa curieuse grâce animale pour sortir le boghei. Adam apparut à la porte de l'étable, où il venait de traire Disgracieuse, Paresseuse, Dédaigneuse et Insoucieuse. Son vieux corps noueux comme un fagot se dessinait sur le fond éblouissant des bourgeons poisseux éclatants aux branches du châtaignier qui ombrageait la cour.

— Hé, hé ! quelqu'un a lâché le taureau, dit-il, c'est terrible, il faut que je calme notre Insoucieuse, elle n'est plus elle-même. Qui est-ce qui l'a lâché ?

— Moi, dit Flora, bouclant la ceinture de son manteau.

Des cris lointains parvinrent alors de l'arrière de la ferme, où Micah et Ezrah étaient occupés à installer la potence qui supporterait le seau au-dessus du puits.

— Le taureau dehors !

— Qui a lâché Gros-Bonnet ?

— Qui est-ce qui l'a lâché ?

— Ouais, c'est terrible !

Pendant ce temps, Flora écrivait quelque chose sur un feuillet de son calepin. Elle le tendit ensuite à Adam en lui demandant de l'épingler sur la porte de la cuisine, à la vue de tous ceux qui se pressaient dans la cour : « C'est moi qui l'ai fait, Flora Poste. »

Le boghei, avec Vipère entre les brancards et Seth sur le siège, sortit dans la cour juste au moment où Elfine, portant une déplorable cape bleue, apparaissait à la porte de la cuisine.

— Montez, chérie. Nous n'avons pas de temps à perdre ! cria Flora sur le marchepied du boghei.

— Qui a lâché le taureau ? tonna Ruben, bondissant hors de la porcherie où il venait de délivrer une truie qui avait assez d'expérience, Dieu sait ! pour se délivrer elle-même, mais qui aimait bien se faire dorloter.

Flora montra silencieusement le mot épinglé sur la porte de la cuisine. Seth fit signe à Adam d'ouvrir la grille de la cour.

— Qui a lâché le taureau ? hurla Judith, sortant sa tête d'une fenêtre du premier étage.

Sa question fut répétée par Amos, qui surgit brutalement du poulailler où il était occupé à ramasser les œufs.

Flora espéra qu'ils verraient tous la note et que leur curiosité serait satisfaite. Autrement, ils étaient capables de passer la journée à se faire des reproches mutuels, si bien qu'à son retour il régnerait une désagréable atmosphère de dispute et de gêne.

Maintenant, en route. Seth fouetta les flancs de Vipère qui bondit en avant. Flora réprima une envie de lever son chapeau et de saluer à la ronde en franchissant la grille. Elle avait l'impression que quelqu'un aurait dû crier avec loyauté : « Vive le jeune seigneur ! »

13

Elles passèrent une agréable journée à Londres. Flora emmena d'abord Elfine à la Maison Viol, Brass Street, à Lambeth, pour lui faire couper les cheveux. Les cheveux courts se portaient de nouveau, et cependant cette mode était encore assez récente pour faire distingué. Mr Viol en personne coupa les cheveux d'Elfine et lui fit une coiffure floue, simple et affreusement coûteuse, qui dégageait les oreilles.

Ensuite, elles allèrent à la maison Solide. Depuis deux ans, Mr Solide habillait Flora et ne la méprisait pas autant que la plupart de ses autres clientes. Ses yeux s'écarquillèrent quand il vit Elfine. Il contempla ses épaules larges, sa taille fine et ses longues jambes. Ses doigts esquissèrent le geste de draper et il se dirigea à tâtons, comme ébloui, vers une pièce de satin aussi blanc que la neige, qu'un aide bien dressé lui mit dans les bras.

— Blanc ? risqua Flora.

— Eh ! quoi d'autre ? cria Mr Solide, tranchant comme un éclair dans le satin. C'est pour porter du blanc qu'une fois par siècle Dieu crée une pareille jeune fille.

Flora s'assit et, pendant une heure, contempla Mr Solide qui lacérait le satin comme un fox-terrier, le déchirait en bandes, le drapait, le fronçait et l'ajustait. Flora constatait avec satisfaction qu'Elfine n'avait l'air ni nerveuse ni ennuyée. Elle semblait s'adapter naturellement à l'atmosphère d'une maison de couture renommée dans le monde entier. Elle se baignait avec délices dans le satin blanc comme un cygne dans l'écume. Elle inclinait le cou de côté et d'autre, et son regard glissait le long de son corps comme sur une pente neigeuse pour surveiller les ouvrières qui, à mille pieds plus bas, s'affairaient telles des fourmis noires à épingler et à arrondir l'ourlet.

Flora ouvrit un nouveau roman et s'y plongea jusqu'à ce que son amie Julia vînt les prendre à une heure pour les emmener déjeuner.

Mr Solide, pâle et ébouriffé après cette orgie, assura à Flora que la robe serait prête le lendemain matin. Flora dit qu'elle viendrait la prendre. Non, il ne fallait pas l'envoyer, elle était trop précieuse. Enverrait-il une peinture de Gauguin en Australie par la poste ? Mille catastrophes pouvaient se produire en cours de route. Mais au fond, elle désirait surtout protéger la robe des mains d'Urk. Elle était sûre qu'il la détruirait s'il avait l'ombre d'une chance de le faire.

— Eh bien, aimez-vous votre robe ? demanda-t-elle à Elfine pendant leur déjeuner au New River Club.

— Elle est divine, dit Elfine solennellement – comme Mr Solide, elle était pâle d'épuisement. C'est mieux que la poésie, Flora !

— Ce n'est pas du tout le genre de choses que portait saint François d'Assise, fit remarquer Julia, qui estimait que Flora faisait beaucoup pour Elfine et que celle-ci devait savoir l'apprécier.

Elfine rougit et baissa la tête sur sa côtelette. Flora la regarda avec bienveillance ; la robe avait coûté cinquante livres, mais elle ne regrettait pas la dépense.

Elle sentait à ce moment-là qu'elle aurait sacrifié n'importe quelle somme pour marquer un point contre les Starkadder. Son contentement s'augmentait du bien-être qu'elle ressentait dans le décor simple mais harmonieux du New River Club. C'était le club le plus exclusif de Londres. Un revenu de plus de sept cent quarante livres par an ne suffisait pas pour en faire partie. Le nombre des membres était limité à cent vingt. Chaque membre devait être présenté par une famille ayant seize quartiers de noblesse. Aucun membre ne devait être divorcé – si cela arrivait, son affiliation était résiliée. Le comité de sélection était composé de sept des esprits les plus fougueux, les plus fiers et les plus doués d'Europe. Le club associait les austérités d'un ordre monastique avec la tendre paix d'un foyer.

Flora avait retenu des chambres pour elle-même et pour Elfine au club ; il leur fallait passer la nuit à Londres, puisqu'elles devaient aller chercher la robe d'Elfine le lendemain matin. Flora se réjouit de pouvoir se livrer à quelques-uns de ces plaisirs civilisés dont elle avait été longtemps privée et elle ne manqua pas d'aller, l'après-midi, entendre un concert de musique de Mozart, à la salle nationale des concerts à Bloomsbury, laissant à Julia le soin de conduire Elfine acheter une combinaison, des bas, des chaussures, et un simple manteau de soirée en velours blanc. Le soir, elle leur proposa d'aller au Pit-Theatre, dans Stench Street, dans le quartier de Seven Dials, pour voir la nouvelle pièce de Brandt Slurb, intitulée *Manallalive-O*, un essai néo-impressionniste, destiné à donner une forme scénique aux réactions mentales d'un homme employé comme garçon de restaurant, qui rêve qu'il est le double d'un autre homme employé comme steward sur un paquebot et qui, en s'éveillant et en réalisant qu'il est toujours garçon de restaurant et pas steward sur un paquebot, devient fou, tire sur son reflet dans un miroir et meurt. Il y avait sept scènes et un seul personnage. Un lazaret, une blanchisserie, des water-closets, une cour d'assises, une pièce dans une léproserie et le centre de Piccadilly Circus servaient, entre autres, de cadre à la pièce.

— Pourquoi, demanda Julia, avez-vous envie de voir ce genre de pièce ?

— Je n'en ai pas envie, mais je pense que cela serait bon pour Elfine, afin qu'elle sache ce qu'il faudra éviter quand elle sera mariée.

Mais Julia pensait que ce serait une bien meilleure idée d'aller voir Dan Langham dans *Tout le monde sur le pont* au Nouvel Hippodrome. Elles s'y rendirent donc et passèrent une bonne soirée au lieu de s'ennuyer.

À cet instant magique où les lumières du théâtre s'éteignent, tandis que les projecteurs jettent leurs douces lueurs sur le rouge du rideau encore baissé, Flora lança un coup d'œil furtif sur Elfine et fut enchantée de ce qu'elle vit.

Un noble et doux profil sérieux était tendu vers la scène. Les ailes légères des cheveux dorés se relevant vers les oreilles donnaient à cette tête une allure classique comme celle d'un jeune Grec conduisant son char à la victoire, face à un vent violent. La belle structure, la jeunesse du visage se révélaient maintenant.

Flora fut satisfaite.

Elle avait accompli ce qu'elle espérait. Elle avait donné à Elfine une allure soignée et normale, tout en préservant dans sa personnalité une fraîcheur qui évoquait le vent frais soufflant doucement, les pins élancés et le parfum des fleurs sauvages. C'était exactement ce qu'elle avait rêvé de faire d'Elfine, et Mr Viol et Mr Solide, ses alliés, avaient réalisé ce rêve. Un sculpteur sur chair vivante ne pouvait pas demander plus et les augures pour le soir du bal étaient favorables.

Flora se renversa dans son fauteuil avec un soupir de satisfaction quand le rideau se leva.

*

* *

Il était cinq heures du soir, le lendemain, lorsque les deux cousines arrivèrent à la ferme. À la grande surprise de Flora, Seth les attendait à la gare avec le boghei. Sur le chemin du retour, ils s'arrêtèrent en ville dans un grand garage pour retenir une voiture qui devait les prendre le lendemain soir pour les conduire à Godmere. Le chauffeur devait être à sept heures trente à Froid Accueil, étant auparavant allé chercher au train de six heures et demie un certain Mr Hart-Harris.

Ces arrangements terminés, Flora sauta gaiement dans le boghei et s'enroula confortablement dans son plaid noir et vert, à côté de Seth. Elfine la borda. (Elfine lui était devenue tout à fait dévouée, et partageait son temps entre la recherche des amabilités qu'elle pouvait lui faire et le délicieux spectacle que lui offrait son propre visage transformé en passant devant les vitrines des magasins.)

— Vous attendez demain soir avec impatience, Seth ? demanda Flora.

— Ouais, répondit d'un ton traînant la voix chaude. Cela sera la première fois que j'irai à un bal où toutes les femmes ne seront pas à mes trousses. Peut-être que je pourrai m'amuser un peu pour changer !

Flora en doutait un peu, car Seth tomberait probablement ces dames du comté aussi facilement que les filles du village. Mais il valait mieux ne pas l'effrayer d'avance.

— Mais je croyais que cela ne vous déplaisait pas que les femmes vous courent après ?

— Peuh, je n'aime que le cinéma. Je veux bien sortir avec une fille si elle est d'accord, mais il y en a beaucoup que je n'ai jamais voulu revoir parce qu'elles ne m'ont pas laissé tranquille pendant le film. Ouais, elles sont toutes pareilles ! Il leur faut votre sang et votre souffle et tout votre temps et toutes vos pensées. Mais moi, je ne suis pas comme cela. Moi, c'est les films que j'aime !

Flora réfléchit pendant le parcours qu'aussitôt le sort d'Elfine réglé il faudrait s'attaquer au problème que représentait Seth. Elle avait justement dans son sac à main une lettre qui venait de Mr Earl P. Neck, où celui-ci lui annonçait son intention de se rendre bientôt à Brighton pour y voir des amis, et le projet qu'il formait de faire un petit détour pour la voir aussi. Elle lui présenterait Seth…

*

* *

Le grand jour était arrivé et il était cinq heures du soir. Le temps était favorable aux deux cousines. Avec pessimisme, Flora avait prédit qu'il pleuvrait à torrent, mais il n'en était rien. C'était une soirée de printemps douce et rose ; des merles chantaient sur les branches bourgeonnantes des ormes, et l'air était plein du parfum des feuilles fraîches.

Les cousines étaient extrêmement absorbées par leurs préparatifs.

Le lecteur intelligent et logique se sera sûrement demandé fréquemment, au cours de ce récit, comment Flora s'était arrangée pour la salle de bains. La réponse est simple : à Froid Accueil, il n'y avait pas de salle de bains, et quand Flora avait demandé à Adam comment la famille Starkadder s'arrangeait pour les bains, il avait répondu froidement : « On s'en passe », et l'image ainsi évoquée de vagues barbotements dans les courants d'air avait semblé si repoussante à Flora qu'elle avait abandonné son enquête. Elle avait découvert, cependant, que Mrs Beetle, cette femme réconfortante, possédait un bain de siège, dans lequel elle avait permis à Flora de se baigner tous les deux soirs à huit heures contre une petite redevance hebdomadaire. Faute de mieux, Flora avait accepté, mais la réduction du nombre de ses bains de sept à quatre par semaine fut de loin l'expérience la plus désagréable qu'elle eut à subir à la ferme.

Justement, ce soir où un bain se serait imposé, il était impossible d'en avoir un. Flora mit donc à chauffer deux énormes brocs d'eau sur le poêle de la cuisine et espéra que tout irait pour le mieux.

Leur absence de la ferme ne fut pas commentée. Flora se demanda même si elle avait été remarquée. Avec la mise en liberté du taureau, la surprise de constater que Mériam, la fille de journée, avait passé le début du printemps sans se trouver comme à l'ordinaire dans une position intéressante, et le commencement de la récolte des carottes qui était plus longue et plus pénible que celle des rutabagas, les Starkadder avaient assez à faire sans s'occuper de savoir où une paire de jeunes filles étaient passées. De plus, ils étaient habitués à s'éviter les uns les autres, pendant plusieurs jours de suite, et l'absence de Flora et d'Elfine semblait avoir miraculeusement coïncidé avec une de ces hibernations familiales.

Mais tante Ada… le savait-elle ? Elfine prétendait qu'elle savait tout. Elle frissonnait en en parlant. Si tante Ada venait à découvrir qu'elle allait à un bal…

— Il ne faudrait pas qu'elle essaie de me faire jouer les cendrillons, dit Flora froidement tout en regardant dans le broc le plus proche pour voir si l'eau était à point.

— Il est même possible qu'elle descende un de ces soirs, fit Elfine timidement. Cela lui arrive parfois au printemps.

— Grand bien lui fasse, répondit Flora, se demandant malgré tout avec inquiétude pourquoi le manteau de la cheminée était orné d'une guirlande de belladone, et pourquoi de grosses touffes malodorantes d'herbe aux chats étaient disposées dans des pots de confiture. Même autour de l'antique portrait effacé de Fig Starkadder, qui pendait au-dessus de l'âtre, il y avait une couronne d'une fleur ignorée de Flora. Elle avait des feuilles d'un vert foncé et de longs boutons roses très serrés. Elle demanda à Elfine ce que c'était.

— Ce sont des aristoloches, dit Elfine, craintive. Oh ! Flora, est-ce que l'eau n'est pas prête ?

— Ça y est, ma colombe. Voilà, prenez-en un, répondit Flora, et elle tendit un broc à Elfine. C'est donc cela l'aristoloche ! Je suppose que c'est quand les fleurs s'ouvrent que les ennuis commencent.

Mais Elfine était déjà partie avec l'eau chaude dans la chambre de Flora où sa robe était étalée sur le lit, et Flora n'eut plus qu'à la suivre.

14

Un parfum un peu plus pénétrant peut-être, dans l'air doucement inquiet de ce soir de printemps, s'était infiltré dans la chambre ; la vieille Mrs Starkadder y était assise devant la cheminée où s'entassaient les braises rougies. Soudain, elle frappa violemment sur la petite sonnette qu'elle avait toujours à portée de sa main (du moins, elle était à portée de sa main quand elle se trouvait assise dans ce fauteuil particulier). Un projet qu'elle avait mijoté pendant quelques jours et auquel elle avait même fait allusion devant Seth avait subitement mûri dans son esprit. Le son aigu se précipita à travers l'air tiède de la pièce. Il ranima Judith qui, debout devant la fenêtre, regardait, les yeux battus, l'inexorable fécondité du printemps en marche.

— Il faut que je descende, dit la vieille femme.

— Mais, mère… Vous vous trompez. Ce n'est pas le 1er mai ni le 17 octobre. Il vaut mieux rester ici.

— Je vous dis qu'il faut que je descende. Il faut que je vous sente tous autour de moi – tous, Micah, Urk, Ezrah, Harkaway, Caraway, Amos, Ruben et Seth. Oui, et Mark et Luc. Il ne faut pas qu'il y en ait un qui me quitte. Passez-moi ma chemisette, petite.

Judith la lui tendit silencieusement. La vieille maison se taisait. La lumière déclinante reposait tranquillement sur ses murs, et le sifflement des merles entrait dans les pièces paisibles et vides. Les pensées de tante Ada tournoyaient comme des roues étincelantes, pendant qu'elle s'habillait péniblement. Une fois… quand vous étiez une petite fille… vous avez vu quelque chose de vilain dans le bûcher, maintenant vous êtes vieille et vos mouvements sont devenus difficiles. Vous vous penchez lourdement sur l'épaule de Judith, tandis qu'elle appuie le pied au creux de votre dos pour lacer votre corset…

*
* *

Flora tira les rideaux et alluma la lampe. La robe d'Elfine s'étalait, miracle de beauté, sur le lit. Flora devait préparer Elfine avant de pouvoir songer à sa propre toilette. Il lui fallut une heure pour l'habiller. Elle lava ses joues fraîches avec de l'eau bien chaude jusqu'à ce qu'elles brûlent d'un rose violent, brossa en arrière les vagues de ses cheveux, lui glissa par-dessus la tête un jupon léger comme de l'écume, brossa de nouveau, monta sur une chaise pour lui passer sa robe et brossa encore une fois. Puis elle lui enfila ses bas et ses souliers et la drapa dans le manteau blanc, mit le sac et l'éventail dans ses mains tendues et la fit asseoir sur le lit, à l'abri de la poussière et du danger.

— Oh ! Flora, me trouvez-vous jolie ?

— Je vous trouve extrêmement belle, répliqua Flora solennellement en la contemplant. Tâchez de bien vous tenir.

Mais en elle-même elle pensait aux mots de l'abbé Fausse-Maigre : « Sympathisez avec la mère du vilain petit canard, elle a sondé les profondeurs de la stupéfaction. »

La robe de Flora réunissait des nuances harmonieuses de vert pâle et foncé. Elle ne portait pas de bijoux, et son long manteau était de velours soyeux. Elle ne permit pas à Elfine de porter de bijoux non plus, bien qu'Elfine priât qu'on lui laissât au moins son petit collier de perles.

Enfin elles furent prêtes. Il n'était que six heures et demie. Il restait encore une longue heure à attendre, avant de pouvoir se faufiler jusqu'à la voiture. Pour calmer leurs nerfs, Flora s'assit sur le lit et se mit à lire à haute voix quelques pensées de l'abbé Fausse-Maigre. « Ne vous présentez jamais chez quelqu'un à trois heures un quart, c'est une heure impossible : trop tôt pour le thé et trop tard pour le déjeuner… » « Peut-on être sûr que le vrai nom d'un éléphant est éléphant ? L'homme seul a la présomption de nommer les créatures de Dieu. Dieu lui-même garde le silence sur la question. » Mais les pensées faillirent à leur rôle habituel de calmant. Flora était réellement énervée. La voiture arriverait-elle sans encombre ? Claude Hart-Harris ne manquerait-il pas le train (ce qui lui arrivait souvent) ? Quelle allure aurait Seth en smoking ? Surtout, Richard Hawk-Monitor se déclarerait-il ? Flora elle-même n'osait pas imaginer ce qui se passerait si elles revenaient du bal sans qu'il eût parlé. Il fallait qu'il parle. Elle invoqua le dieu de l'Amour, au nom de la soirée printanière, de la chanson du merle, et de la beauté triomphante d'Elfine.

*

* *

Maintenant vous enfiliez vos bottines à élastiques. Vous ne les avez pas portées depuis la mort de Fig.

Fig… une barbe qui pique, l'odeur de flanelle, une voix tâtonnante et pressante dans le garde-manger. Vos bottines sentent mauvais. Où est l'eau de lavande ? Vous obligez Judith à en vaporiser dedans et dessus. Voilà. Maintenant votre premier jupon…

*

* *

— Flora, dit Elfine, je crois que j'ai mal au cœur.

Flora la fixa sévèrement et lut tout haut : « La vanité peut dominer l'estomac le plus ébranlé. »

Soudain, on frappa à la porte. Elfine jeta un regard terrorisé à Flora, et Flora remarqua comme le bleu de ses yeux fonçait sous l'émotion. C'était un atout de plus dans son jeu.

— Faut-il ouvrir ? souffla Elfine.

— Je pense que ce n'est que Seth, répondit Flora.

Elle descendit du lit et alla sur la pointe des pieds à la porte qu'elle ouvrit de trois millimètres. En effet, c'était Seth dans un smoking de confection qui ne lui ôtait rien de sa grâce animale. Il avait tout simplement l'air d'une panthère en tenue de soirée. Il chuchota à Flora qu'une voiture descendait la colline et que peut-être elles feraient bien de se tenir prêtes.

— Vous ne savez pas si Urk est par là ? demanda Flora, car elle était convaincue que, s'il le pouvait, il leur mettrait des bâtons dans les roues.

— Je l'ai vu, il y a une heure, penché sur le puits de Ticklepenny en train de parler avec les rats d'eau, répondit Seth.

— Oh ! alors nous sommes tranquilles pendant une demi-heure au moins, dit Flora. Je crois que nous pourrions descendre… Elfine, êtes-vous prête ? Maintenant, silence ! Suivez-moi.

À la lueur d'une bougie que portait Seth, ils atteignirent sans incident la cuisine déserte. La porte menant à la cour était ouverte et ils aperçurent, à peine visible dans le crépuscule, une grosse voiture qui attendait derrière la grille à l'autre bout de la cour. Le chauffeur s'apprêtait à descendre pour ouvrir la grille, et Flora vit à son grand soulagement qu'une autre personne, Claude sans doute, les guettait à travers la vitre de la voiture. Elle agita la main pour le rassurer et saisit les mots : « C'est vraiment trop rébarbatif » qui flottaient dans l'air tranquille du soir. Elle lui fit signe frénétiquement de se taire.

— Je vais porter Elfine, il ne faut pas qu'elle abîme ces souliers-là, chuchota Seth avec une prévoyance inattendue.

Il saisit sa sœur et traversa la cour à grandes enjambées. Il fit un second voyage pour Flora, et avant d'avoir eu le temps de décider si, oui ou non, il la serrait un peu plus étroitement qu'il n'était nécessaire, elle se trouva déposée saine et sauve dans la voiture, où Claude l'attendait les mains tendues, tandis qu'Elfine souriait gentiment dans le coin opposé.

— Ma chère, pourquoi toute cette atmosphère genre *La Chute de la maison Usher* ? s'enquit Claude. C'est presque trop beau pour être vrai. Où allons-nous maintenant ?

Seth donnait ses instructions au chauffeur. Flora profita de ce bref intervalle avant que leur aventure commençât pour se pencher et interroger du regard les fenêtres de la ferme. Elles étaient glauques comme des yeux de poisson, reflétant le pâle bleu éteint du jour déclinant. La ligne crénelée du toit dessinait une saillie de récifs sur un ciel où se répandait l'obscurité déjà naissante. Les languettes d'argent livide des premières étoiles jaillissaient entre les formes précises des cheminées, à droite, à gauche, comme des enfants simples d'esprit dansant sur un air depuis longtemps oublié. Tandis que Flora regardait, une vague lumière s'épanouit lentement derrière le store baissé d'une fenêtre située immédiatement au-dessus de la cuisine, et elle vit une ombre se déplacer avec hésitation, comme si elle cherchait aveuglément un lacet égaré. La lumière évoquait, par sa façon de se dilater et de se rétrécir, la pupille d'une bête mourante. À l'approche de la nuit, la maison paraissait sombrer au plus profond de l'obscurité. Pas un bruit ne rompait sa quiétude. Seule la lumière, étrangement dénudée et innocente, brûlait d'une flamme vacillante dans les ténèbres croissantes.

La voiture démarra enfin, et si Flora était ravie de partir, elle n'était pas la seule.

— Vous savez, Flora, vous êtes très chic, dit Claude, la détaillant. Cette robe est tout à fait charmante. Quant à votre protégée, ajouta-t-il plus bas, c'est une beauté. Maintenant, racontez-moi tout.

Alors Flora, baissant la voix, lui narra toute l'histoire. Il fut amusé et intrigué, mais un peu mécontent de son propre rôle.

— J'ai l'impression, se plaignit-il, de jouer un personnage secondaire de *Cendrillon*.

Flora le réconforta en lui affirmant que cette excursion dans le fin fond du Sussex le changerait un peu de l'excessive mondanité des milieux qu'il fréquentait habituellement. Le reste du parcours se passa assez agréablement. Seth avait tendance à crâner, poussé par la crainte respectueuse que lui inspiraient l'habit et le gilet blanc de Claude et l'irritation que lui causait sa voix nonchalante, mais il était trop surexcité et trop heureux dans l'attente de la soirée pour se rendre vraiment désagréable.

Le petit groupe atteignit sans encombre les salons de réunion de Godmere. La grande rue était embouteillée, car la plupart des invités étaient arrivés des villages et des châteaux environnants dans leurs voitures. Une grande foule, venue de plusieurs kilomètres à la ronde en autobus, stationnait devant les portes, place du Marché, pour regarder entrer les invités. Le groupe de Froid Accueil avait la chance d'être entre les mains d'un chauffeur compétent. Il réussit à trouver, toute proche de la salle, une place dans un étroit cul-de-sac, où il parqua son véhicule. Flora lui donna l'ordre de revenir à minuit, quand le bal serait terminé. Elle lui demanda comment il se proposait de passer le reste de la soirée.

— J'irai au cinéma, Madame, répondit-il respectueusement.

— Ouais, il y a Marie Rambaud qui joue dans *Talons rouges* à l'Orpheum, l'interrompit Seth avec empressement.

— Oui, c'est très bien comme cela, dit Flora aimablement, avec un léger froncement de sourcils à l'adresse de Seth.

Elle glissa sa main sous le bras de Claude, et ils se dirigèrent lentement, à travers la foule, vers l'entrée. Un tapis rouge s'étendait sur les marches jusqu'au bord du trottoir. De chaque côté du tapis s'agglomérait une grande foule de badauds dont les visages intéressés et admiratifs étaient éclairés par deux flambeaux brûlant de part et d'autre de l'entrée.

Au moment où Flora et ses amis posaient le pied sur les marches, au milieu d'un murmure admiratif de la foule, elle crut entendre quelqu'un prononcer son nom et, regardant dans la direction d'où provenait le son, elle n'aperçut rien de moins que Mr Mybug, périlleusement perché sur le socle d'un réverbère, en compagnie d'un autre monsieur à la tenue négligée et à l'apparence rébarbative qu'elle supposa être un de ses pairs intellectuels. Mr Mybug fit gaminement signe à Flora. Il avait l'air bien content, mais elle (stupide créature) ressentait un peu de compassion pour lui, parce qu'il était plutôt gras et que ses vêtements n'étaient pas très bien coupés. Quand elle comparait son apparence avec celle de Charles, qui était toujours si net (à part la boucle de cheveux noirs qui retombait sur son front lorsqu'il jouait au tennis, ou à tout autre exercice violent), elle trouvait que Mr Mybug figurait parmi les êtres les plus pitoyables qu'elle connût. Elle en arrivait presque à regretter qu'il ne pût pas venir au bal.

— Qui est-ce ? s'enquit Claude, suivant la direction de son regard.

— Un certain Mr Mybug, que j'ai rencontré à Londres.

— Mon Dieu ! observa Claude, d'un ton de profond dégoût.

Si Flora avait été seule, elle aurait interpellé Mr Mybug aimablement par-dessus les têtes : « Comment allez-vous ?… si amusant de vous rencontrer ici, vous êtes à la recherche de copie ?… » Mais en cette occasion, elle sentait peser sur elle la responsabilité de son rôle de chaperon, et sa conduite devait être soigneusement surveillée pour ne pas provoquer le moindre commentaire défavorable. Elle s'inclina donc aimablement vers Mr Mybug, lequel avait l'air plutôt malheureux en tirant sur sa vareuse qui persistait à se rouler autour de sa taille.

Mr Aubrey Featherweight, qui avait dessiné les salons de réunion de Godmere en l'année 1830, ne s'était pas contenté de les doter d'un large et assez élégant escalier d'entrée. Il en avait construit un autre qui plongeait dans la grande salle de bal située légèrement au-dessous du niveau de la rue. Aussi quand Flora, émergeant avec la belle et majestueuse Elfine du vestiaire plein de courants d'air, vit ce second escalier et réalisa qu'il conduisait à la salle de bal, un flot de gratitude si intense emplit son cœur qu'elle serait volontiers tombée à genoux pour remercier le sort. L'abbé Fausse-Maigre n'avait-il pas dit : « Perdu est l'homme qui a contemplé une belle femme descendant un noble escalier » ? Et ces deux éléments n'étaient-ils pas réunis ici, à son service ? Quoi d'autre qu'un escalier pourrait mettre si parfaitement en valeur le joyau qu'elle avait fait d'Elfine ?

Une imposante dame d'une soixantaine d'années se tenait en haut de l'escalier pour accueillir les invités qui venaient du hall et se rendaient à la salle de bal. À son côté, l'aidant à recevoir, se trouvait une robuste jeune fille habillée d'une redoutable nuance de bleu pétrole, qui était, comme le supposa Flora avec juste raison, Joan, la fille de Mrs Hawk-Monitor.

Les quatre jeunes gens s'approchèrent lentement de leur hôtesse. Les yeux observateurs de Flora, à qui rien n'échappait, remarquèrent combien ce moment était propice à leur entrée.

Il était presque neuf heures. Tous les invités de marque étaient déjà arrivés, et la fine fleur de la noblesse du Sussex tournoyait aux sons de la valse *Douze Heures exquises* dans la salle de bal en dessous. Les robes des jeunes femmes et l'élégante teinte prune et blanche des vêtements masculins étaient admirablement mises en valeur par les murs d'un ton cramoisi resplendissant, surmontés de feuilles d'acanthe dorées, et par les masses de feuillages vert foncé qui décoraient les recoins de la pièce.

Claude s'avança pour présenter Flora et Elfine à Mrs Hawk-Monitor. Elle reçut Flora avec un gracieux sourire, mais son regard soudain émerveillé à la vue d'Elfine fut tel que Flora pouvait le désirer ; puis Elfine, répondant à une douce pression de la main de Flora, qui s'était arrêtée un instant pour échanger quelques mots avec Joan Hawk-Monitor, commença à descendre l'escalier au tapis cramoisi. À ce moment précis, les derniers accords doux et lents de la valse *Douze Heures exquises* cessèrent et les danseurs s'arrêtèrent graduellement, souriant et applaudissant.

Soudain, un silence étonné interrompit les applaudissements. Tous les yeux étaient tournés vers l'escalier. Un doux murmure d'admiration, le son le plus délicieux qui puisse jamais résonner aux oreilles d'une femme, s'éleva dans le silence, tel un tribut payé à la beauté. Une génération qui avait admiré les femmes piquantes, les femmes garçonnières, laides, chic et attirantes, se trouvait maintenant confrontée avec la beauté pure, simple et indiscutable, pareille à celle que les Grecs se plaisaient à sculpter, et à un tel défi elle répondait par un hommage spontané et surpris. De même qu'aucune créature humaine qui a des yeux pour voir ne pourrait nier la beauté d'un amandier en pleine floraison, pas un regard humain ne pouvait nier la beauté d'Elfine. La lente descente de cette jeune fille le long de l'escalier fut comme la descente d'un nuage ensoleillé au flanc d'une montagne. Sa beauté candide, rehaussée par la neige immaculée de sa robe simple, eut sur les danseurs qui levaient silencieusement leurs regards vers elle le même effet que la vue d'une touffe de fleurs ou d'une étendue de mer baignée de lune.

Et Flora, qui contemplait la scène en silence, vit un grand jeune homme qui se tenait juste en bas de l'escalier regarder Elfine comme le jeune berger regarda autrefois la déesse de la Lune ; elle fut remplie de satisfaction.

La pause enchantée fut rompue par la musique. L'orchestre entama une polka, et le jeune homme qui n'était autre que Richard Hawk-Monitor s'avança et tendit la main à Elfine pour la conduire au milieu des danseurs. Flora et Claude (que tout cela amusait beaucoup) descendirent l'escalier à leur tour et se joignirent à eux.

Flora avait de bonnes raisons de se sentir contente d'elle-même et de son travail, pendant qu'elle tournoyait autour de la pièce dans les bras de Claude, qui dansait admirablement.

Sans sembler prendre un intérêt trop évident aux mouvements d'Elfine et de son partenaire, de peur d'avoir l'air mal élevée, elle observa leurs moindres gestes. Ce qu'elle vit lui fit grand plaisir. Richard paraissait être profondément amoureux. Il était naturel de voir un jeune homme regarder sa danseuse avec un sentiment de douce admiration – et Flora avait l'habitude de tels spectacles –, mais il lui était rarement arrivé de lire sur un visage de jeune homme une telle expression extasiée de vénération, d'admiration, et d'autre chose encore qui ressemblait beaucoup à de la gratitude. Richard paraissait émerveillé. Il tenait Elfine précautionneusement, comme si elle eût été une branche fleurie d'un arbre rarissime qu'il viendrait de voir pour la première fois, et qu'il voudrait conserver précieusement pour la rapporter chez lui.

Flora n'avait pas invoqué en vain le dieu de l'Amour, le miracle s'était produit. Richard avait réalisé non pas qu'Elfine était belle, mais qu'il aimait Elfine. (Les jeunes gens ont souvent besoin qu'on leur fasse remarquer ce fait, Flora l'avait appris en étudiant les mœurs de son entourage.)

Maintenant, il lui fallait patienter jusqu'à la fin du bal pour savoir si Richard avait fait sa demande. Malgré l'impatience où elle était de savoir si sa diplomatie avait réussi, elle résolut de supporter l'épreuve avec calme pour ne pas gâcher sa soirée. D'ailleurs, elle commença à s'amuser tellement qu'elle oublia presque son inquiétude.

C'était peut-être dû plus à la chance qu'à la prévoyance de Mrs Hawk-Monitor, si les deux conditions essentielles à la réussite d'un bal (beaucoup d'hôtes dans une pièce pas très grande) se trouvaient réunies. Mais lorsqu'à ces deux conditions venaient s'ajouter l'élégance et la somptuosité des tables du souper, la richesse sobre du décor et le fait que la plupart des invités présents se connaissaient déjà un peu, tous les éléments du succès étaient réunis et le résultat était parfait.

Flora entendit beaucoup de commentaires sur la beauté d'Elfine, et on lui demanda plusieurs fois qui était sa ravissante compagne. Elle répondit en souriant que c'était sa cousine, une certaine Miss Starkadder, mais ne voulut rien ajouter de plus, sinon qu'Elfine vivait dans le voisinage. Elle ne commit pas l'erreur de broder par snobisme sur les ancêtres et le charme d'Elfine, et laissa sa beauté grave parler pour elle…

Elfine dansa la plupart des danses avec Richard Hawk-Monitor, mais elle en accorda quelques-unes aux jeunes gens enthousiasmés qui se pressaient autour d'elle dès que la musique s'arrêtait de jouer. Flora remarqua que Mrs Hawk-Monitor, installée sur le balcon qui dominait la salle de bal, commençait à avoir l'air inquiet, spécialement pendant les danses qu'Elfine accordait à Richard.

Flora elle-même se partageait principalement entre Claude et Seth. Seth semblait jouir énormément de sa soirée. Bien que d'un genre différent, son succès était presque aussi spectaculaire que celui d'Elfine. Une bande d'environ neuf jeunes personnes, dont les robes proclamaient qu'elles étaient venues de Londres pour le bal, prit possession de Seth au début de la soirée et ne voulut plus le lâcher. Flora entendit l'une d'entre elles chuchoter : « Ma chère, il est vraiment formidable et tout simplement bourré de sex-appeal. » Seth, lui, se contentait de sourire de son sourire lent et chaud et de murmurer : « Ouais » et : « Eh bien, non ! », quand on lui demandait s'il n'adorait pas faire le fermier, ce qu'il attendait de la vie, et s'il ne pensait pas que la chose la plus importante, c'était de tout expérimenter.

Plusieurs jeunes gens tournaient autour de Flora et semblaient désireux de s'approprier sa compagnie après avoir dansé avec elle. Tout cela était bien agréable, mais elle avait résolu que, pendant cette soirée-là, elle se tiendrait à l'arrière-plan et ne chercherait pas à rivaliser avec Elfine, aussi elle dansa principalement avec Claude, une fois que Seth eut été enlevé par sa tribu de jeunes adoratrices au moment du souper. Flora savait bien qu'elle n'était pas aussi belle qu'Elfine, mais elle avait l'air distingué, elle était élégante et intéressante et ne demandait rien de plus.

Un seul incident désagréable troubla le plaisir de la soirée. Au moment où elle se dirigeait avec Claude vers les tables du souper disposées dans la pièce voisine, une altercation éclata sur le balcon au-dessus d'eux, et Flora leva la tête juste à temps pour apercevoir le dos d'un certain monsieur, qui ne lui était que trop connu, poussé vigoureusement dehors en toute hâte par deux laquais.

— Quelqu'un a essayé de s'introduire de force, cria à Claude, d'une voix rieuse, un jeune homme qui descendait l'escalier en courant.

Il venait de donner un coup de main aux laquais. Flora se sentit un peu émue. Elle s'assit, le visage attristé, à la petite table ornée de guirlandes de fleurs et de feuillages printaniers que Claude leur avait réservée.

— Flora, ma chère, était-ce un de vos amis ? demanda Claude tout en faisant signe au serviteur d'ouvrir le champagne.

— C'était Mr Mybug, dit Flora simplement, et je ne peux pas m'empêcher de penser, Claude, que si j'avais eu l'idée de le faire inviter, il n'en aurait pas été réduit à essayer de forcer la porte.

— Heureusement que tous les gens qui ne sont pas invités à quelque chose ne se croient pas obligés d'essayer de forcer les portes, observa Claude.

— Je ne peux pas m'empêcher, poursuivit Flora, prenant sa fourchette pour entamer la mousse de crabe, de ressentir un peu de pitié pour Mr Mybug.

— La souffrance nous purifie, dit Claude en se servant.

Mais Flora ajouta :

— Voyez-vous, il est un peu gras. J'ai toujours pitié des gens gras. Et je n'ai pas le courage de lui dire que c'est pour cela que je ne veux pas qu'il m'embrasse – lui croit que c'est parce que je suis une refoulée.

— C'est bien son genre. Ne vous frappez pas pour cela. Reprenez du crabe.

C'est ce que fit Flora, tout en se disant que c'était son devoir de se montrer aimable pour le bien d'Elfine. Elle ne pensa plus à Mr Mybug ce soir-là. Flora et Claude s'attardèrent longuement à leur table, admirant le spectacle de la pièce brillamment illuminée, élégamment décorée, et remplie de jeunes gens presque tous beaux et tous heureux.

Claude, qui avait connu les souffrances de la guerre anglo-nicaraguayenne, se sentait à l'aise dans le calme si confortable qui les entourait ; il laissait paraître sur son charmant visage mat l'expression d'ironie mélancolique qu'il dissimulait généralement sous un masque inexpressif et souriant. À la guerre, il avait vu ses amis agoniser. Désormais, pour lui, la vie n'était plus qu'un sport amusant qu'aucun homme de goût et d'intelligence ne pouvait se permettre de prendre au sérieux.

Si Flora s'amusait autant au bal, c'était plus comme spectatrice que comme participante. Elle regrettait l'absence de quelques autres amis : Mrs Smiling, l'air lointain dans une robe blanche ; la majestueuse Julia ; Charles dans le sévère habit bleu nuit qui convenait si bien à sa taille et à sa gravité.

Comme à toutes les soirées réussies, une atmosphère aussi impalpable qu'un parfum, mais tout aussi réelle, flottait au-dessus des invités souriants. C'était l'essence de la joie et de la gaieté. Personne ne pouvait la respirer sans sourire instinctivement en jetant un regard bienveillant autour de la pièce. Des voix gaies s'élevaient à chaque instant au milieu du brouhaha de la conversation générale, comme des ruisselets s'échappant du tumulte d'un fleuve torrentueux. Une bouche rieuse, trois jeunes têtes rapprochées, tandis qu'une quatrième renversée par le rire balbutiait des protestations entrecoupées, des mentons levés et des yeux rétrécis de joie entre leurs cils, un pot d'azalées brusquement révélé par deux têtes qui se rejetaient en arrière dans un éclat de rire, tels étaient les signes extérieurs d'une soirée réussie. Au-dessus de tout cela flottait l'invisible image scintillante du succès.

Soudain, Flora tressaillit légèrement. Elfine était apparue à la porte accompagnée de Richard Hawk-Monitor. Ils scrutaient la pièce comme s'ils cherchaient quelqu'un. Lorsque Elfine aperçut la main levée de Flora, gantée de vert pâle, elle sourit allègrement en disant quelque chose par-dessus son épaule au jeune Richard Hawk-Monitor, et ils se frayèrent un passage entre les tables jusqu'à Flora. La joie de Flora, déjà stimulée par l'entrain du bal, s'accrut encore. Richard avait dû faire sa demande et il avait sans doute été accepté. Rien d'autre n'aurait pu leur donner un air aussi radieux. Ils s'approchèrent d'elle, se faufilant entre les groupes joyeux, qui cessaient de parler pour sourire à Dick et regarder Elfine avec curiosité, puis Elfine s'arrêta à leur table. Claude se leva, et Elfine cherchant la main de Richard l'attira plus près en déclarant :

— Oh ! Flora, je veux absolument que vous fassiez la connaissance de Dick.

Flora s'inclina, souriante, et dit :

— J'ai tant entendu parler de vous, je suis charmée de vous connaître.

Mais ses doigts se trouvèrent saisis dans une cordiale poignée de main, et son regard rencontra le rayonnement d'un jeune visage franc, hâlé par le vent. Elle remarqua qu'il avait de parfaites dents blanches, pareilles à celles d'un lionceau, et une petite moustache noire.

— Je suis vraiment content de vous rencontrer. Elfine m'a tant parlé de vous aussi. Dites, c'est épatant, n'est-ce pas ! Merveilleuse idée de ma sainte mère d'avoir fait l'orgie ici, au lieu de choisir le columbarium familial ! Miss Poste, c'est épatant à vous d'avoir amené Elfine. Je ne pourrais jamais assez vous remercier, vous savez. Je veux dire, cela a tout changé. Nous sommes fiancés, pour dire la vérité.

— Ma chérie ! c'est charmant, je suis ravie ! Je vous félicite ! s'exclama Flora, qui était en effet bouleversée de soulagement et de satisfaction.

— Charmant, répéta Claude en écho.

— Nous annoncerons la nouvelle à la fin de la soirée, poursuivit Richard. Splendide occasion, n'est-ce pas ?

Claude, tout en se demandant ironiquement quels seraient les sentiments de Mrs Hawk-Monitor en apprenant la nouvelle, dit que l'occasion semblait avoir été créée exprès pour annoncer cet événement. Flora le présenta alors à Richard et une courte conversation générale s'engagea, rehaussée par l'auréole de bonheur qui planait sur les fiancés et l'indulgente attention que Claude et Flora prêtaient à leur conversation.

15

Il était maintenant presque minuit et la foule refluait vers la salle de bal. L'orchestre, réconforté par un bon souper, entama aussitôt un joyeux air de quadrille et chacun se mit à sautiller jusqu'à ce que toutes les joues fussent cramoisies et le plancher parsemé d'éventails, d'épingles à cheveux, de boutons de chaussure et de fleurs flétries.

Claude avait le pied aussi léger qu'Arlequin, à qui il ressemblait un peu, et tandis que Flora tournoyait autour de la pièce, à peine guidée par la touche fraîche de sa main, elle observait Elfine dans les bras de Richard, remarquant avec satisfaction comme elle avait l'air merveilleusement heureuse et comme elle était belle. Flora rayonnait de contentement. Son but était atteint. Elle avait l'impression d'avoir mis son poing sous le nez de tante Ada Doom. Elfine était sauvée. À partir de maintenant allait débuter pour elle une vie exquise, ensoleillée et remplie de joies naturelles. Elle aurait des enfants et fonderait une lignée d'agréables Anglais normaux, dont l'âme secrète serait une flambante poésie. Tout était pour le mieux dans le meilleur des mondes.

Flora, arrêtant énergiquement son galop à la fin du quadrille, battit des mains vigoureusement, un peu par désir de recommencer, mais surtout pour manifester sa joie du bon travail accompli.

— Comme vous vous amusez, n'est-ce pas, Florence Nightingale ? lui lança Claude.

— Mais parfaitement… rétorqua Flora. Et vous aussi !

C'était vrai, il s'amusait bien, non sans éprouver d'ailleurs au fond du cœur une légère sensation désagréable, due à la conviction qu'il était un traître.

Quand la musique s'arrêta, Flora remarqua que Richard conduisait Elfine à l'escalier, qu'ils montèrent lentement pour se diriger vers le balcon où Mrs Hawk-Monitor était assise avec quelques intimes. Flora s'avança aussi, pour le cas où on aurait besoin d'elle, mais avant qu'elle eût commencé à monter les marches, Richard quitta sa mère avec qui il venait d'échanger quelques mots et, s'avançant au bord du balcon, leva la main pour demander le silence. Elfine se tenait à son côté, mais légèrement en arrière. Flora ne put voir le visage de Mrs Hawk-Monitor, qui se trouvait dissimulé par le corps de Richard, mais elle observa que celui de Joan Hawk-Monitor arborait une expression qui était un curieux mélange de consternation, d'intérêt et d'envie. « Mais après tout, cette nuance de bleu pourrait jouer n'importe quel tour à n'importe quel visage », se dit Flora pour se rassurer.

— Mesdames et messieurs, déclara Dick, cela a été vraiment chic de vous avoir tous ici ce soir. Je suis vraiment content que vous soyez tous venus. Je veux dire, je serai toujours content de me souvenir que vous étiez tous ici pour mon vingt et unième anniversaire. Tout me paraît encore plus épatant… Je veux dire, j'aime tellement avoir une bande de gens gais autour de moi…

Il s'arrêta. Il y eut des rires et quelques applaudissements. Flora retenait son souffle. Il fallait qu'il annonçât les fiançailles ! Autrement, elle saurait, quoi qu'il puisse arriver par la suite, que son complot avait échoué. Mais tout marchait bien. Il avait repris la parole et il tirait Elfine en avant, face aux invités, prenant ses mains dans les siennes.

— … Et cette soirée est particulièrement belle pour moi, parce que j'ai encore autre chose à vous dire à tous… Je vous annonce que Miss Starkadder et moi nous sommes fiancés.

Enfin… cela y était. Une tempête d'applaudissements et de commentaires passionnés éclata, et une procession de gens commença à monter l'escalier pour offrir des félicitations. Flora, épuisée par la tension nerveuse des quelques minutes précédentes, se retourna vers Claude pour dire :

— Enfin ! C'est fait ! Oh ! là, là ! Claude, croyez-vous qu'il faille monter dire quelques mots à Mrs Hawk-Monitor ? Je dois avouer que j'aimerais mieux pas !

Mais Claude dit, avec conviction, qu'il pensait que ce serait très incorrect de ne pas le faire, car, après tout, Flora était là pour remplir le rôle de chaperon vis-à-vis d'Elfine. Et puis toute cette affaire avait déjà été si irrégulière que Flora devait faire son possible pour donner à la situation une touche de respectabilité qui serait certainement favorable à Elfine. Aussi Flora, acquiesçant à regret, monta l'escalier pour affronter Mrs Hawk-Monitor.

Elle trouva à la pauvre dame l'air plutôt ahuri. Elle était assise dans un coin, recevant les remerciements et les félicitations sur le succès du bal. Flora remarqua avec soulagement que la robuste Joan se tenait à quelque distance, près de la porte. Ainsi elle n'aurait à compter qu'avec la mère. Flora s'avança, la main tendue.

— Merci infiniment pour la délicieuse soirée. C'est si gentil à vous de nous avoir conviés !

Mais Mrs Hawk-Monitor s'était levée et la regardait gravement. Elle avait beau être une idéaliste et un amour, elle n'était pas une sotte. D'un coup d'œil, elle jaugea Flora et comprit que c'était une jeune femme de bon sens. Son cœur avait besoin d'être rassuré, au milieu des craintes et des doutes qui s'emparaient d'elle. Elle dit, presque en suppliant :

— Miss Poste, je serai franche avec vous, je ne peux pas prétendre être enchantée de ces fiançailles. Qui est cette jeune fille ? Je ne l'ai rencontrée qu'une fois auparavant et je ne connais à peu près rien de sa famille.

— C'est une personne docile et très douce, dit Flora chaleureusement, elle n'a que dix-sept ans, et je crois que vous pourrez en faire exactement ce que vous voudrez qu'elle soit. Chère Mrs Hawk-Monitor, je vous en prie, soyez sans crainte ! Je suis sûre que vous apprendrez à aimer Elfine. Croyez-moi, elle a d'excellentes qualités. Quant à sa famille, si je peux me permettre de vous donner un avis, à votre place, je prendrais des dispositions dès aujourd'hui pour qu'elle la voie le moins possible, pendant les semaines qui vont suivre. Il y aura probablement une forte opposition à cette union.

— Une « opposition » ! Quelle imperti…

Mrs Hawk-Monitor se ressaisit. Elle était étonnée et prise au dépourvu ; elle avait supposé que la famille d'Elfine serait remplie de joie devant une telle chance.

— Mais oui, en effet, Mrs Starkadder, sa grand-mère, a toujours eu l'intention de marier Elfine à son cousin Urk. Je crains qu'il n'y ait quelque opposition de son côté à lui aussi. En fait, plus tôt ce mariage pourra avoir lieu, mieux cela vaudra pour Elfine.

— Oh ! mon Dieu ! Je comptais que les fiançailles dureraient au moins un an. Dick est si jeune encore !

— Raison de plus pour qu'il commence dès maintenant à connaître le parfait bonheur, répliqua Flora en souriant. Sincèrement, Mrs Hawk-Monitor, je pense qu'il serait préférable, si vous pouvez vous arranger, que le mariage se fasse dans un mois au plus tard. La vie à la ferme va sûrement être très désagréable pour Elfine jusqu'à son départ et je suis sûre que vous ne tenez pas à avoir des explications avec les Starkadder, n'est-ce pas ?

— Et ce nom épouvantable ! murmura Mrs Hawk-Monitor, accablée.

L'arrivée de Seth et de Claude habillés pour le départ empêcha de poursuivre davantage la conversation. Mrs Hawk-Monitor n'eut que le temps de serrer la main de Flora, murmurant d'un ton plus amical que celui qu'elle avait employé jusque-là :

— Je réfléchirai à ce que vous venez de me dire. Peut-être, après tout, les choses iront-elles pour le mieux.

Aussi Flora était-elle d'assez bonne humeur en s'éloignant. Ils trouvèrent Elfine qui, telle une pivoine blanche, les attendait à la porte. Dick était là, lui souhaitant tendrement bonsoir. Flora reconnut leur voiture. Le chauffeur attendait, la portière ouverte, au bas de l'escalier. Après d'aimables adieux à Dick, ils prirent enfin le chemin du retour.

Flora se sentit assez déprimée lorsqu'ils eurent déposé Claude devant La Couronne de roses, où il devait passer la nuit. Elle avait un peu sommeil et elle était nerveuse ; c'était une réaction normale après la surexcitation de cette soirée. Aussi, elle ferma les yeux et s'assoupit plus ou moins jusqu'à ce que la voiture arrivât à un ou deux kilomètres de la ferme. Un bruit de voix la réveilla en sursaut. Seth disait, se pourléchant d'avance :

— Ouais, la vieille va avoir son mot à dire sur les manigances de cette nuit…

— Grand-mère ne peut pas m'empêcher de me marier… protesta Elfine.

— Peut-être que non, mais elle va bougrement essayer.

— Elle ne peut pas faire grand-chose en un mois, interrompit froidement Flora, et il est possible qu'Elfine passe l'essentiel de ce temps avec les Hawk-Monitor. Elle n'aura qu'à éviter tante Ada dans la maison, c'est tout ; Dieu sait que cela ne doit pas être bien difficile puisque tante Ada ne quitte jamais sa chambre.

Seth émit un profond rire sarcastique, où palpitait quelque chose d'animal. La voiture venait de ralentir devant la grille d'entrée de la cour et Seth, se penchant vers Flora, lui montra du doigt quelque chose à travers la vitre. Flora, dirigeant son regard dans la direction qu'il indiquait, vit avec un frisson d'angoisse que les fenêtres de la ferme flamboyaient de lumière.

16

« Flamboyer », c'est peut-être beaucoup dire. Les lumières qui luisaient aux fenêtres de Froid Accueil évoquaient nettement une veillée funèbre ou une salle d'attente des chemins de fer. Mais, comparées à la lourde obscurité dans laquelle la campagne était emmitouflée, ces lueurs paraissaient positivement voyantes.

— Oh ! miséricorde ! s'écria Flora.

— C'est grand-mère, chuchota Elfine qui était devenue très pâle, elle doit avoir choisi cette nuit entre toutes pour descendre tenir sa soirée familiale.

— Quelle bêtise ! Une soirée dans un endroit comme Froid Accueil, dit Flora, fouillant dans son sac.

Elle sortit de la voiture, s'étira un peu, respira l'air frais et doux de la nuit, et remit quelques billets au chauffeur.

— Tenez, merci beaucoup. Tout s'est très bien passé. Bonne nuit.

Le chauffeur, l'ayant remerciée respectueusement pour le pourboire, fit reculer la voiture hors de la cour et reprit le sentier qui conduisait à la grand-route.

Les phares balayèrent les haies et teignirent l'herbe d'un vert livide. Ils l'entendirent changer de vitesse dans l'insondable silence et les ténèbres mystérieuses. Puis le son amical du moteur commença à s'atténuer jusqu'à ce qu'il fût absorbé dans le vaste calme de la nuit.

Ils se retournèrent alors et regardèrent la maison. Aux fenêtres, les lumières avaient le même regard d'attente narquoise que les vieux brocanteurs assis dans les bistrots du viaduc de Holborn, et se livrant à leur trafic habituel. Un léger vent reniflait autour des tas de foin moisi, puis s'étendait comme une nappe frémissante sur les tuiles moussues. L'obscurité geignait avec la même impulsion muette que la poussée de sève dans les haies, mais nul n'écoutait sa plainte.

— Ouais, c'est grand-mère, dit Seth sombrement. Elle fait le recensement. Ouais, c'est elle, bien sûr !

— Que diable nommez-vous le recensement, demanda Flora, maussade, cherchant son chemin à travers la cour, et pourquoi, au nom de tout ce qu'il y a de plus incommode, le fait-on à une heure et demie du matin ?

— C'est le dénombrement de la famille que grand-mère fait tous les ans. Voyez-vous, nous sommes des gens violents, nous autres Starkadder. Il y en a chez nous qui poussent les autres dans les puits. Il y en a qui meurent en couches. Il y en a d'autres qui se tuent de boisson ou qui deviennent fous. On est tout un tas. C'est si difficile de tenir des comptes de nous tous qu'une fois l'an grand-mère tient une réunion qu'on appelle le recensement, et elle nous compte tous pour voir combien sont morts pendant l'année.

— Alors qu'elle ne me compte pas, dit Flora, mais comme elle levait la main pour frapper à la porte de la cuisine, une pensée lui vint : Seth, souffla-t-elle, aviez-vous idée que votre grand-mère allait faire son infernal recensement cette nuit ?

Elle vit briller ses dents dans l'obscurité.

— Il y avait des chances.

— Dans ce cas, vous êtes un sale dégoûtant, lança Flora vigoureusement, et je souhaite que vos rats d'eau meurent ! Maintenant, Elfine, courage ! Nous allons, je crains, en prendre un coup. Il vaut mieux que vous ne disiez rien, c'est moi qui parlerai.

Et elle frappa à la porte. Le silence qui sembla ramper doucement de l'intérieur à leur rencontre était quelque chose de tangible. Il était pour ainsi dire palpable. Il était plastique et puissant. Il était imposant et oppressant. Il fut rompu par un pas lourd. Des chaussures cloutées frappèrent le sol de la cuisine. Une main tâtonna parmi les serrures, puis la porte s'ouvrit lentement. Urk se tenait sur le seuil, les fixant avec un visage pareil à un masque japonais, tordu de fureur, de chagrin et de désir bafoué. Flora entendait derrière elle, dans l'obscurité, le souffle terrifié d'Elfine. Elle lui tendit une main réconfortante qu'elle sentit saisie et serrée convulsivement.

La grande cuisine était pleine de monde. Tous étaient silencieux et bariolés d'un rouge infernal par le reflet dansant du feu. Flora put distinguer Amos, Judith, Mériam la fille de journée, Adam, Ezrah, Harkaway, Caraway, Luc et Mark, et plusieurs des journaliers. Ils étaient tous groupés dans un vague demi-cercle autour d'une personne assise près du feu, dans un fauteuil à haut dossier. La douce lueur dorée de la lampe et le feu agité dessinaient des ombres à la Rembrandt dans les recoins éloignés de la cuisine et projetaient au plafond les silhouettes géantes et noires des Starkadder. Une odeur pénétrante s'échappa à la rencontre de l'air nocturne, elle était écœurante et inconnue de Flora. Elle vit que la chaleur du feu avait fait éclore les longs boutons roses de l'aristoloche. La guirlande qui entourait le portrait de Fig Starkadder était parsemée de grandes fleurs dont les pétales, recroquevillés comme des griffes menaçantes, révélaient le cœur impudique d'où s'échappaient des bouffées douceâtres.

Tout le monde avait les yeux fixés sur la porte. Le silence était terrifiant. Il semblait que l'air allait éclater sous sa pression. Et le mouvement de la lumière et du feu sur les visages des Starkadder était si instable dans sa fébrilité qu'il soulignait encore l'étrange immobilité de leurs corps. Flora essayait de décider à quoi la cuisine lui faisait penser, et elle finit par conclure que c'était à la Chambre des horreurs chez Mme Tussaud.

— Tiens, tiens, dit-elle aimablement en passant le seuil et en retirant ses gants, toute la tribu est réunie, je vois. Ne serait-ce pas Gros-Bonnet, là-bas dans le coin ? Oh ! excusez-moi, je ne vous avais pas reconnu, Micah. Y aurait-il un sandwich, par hasard ?

Cela rompit un peu la glace. Quelques signes de vie se manifestèrent.

— Il y a à manger sur la table, dit Judith d'un ton morne, tout en s'avançant avec son regard brûlant fixé sur Seth. Mais d'abord, enfant de Robert Poste, il faut faire connaissance avec votre tante Ada Doom.

Et elle prit Flora par la main (Flora se félicita d'avoir retiré ses gants propres) et la conduisit vers la silhouette assise dans le fauteuil à haut dossier, près du feu.

— Mère, dit Judith, voici Flora, l'enfant de Robert Poste. Je vous ai parlé d'elle.

— Je suis contente de vous connaître, tante Ada, dit aimablement Flora.

Elle tendit la main, mais tante Ada ne fit aucun geste pour la prendre. Elle resserra davantage ses propres mains autour d'un exemplaire du *Bulletin hebdomadaire des laitiers et manuel des éleveurs* qu'elle avait sur les genoux et déclara d'une voix basse et monotone :

— J'ai vu quelque chose de vilain dans le bûcher !

Flora se retourna vers Judith, le sourcil interrogateur ; un murmure s'éleva parmi le reste de la compagnie, qui suivait avec attention.

— Elle a une de ses mauvaises nuits, dit Judith, dont le regard errait pitoyablement du côté de Seth qui dévorait du bœuf dans un coin. Mère, ajouta-t-elle plus fort, vous ne me reconnaissez pas ? C'est Judith. Je vous ai amené Flora Poste, l'enfant de Robert Poste.

— Non… J'ai vu quelque chose de vilain dans le bûcher, répéta tante Ada Doom, dodelinant de la tête d'un air buté. C'était un midi brûlant… Il y a soixante-neuf ans. Et moi pas plus grande qu'un roitelet. Et j'ai vu quelque chose de vi…

— Eh bien, peut-être qu'elle préfère les choses comme cela, dit Flora, réconfortante.

Elle avait observé le menton ferme de tante Ada, ses yeux clairs, sa petite bouche serrée et sa poigne fermée autour du *Bulletin hebdomadaire des laitiers et manuel des éleveurs* et elle en avait tiré la conclusion que si tante Ada était folle, elle, Flora, était l'un des frères Marx.

— Vu quelque chose de vilain dans le bûcher !!! hurla soudain tante Ada, tapant sur Judith avec le *Bulletin hebdomadaire des laitiers*, quelque chose de vilain ! Enlevez-le, vous êtes tous des méchants et cruels ! Vous voulez tous partir et me laisser seule dans le bûcher, mais vous ne pourrez pas. Aucun de vous ! Jamais ! Il y a toujours eu des Starkadder à Froid Accueil… Vous devez tous rester ici avec moi, tous : Judith, Amos, Micah, Urk, Luc, Mark, Elfine, Caraway, Harkaway, Ruben et Seth… Où est Seth ? Où est mon chéri ? Viens près de moi, Seth !

Seth se fraya un chemin à travers la foule familiale, la bouche pleine de bœuf et de pain.

— Là, là, grand-mère, chantonna-t-il pour la calmer. Me voilà, je ne vous quitterai jamais, jamais.

— Ne regarde pas Seth, femme ! chuchota Amos férocement à l'oreille de Judith, tu es toujours à le regarder !

— C'est mon cher petit… mon chouchou… mon minet… murmura la vieille dame, tapotant la tête de Seth avec le *Bulletin hebdomadaire des laitiers*. Eh bien, comme il est beau ce soir ! Qu'est-ce que c'est ? Qu'est-ce que c'est que tout cela ? poursuivit-elle, et elle tira sur le smoking de Seth. Qu'est-ce que tu as fait, mon petit ? Raconte à ta grand-mère.

Flora comprit, à la manière dont les yeux de tante Ada, remarquablement aigus sous leurs lourdes paupières, examinaient la personne de Seth, qu'elle avait eu vent de leur petite escapade. Au vu de l'imminence de la catastrophe, il valait mieux prendre les devants et essayer de sauver la face ; elle annonça donc clairement et énergiquement :

— Il a été à Godmere, au bal qu'on donnait pour les vingt et un ans de Richard Hawk-Monitor. Moi aussi, j'y étais, et Elfine aussi. Et aussi un de mes amis qui s'appelle Claude Hart-Harris et qu'aucun de vous ne connaît. Et qui plus est, tante Ada, Elfine et Richard Hawk-Monitor sont fiancés, et ils vont se marier d'ici à un mois.

Un cri terrible retentit dans le coin sombre, près de l'évier. Tout le monde sursauta violemment et se retourna pour voir qui l'avait poussé. C'était Urk, prostré, le nez dans les sandwichs au bœuf, avec une main pressée sur le cœur dans sa douleur affreuse. La fille de journée, Mériam, posa sa main rugueuse sur sa tête baissée et la caressa timidement. Mais il la repoussa d'un mouvement brusque comme un furet pris au piège.

— Mon petit rat d'eau, l'entendirent-ils gémir. Mon petit rat d'eau.

Puis un vacarme éclata, au milieu duquel on discernait faiblement tante Ada qui frappait tout le monde avec le *Bulletin hebdomadaire des laitiers* et criait d'une voix perçante :

— Je l'ai vu, je l'ai vu, je vais devenir folle… je ne peux pas le supporter… il y a toujours eu des Starkadder à Froid Accueil. J'ai vu quelque chose de vilain, vilain… vilain…

Seth lui prit les mains et les serra dans les siennes, s'agenouillant devant elle et la cajolant comme si elle était un enfant malade. Flora avait fait monter Elfine sur une table au coin de la cheminée, hors de la mêlée, et elles se partageaient pensivement des tartines de pain et de beurre. Flora avait abandonné tout espoir de se coucher cette nuit. Il était près de deux heures et demie et tout le monde semblait parti pour attendre le lever du soleil.

Elle observa quelques femmes inconnues d'elle, errant lamentablement dans l'ombre, remplissant des assiettes de tartines, et versant de temps en temps quelques larmes dans les coins.

— Qui est-ce ? demanda-t-elle à Elfine, indiquant avec intérêt l'une d'entre elles.

Elle avait la poitrine parfaitement plate, la figure d'un oiseau sortant de l'œuf : yeux proéminents et nez pointu, et elle sanglotait, à moitié enfoncée dans le placard à chaussures.

— C'est la pauvre Rennett, dit Elfine, ensommeillée. Oh ! Flora, je suis si heureuse, mais j'aimerais tant pouvoir me coucher, pas vous ?

— Tout à l'heure. Oui… Alors, c'est cela la pauvre Rennett ! Pourquoi (si ce n'est pas indiscret) ses vêtements sont-ils complètement trempés ?

— Oh ! elle s'est jetée dans le puits aux alentours de onze heures, m'a dit Mériam, la fille de journée. Grand-maman s'obstinait à se moquer d'elle, parce qu'elle est vieille fille. Elle disait que Rennett n'avait même pas été capable de garder Mark Dolour quand elle le tenait, et la pauvre Rennett a eu une crise de nerfs, et grand-maman insistait et disait des choses sur… sur les poitrines plates et ainsi de suite, et puis Rennett s'est sauvée pour se jeter dans le puits. Et grand-maman a eu une crise.

— Bien fait pour elle, le vieux chameau, murmura Flora en bâillant. Eh, qu'est-ce qui se passe maintenant ? ajouta-t-elle car le vacarme éclatait de nouveau, parmi la foule groupée autour de tante Ada.

Se tenant debout sur la table et s'efforçant de voir à travers les lueurs vacillantes du foyer et de la lampe, Flora et Elfine purent distinguer Amos qui se penchait sur la chaise de tante Ada Doom et qui lui hurlait quelque chose. Un tel tintamarre s'élevait du côté de Micah, Ezrah, Ruben, Seth, Judith, Caraway, Harkaway, Suzanne, Letty, Prue, Adam, Jane, Phœbé, Mark et Luc qu'il était difficile de saisir ce qu'ils disaient, mais soudain la voix d'Amos prit l'ampleur d'un rugissement et les autres se turent.

— Il faut que j'aille où les travaux du Seigneur m'appellent et que je répande la parole du Seigneur dans les lieux étrangers. Ah ! c'est terrible d'avoir à partir, mais il le faut. J'ai lutté et prié et ruminé là-dessus et je connais la vérité enfin. Je dois partir dans une de ces fourgonnettes prêcher partout dans la campagne. Ouais, comme les apôtres du temps. J'ai entendu mon appel, je dois le suivre !

Il écarta largement les bras et se tint là, avec la lueur du feu qui jouait une fantasia écarlate sur son visage exalté.

— Non, non, cria tante Ada Doom sur une note aiguë qui se fêlait de douleur, je ne peux pas le supporter, il y a toujours eu des Starkadder à Froid Accueil. Il ne faut pas partir, je deviendrai folle, j'ai vu quelque chose de vilain dans le bûcher. Ah ! Ah !...

Elle fit un effort pour se dresser, soutenue par Seth et Judith, et lança un faible coup à Amos avec le *Bulletin hebdomadaire des laitiers* (qui commençait vraiment à donner des signes d'usure). Son grand corps fléchit un peu, mais sa volonté demeura rigide. Ses yeux étaient fixés sur une lointaine vision extatique, la lumière rouge ondulant et oscillant sur son visage.

— Il faut que je parte, riposta-t-il d'une voix douce. Il faut que je parte cette nuit même. J'entends les voix joyeuses des anges m'appeler à travers les champs labourés où les petites semences joignent les mains dans la prière ; de plus, je me suis arrangé avec le frère d'Agony Beetle pour qu'il vienne me prendre dans le camion de lait, à trois heures et demie. Alors je n'ai pas de temps à perdre. Ouais, c'est adieu que je vous dis, mère. J'ai enfin rompu mes liens, avec l'aide des anges et de la parole divine. Où est mon chapeau ?

Ruben le tendit silencieusement à son père. (Il le tenait prêt depuis dix minutes.)

Tante Ada Doom était retombée sur sa chaise, le souffle rapide et faible, elle frappait vainement l'air avec le *Bulletin hebdomadaire des laitiers*. Ses yeux, fentes douloureuses dans sa face grise, étaient rivés sur Amos. Ils flambaient de haine, telles des bougies allumées qui sentent l'obscurité pesante autour d'elles et n'en brûlent que plus ardemment.

— Oui, souffla-t-elle, oui… Alors vous partez, me laissant toute seule dans le bûcher… Il y a toujours eu des Starkadder à Froid Accueil… mais cela ne compte pas pour vous. Je deviendrai folle… je mourrai ici toute seule, dans le bûcher, avec de vilaines choses… (Sa voix s'épaissit, elle tordit les mains avec désespoir comme pour les libérer de quelque obscène mélasse spirituelle.)… qui m'oppressent… Seule, toute seule !

Sa voix s'affaiblit jusqu'au silence. Sa tête s'enfouit dans ses épaules. Son visage était exsangue, blême et défait.

Amos s'approcha de la porte à grands pas lents, personne ne bougea. Le silence qui figeait la pièce n'était rompu que par la nonchalante danse ondulante des flammes. Amos ouvrit brutalement la porte, laissant apparaître l'immense face indifférente de la nuit…

— Amos !

C'était un cri poignant qui l'atteignit en plein cœur. Mais il ne se retourna pas… Il sortit en trébuchant et disparut dans l'obscurité.

Soudain, il y eut un autre cri, rauque, dans le coin obscur près de l'évier. Urk s'avança d'un pas chancelant, traînant derrière lui Mériam, la fille de journée.

Flora réveilla Elfine, qui s'était endormie la tête sur son épaule, et lui annonça que d'autres réjouissances allaient commencer. Il n'était que trois heures un quart. Urk était blanc comme de la craie, un filet de sang dégoulinait le long de son menton. Ses yeux étaient des puits de douleur que sillonnaient des pensées meurtries comme des poissons affamés. Il riait d'un rire dément et inarticulé ; Mériam se dérobait, livide de peur.

— Moi et les rats d'eau… nous sommes frustrés, balbutia-t-il d'une voix basse et monotone. Nous sommes refaits. Nous lui avions préparé un nid, là-bas, près du coin de Ticklepenny, pour quand les aubergines seraient en fleur. Et maintenant, elle se donne à lui, le sale prétentieux menteur. (Il s'étrangla et dut lutter une seconde pour reprendre son souffle.) Lorsqu'elle avait une heure, j'ai tracé une marque sur son biberon avec du sang de rat d'eau. Elle était à moi, compris ? À moi ! Et je l'ai perdue… Oh ! pourquoi est-ce que j'ai jamais pensé qu'elle serait à moi ?

Il se retourna vers Mériam qui recula de terreur.

— Viens ici, toi, je vais te prendre à sa place. Ouais, sale comme tu es, je te prendrai et nous sombrerons dans la boue ensemble. Il y a toujours eu des Starkadder à Froid Accueil et maintenant il y aura un Beetle aussi.

— Et pas le premier, vous le sauriez si vous aviez jamais nettoyé les placards, dit une voix acide.

C'était Mrs Beetle elle-même qui, restée jusque-là inaperçue de Flora, avait été occupée à couper des tartines et à remplir les verres des journaliers dans un coin reculé de la longue cuisine. Elle s'avançait maintenant dans le cercle autour du feu et affronta Urk, les poings sur les hanches.

— Eh bien, qui parle de saleté ? Dieu sait si vous devez vous y connaître, avec cette veste et ce pantalon. Ça suffirait même à dégoûter un de vos précieux rats d'eau. Dommage que vous ne passiez pas un peu moins de temps avec eux et un peu plus avec un savon et un gant de crin !

Ici, elle reçut un encouragement inattendu de Mark Dolour, qui cria d'un ton convaincu, du fin fond de la cuisine :

— Ouais, c'est bien vrai !

— Ne le prends pas, chouchoute, à moins que cela ne te dise, conseilla Mrs Beetle, se tournant vers Mériam. Tu es toute jeune encore, et lui n'est pas près de revoir ses quarante ans.

— Cela m'est égal, je le prendrai s'il me veut, dit Mériam aimablement. Je pourrai toujours le faire laver un peu si cela me dit.

Urk émit un rire sauvage. Il lui abattit la main sur l'épaule, l'attira à lui et lui planta un baiser farouche en plein sur la bouche. Tante Ada Doom, étouffant de rage, tenta de les frapper avec le *Bulletin hebdomadaire des laitiers*, mais le coup manqua et elle retomba haletante et épuisée.

— Viens ma beauté, mon petit paquet de crasse, je vais t'emmener à Ticklepenny pour te faire voir aux rats d'eau.

Le visage d'Urk était tendu de passion.

— Quoi ! À cette heure de la nuit ? cria Mrs Beetle, scandalisée.

Urk passa le bras autour de la taille de Mériam et essaya de la soulever, mais il ne parvint pas à la faire bouger du sol. Il jura bruyamment, et, s'agenouillant, l'entoura complètement de ses bras et essaya encore. Elle ne bougea toujours pas. Alors, il passa un bras autour de ses épaules, l'autre sous ses genoux ; elle s'affaissa sur lui et, lui, titubant sous le poids, s'effondra par terre. Mrs Beetle émit un son réprobateur.

On entendit Mark Dolour murmurer que le jiu-jitsu donnait parfois de meilleurs résultats. Puis Urk plaça

Mériam au milieu de la pièce et, avec un sourd cri passionné, se rua sur elle.

— Viens, ma beauté !

La simple impulsion de son poids la précipita dans ses bras tendus. Mark Dolour (qui aimait bien un peu de sport) tint la porte ouverte et Urk, chargé de son fardeau, se rua vers l'obscurité et les senteurs odorantes de la terre en cette jeune nuit printanière. Le silence s'abattit.

La porte resta ouverte, se balançant vaguement dans le vent froid qui s'était levé. Dans la cuisine, demeuré comme pétrifié, le groupe guettait le lointain fracas qui lui annoncerait qu'Urk était tombé.

L'attente ne fut pas longue, et Mark Dolour se leva pour fermer la porte. Il était maintenant près de quatre heures. Elfine s'était de nouveau endormie, ainsi que tous les journaliers, excepté Mark Dolour. Le feu s'était assombri jusqu'à n'être plus qu'un amas de charbons rougeâtres, dont la lueur décroissait et s'accroissait tour à tour selon le souffle du vent qui passait sous la porte.

Flora avait désespérément envie de dormir ; elle avait l'impression d'assister à une pièce d'Eugène O'Neill, ce genre de pièce qui continue pendant des heures et des heures, jusqu'à ce qu'une société philanthropique vienne enfoncer les portes du théâtre en imposant un entracte pour le thé. À n'en pas douter, la comédie perdait de l'intérêt. Judith, tassée dans un coin, couvait Seth du regard, la main en auvent. Ruben ruminait dans un autre coin. L'aristoloche se fanait. Seth étudiait un numéro du *Ciné-magazine* qu'il avait tiré de la poche de son smoking. Seule tante Ada Doom se tenait assise toute droite, les yeux fixés dans le vide. Elle était rigide. Ses lèvres remuaient doucement. Flora, de sa retraite sur la table, pouvait saisir ce qu'elle disait et cela n'avait rien de réjouissant :

— Deux d'entre eux partis. Elfine... Amos, et je suis seule dans le bûcher maintenant. Qui les a enlevés ?... Je veux savoir... Cette gamine... cette touche-à-tout, l'enfant de Robert Poste !

Le grand tas de braise rouge, sombrant lentement dans le dernier sommeil de l'extinction, jeta une lueur sur la vieille face, et lui donna l'aspect d'une sculpture au portail d'une cathédrale gothique.

Rennett avait rampé jusqu'à ce qu'elle se trouvât à quelques pas de sa grand-tante (car c'était là son degré de parenté avec Ada Doom) et elle restait là, la fixant avec un regard fou dans ses yeux pâles. Soudain, sans se retourner, tante Ada lui lança un coup du *Bulletin hebdomadaire des laitiers* et Rennett fila à toute vitesse dans son coin.

Une fleur fanée tomba de l'aristoloche dans la braise. Il était quatre heures et demie. Flora sentit un courant d'air dans son dos. Elle se retourna, irritée, et se trouva nez à nez avec Ruben, qui avait ouvert une porte dissimulée derrière l'énorme protubérance de la cheminée.

— Venez, chuchota-t-il, il est temps d'aller vous coucher.

Étonnée et reconnaissante, Flora réveilla silencieusement Elfine et, en retenant leur souffle, elles glissèrent de la table et se dirigèrent sur la pointe des pieds vers la petite porte. Grâce à Ruben, elles furent bientôt saines et sauves dans la cour où soufflait un vent âpre, tandis que les premières traînées de lumière froide striaient le ciel pourpre. Ruben referma doucement la porte. Le chemin de leurs chambres était libre devant elles.

— Ruben, dit Flora, trop ivre de fatigue pour articuler clairement mais se rappelant ses bonnes manières, vous êtes un véritable trésor, pourquoi avez-vous fait cela ?

— Vous m'avez débarrassé du vieux singe.

— Oh ! c'est cela ? répondit Flora en bâillant.

— Ouais, et je n'oublie pas. Toute la ferme sera à moi maintenant, c'est sûr !

— Très vrai, dit Flora aimablement. Tant mieux pour vous.

Soudain, un vacarme épouvantable éclata dans la cuisine derrière eux. Les Starkadder avaient remis cela. Mais Flora ne sut jamais de quoi il s'agissait. Elle était tout simplement déjà endormie. Elle atteignit sa chambre comme une automate, restant juste assez éveillée pour se déshabiller, puis elle tomba dans son lit comme une bûche.

17

Le jour suivant était un dimanche. Ainsi, Dieu merci, tout le monde pouvait faire la grasse matinée pour se remettre des émotions de la veille. Du moins, c'est ce que la plupart des familles auraient fait, mais les Starkadder ne ressemblaient pas à la plupart des familles. La vie brûlait en eux si intensément qu'à sept heures la majorité d'entre eux étaient debout et en pleine activité.

Ruben, naturellement, avait beaucoup à faire à cause du départ subit d'Amos. Il se considérait maintenant comme le maître, et la passion qu'il éprouvait pour la terre refluait comme une lente marée dans ses veines, tandis qu'il commençait sa tâche quotidienne de compter les plumes des poulets.

Prue, Susan, Letty, Phœbé et Jane avaient été reconduites à Howling par Adam, le matin même à cinq heures et demie, et il était de retour à temps pour la traite. Il était encore ahuri par l'annonce des fiançailles d'Elfine. Le son d'antiques cloches de mariage et des bribes de ballades campagnardes, déjà chantées avant la naissance de George IV, dansaient entre les touffes de poils qui poussaient dans ses oreilles ratatinées. « Vienne la fleur, vienne la neige, ainsi s'en vont les jeunes filles… » chantonnait-il pour lui-même en trayant Paresseuse. Il voyait sans le voir que Disgracieuse avait encore perdu une patte.

L'aube s'était épanouie en une exquise journée de printemps. Des bouffées de chants, douces comme des houppes de laine, émanaient des gosiers des grives dans les arbres. Sur les haies, les taillis, les fourrés et les buissons, l'année inquiète, torturée par la sève de son adolescence, avait une éruption de bourgeons. Judith était assise dans la cuisine, contemplant avec des yeux de plomb l'étendue de la campagne en effervescence. Son visage était gris. Rennett, accroupie à côté du feu, remuait une espèce de confiture qu'elle s'était tout à coup mis en tête de fabriquer.

Elle avait décidé de rester quand les autres femmes Starkadder étaient parties avec Adam. Son âme flagellée évitait instinctivement leur pitié muette. L'heure du déjeuner arriva enfin. Adam prépara un grossier repas qui fut mangé (tout au moins en partie) dans la grande cuisine. Tante Ada Doom resta dans sa chambre, où elle avait été transportée à six heures du matin par Micah, Seth, Mark Dolour, Caraway et Harkaway.

Personne n'osait se risquer auprès d'elle. Elle demeurait là assise, solitaire, une vaste ruine de chair qui regardait sans voir entre ses paupières fripées. Ses doigts tripotaient constamment le *Bulletin hebdomadaire des laitiers*. Elle ne pensait à rien. Le vif air bleu du printemps appuyait silencieusement sur les vitres embuées par son souffle. D'impuissantes vagues de fureur parcouraient son corps inerte. De temps à autre, des noms jaillissaient de ses lèvres livides : « Amos, Elfine, Urk… » Quelquefois, ils s'arrêtaient dans sa gorge.

Personne n'avait vu Urk depuis son départ précipité dans la nuit avec Mériam, la fille de journée.

On supposait qu'il l'avait noyée et qu'il s'était noyé ensuite. Qui s'en souciait, d'ailleurs ?

Quant à Flora, elle était encore endormie à trois heures de l'après-midi. Elle aurait continué à dormir confortablement jusqu'à l'heure du thé si elle n'avait été dérangée par un coup frappé à la porte et la voix excitée de Mrs Beetle annonçant que deux messieurs la demandaient.

— Vous les avez avec vous ? demanda Flora, ensommeillée.

Mrs Beetle fut très choquée. Elle dit que bien sûr que non, ils étaient dans le petit parloir de Miss Poste.

— Bien… Qui est-ce ? Je veux dire, vous ont-ils donné leurs noms ?

— L'un d'eux est ce Mr Mybug, Mademoiselle, et l'autre est un monsieur qui dit qu'il s'appelle Neck.

— Ah ! oui, très bien, c'est parfait. Dites-leur d'attendre. Je n'en ai pas pour longtemps !

Flora, qui était ravie de revoir son cher Mr Neck, n'osa quand même pas se lever trop hâtivement, de peur de se barbouiller le cœur en sautant précipitamment hors du lit. Quant à ce raseur de Mr Mybug, elle espérait s'en débarrasser rapidement. Elle descendit enfin, aussi fraîche qu'une rose. Lorsqu'elle fit son entrée dans son petit parloir (où Mrs Beetle avait fait une flambée), Mr Neck s'avança vers elle, lui tendant les deux mains et disant :

— Eh bien, mignonne. Comment va, ma grande fille ?

Flora l'accueillit chaleureusement. En l'attendant, il avait fait une petite conversation avec Mr Mybug, qui, la mine désappointée, boudait un peu parce qu'il avait espéré trouver Flora seule et avoir avec elle une longue scène délectable, où il s'excuserait de sa conduite de la veille, tout en parlant beaucoup de ses états d'âme. Il manifesta une tendance à devenir encore plus boudeur en entendant Mr Neck appeler Flora « mignonne », mais après avoir écouté un instant leur conversation, il décida que Mr Neck était le genre de type amusant qui appelle tout le monde « mignonne » et il fut un peu soulagé.

Flora donna l'ordre à Mrs Beetle d'apporter le thé, et bientôt ils furent agréablement installés dans un rayon de soleil qui traversait la fenêtre du petit parloir vert, buvant leur thé tout en bavardant. Flora se sentait doucement engourdie et aimable. Elle s'était mis dans la tête que Mr Neck ne devait pas partir sans voir Seth, et demanda à Mrs Beetle de l'envoyer discrètement, dès qu'elle l'aurait trouvé ; mais, à part cette idée fixe, rien ne la troublait.

— Êtes-vous en quête d'artistes anglais pour le cinéma, Mr Neck ? demanda Mr Mybug en mangeant un petit gâteau que Flora avait convoité pour elle-même.

— C'est cela, je veux découvrir un second Clark Gable. Oui, vous ne vous souvenez peut-être pas de lui. Il y a vingt ans de cela !

— Mais je l'ai vu à une séance rétrospective d'un Club des classiques du cinéma ; dans un film intitulé *Passion en crescendo*, dit Mr Mybug, empressé. Connaissez-vous le répertoire du Club des classiques du cinéma ?

— Je l'achèterai, dit Mr Neck, qui commençait à prendre Mr Mybug en grippe. Oui, je veux un second Clark Gable, comprenez ? Ce que je veux, c'est un grand rude gars qui sente les grands espaces libres. Je veux une voix chaude. Je veux de la passion primitive. Je veux un sang vif. Je ne veux pas de tapettes, comprenez ? Les tapettes, j'en ai une indigestion, elles commencent à me faire mal au ventre, et le vaste public américain est comme moi.

— Connaissez-vous le travail de Limf ? demanda Mr Mybug.

— Jamais entendu parler, dit Mr Neck. Merci, mignonne ! (Ceci s'adressait à Flora qui le servait de gâteau.) Vous comprenez, Mr Mybug, nous avons une responsabilité vis-à-vis du public, nous devons lui donner ce qu'il nous demande, mais il faut tout de même que ce soit convenable. Et c'est diablement difficile, laissez-moi vous le dire. Je voudrais un homme qui puisse donner ce que réclame le public, mais qui le lui donne sans lui laisser d'arrière-goût dans la bouche.

Il s'arrêta pour avaler une gorgée de thé. Le soleil vif comme un projecteur Kleig révéla chaque ride de son mélancolique petit visage simiesque et éclaira l'œillet rouge à sa boutonnière, car Mr Neck était un grand raffiné qui changeait généralement deux fois par jour la fleur à son revers.

— Je veux un homme qui attire les femmes, continua-t-il. Je veux un nouveau Gary Cooper (mais voyons voir : il y a déjà vingt ans de cela), mais avec encore plus de classe. Quelqu'un qui ait bonne allure en smoking et qui puisse pourtant manier une de ces charrues du vieux monde (à propos, j'ai vu quatre charrues depuis que j'ai entrepris ce voyage). Voyons, qui ai-je sous la main ? J'ai Teck Jones. Évidemment, Teck est un brave garçon, il monte bien à cheval, mais il n'a pas de sex-appeal. J'ai bien Valentin Orlo, mais il a l'air un peu gangster, et ils n'en veulent plus de ce genre-là, depuis que ce pauvre Morelli a été envoyé à la chaise électrique en 42. Non, plus de gangsters ! J'ai aussi Perregrin Howard. C'est un Anglais. Personne ne peut prononcer son prénom comme il faut, aussi cela ne colle pas ! Il y a Slake Fontain, oui, il est même un peu là ! Nous entretenons une vingtaine de gaillards en état d'alerte, à vingt dollars la semaine, pour le dessaouler chaque matin avant qu'il vienne au studio. Puis il y a Jerry Bodger, le genre de brave gars que vous voudriez voir épouser votre sœur, rien de plus, rien du tout de plus. Que ressort-il de tout cela ? Rien. Il faut que je trouve quelqu'un, il n'y a pas d'erreur !

— Avez-vous déjà vu Alexandre Fin ? demanda Mr Mybug. Je l'ai vu dans le dernier film de Pépin : *La Plume de ma tante*, à Paris, en janvier dernier. Très amusant travail. Ils portaient tous des vêtements de verre, vous savez, et leurs mouvements étaient rythmés par un métronome.

— Ah ! oui, dit Mr Neck. Un Froggy[1] ! Tous les Froggys font moins de cinq pieds. Je veux un grand gars bien balancé. Le genre de gars qui aura bonne allure en embrassant une demoiselle… Avez-vous encore une tasse de thé pour moi, mignonne ? Oui, poursuivit-il, j'ai vu ce film-là à Paris aussi. Il m'a fait mal au ventre. Mais il m'a donné pas mal d'idées sur ce qu'il ne faut pas faire et tout cela. J'ai rencontré Pépin aussi. Le pauvre vieux est dingo !

— Il est beaucoup admiré par la jeune génération, lança Mr Mybug audacieusement, regardant Flora pour quêter son approbation.

— Cela lui fait une belle jambe, répliqua Mr Neck.

— Donc, votre intérêt pour le cinéma, Mr Neck, est entièrement commercial. Je veux dire, vous ne prenez pas en considération ses possibilités esthétiques ?

1. *Froggy* : de *frog*, grenouille. Surnom donné aux Français à cause de leur prédilection pour ce genre de nourriture, fort peu goûtée des Anglais. *(N.d.T.)*

— J'ai une responsabilité. Si votre ami le Froggy devait remplir pour cent cinquante mille dollars de places de cinéma tous les jours, il serait obligé de trouver une meilleure astuce qu'un tas de types se promenant en pantalon de verre.

Mr Neck s'arrêta pour réfléchir.

— Mais, dites, il y a une idée là-dedans : un type achète un nouveau smoking, comprenez ? Puis il offense un vieux toqué, comprenez ? Un magicien ou quelque chose comme cela, et ce vieux type lui jette un sort. Et ce type, le gars au smoking, s'en va à une soirée chic, et quand il entre, toutes les filles poussent des cris. Quelque chose comme cela, comprenez ? Il ne peut voir que son pantalon a été transformé en verre par cet autre type (le magicien, comprenez ?), et il dit : « Que diable ! » et tout ce qui s'ensuit. Oui, il y a une idée là-dedans.

Pendant qu'il parlait, Seth avait franchi silencieusement, de sa gracieuse démarche de panthère, la porte de la pièce et restait là, interrogeant Flora du regard. Elle lui adressa un sourire, lui faisant signe de se taire. Mr Neck tournait le dos à la porte, aussi Seth n'était-il pas dans son champ de vision, mais voyant Flora sourire, il se retourna pour regarder à qui s'adressait son geste.

Et il vit Seth.

Il y eut un silence. Le jeune homme se tenait dans la lumière chaude du soleil couchant, qui baignait d'un reflet doré sa gorge nue et ses traits bien dessinés. Sa pose était aisée et gracieuse. Une superbe confiance en sa beauté émanait de lui, comme d'un animal bien portant. Il mesura son regard audacieux à celui de Mr Neck, la tête inclinée et légèrement avancée. Il paraissait exactement ce qu'il était : le beau séducteur du village.

Des millions de femmes réaliseraient dans les cinq ans à venir que Seth pouvait bien être transplanté en imagination dans un village minier du pays de Galles, dans un terne petit port de la région du Nord ou dans une rude ville des plaines du Middle West, il resterait éternellement, invariablement l'irrésistible séducteur.

Personne ne fut étonné d'entendre Mr Neck rompre le silence en chuchotant, la main levée :

— C'est cela, mignon, gardez la pose, c'est parfait.

Or, Seth était si imprégné de l'argot du cinéma qu'il garda effectivement la pose pendant les quelques secondes de silence qui suivirent.

Flora les troubla en disant :

— Ah ! Seth, vous voilà, je voulais que Mr Neck vous voie. Mr Neck est producteur. Earl, voici mon cousin Seth.

Mr Neck, fasciné, tendait le cou, la tête légèrement inclinée pour entendre la voix de Seth, et quand résonnèrent, prononcés d'un timbre profond et chaud, ces mots : « Heureux de vous connaître, Mr Neck », Mr Neck se redressa avec une telle expression de soulagement et de joie que c'était exactement comme s'il avait applaudi.

— Bien, très bien, dit Mr Neck, se repaissant de Seth presque comme s'il s'agissait de son dîner (ce qu'il allait être en fait pendant les quelques années à venir). Comment vous appelez-vous, jeune homme ? Vous êtes un fanatique du cinéma ? Il faut que nous fassions mieux connaissance tous les deux, hein ? Peut-être avez-vous déjà pensé que vous pourriez tenter votre chance à l'écran, vous aussi ?

Mr Mybug, confortablement installé dans son fauteuil, se choisit un petit gâteau et se prépara à s'amuser du ridicule de Seth, mais il avait (comme nous le savons) joué sur le mauvais tableau. Seth se renfrogna. Mr Neck battit presque des mains d'extase en observant à quel point chacune de ses émotions se reflétait, comme celle d'un enfant, dans sa contenance.

— Non… non… je ne blague pas, dit-il aimablement, je suis sérieux. Aimeriez-vous faire du cinéma ?

Un grand cri jaillit de la poitrine de Seth. Mr Mybug perdit l'équilibre et tomba en arrière, s'étouffant avec son gâteau. Personne ne fit attention à lui. Tous les yeux étaient braqués sur Seth. Son visage s'illuminait lentement. S'attardant sur chaque mot, il dit :

— Plus que tout au monde !

— Eh bien, si ce n'est pas un coup de veine ! fit Mr Neck, cherchant autour de lui acquiescements et encouragements. Il veut être star de cinéma, et moi je veux qu'il en soit une. Qu'est-ce que vous dites de cela ? Généralement c'est juste l'inverse… Maintenant, mignon, prenez votre malle et nous partons. Nous prendrons l'avion transatlantique à Brighton, ce soir à huit heures… Mais dites donc, et la famille, hein ? Qu'est-ce que maman dira ? Faudra-t-il l'amadouer ?

— Je vous parlerai de tout cela, Earl ! le coupa Flora. Seth, montez préparer une valise avec tout ce qu'il vous faut pour le voyage. Mettez un pardessus, vous allez prendre l'avion, vous savez, et il peut faire froid au début.

Seth obéit à Flora sans un mot, et lorsqu'il fut parti, elle expliqua son cas à Mr Neck.

— Alors, cela colle ! Si grand-mère ne fait pas de raffut. Il faut filer doucement. C'est tout. Dites à grand-mère qu'elle ne s'en fasse pas. On lui enverra cinquante billets sur les premières recettes de son film… Oh ! chouette ! s'écria Mr Neck, et il envoya une tape enthousiaste à Mr Mybug qui s'étouffait avec son petit gâteau. Je le tiens ! Je le tiens ! Comment disiez-vous qu'il s'appelle ?... Seth. Cela fait un peu tapette, mais cela ira. Cela fait original. Cela les intriguera. Oh ! chic, attendez que je le mette en smoking. Attendez que je commence sa publicité. Il faut que je trouve un genre nouveau. Voyons voir... La timidité, peut-être. Ah ! non, ce pauvre Charley Ford a complètement épuisé la matière. Peut-être un mysogine... oui, c'est cela... Il déteste les femmes et il déteste le cinéma. Comme la peste !... Oh ! chic ! ça va les attirer comme des mouches. Il faudrait plus qu'une grand-mère pour m'arrêter maintenant !

18

Seth réapparut, vêtu de son pardessus et avec son chapeau du dimanche, une valise à la main, et tout le monde se dirigea vers la porte. La voiture attendait dans la cour et Mr Neck s'accrochait au bras de Seth sans le lâcher, comme s'il avait eu peur qu'il ne changeât d'avis.

C'était une crainte inutile. Le visage de Seth avait son expression habituelle, une insolente satisfaction de soi-même ! Voilà maintenant qu'il allait devenir une étoile de cinéma. Une fois la première surprise passée, il voulait se donner l'air de trouver toute l'affaire parfaitement naturelle. Il était trop vaniteux pour montrer la joie orgueilleuse qui bouillonnait au fond de lui. Cependant, elle existait bien, tel un sombre flot de splendeur dorée qui eût bouillonné sous la façade de son acceptation complaisante.

Tout semblait marcher comme sur des roulettes. Mais au moment où, réunis autour de la portière de la voiture, ils échangeaient des adieux, tandis que Flora tapait dans le dos de Mr Mybug qui continuait à s'étouffer, on entendit le bruit menaçant d'une fenêtre qui s'ouvrait. Avant qu'ils n'aient eu le temps de lever les yeux, une voix résonna dans l'air calme de cette fin d'après-midi. Elle faisait observer qu'elle avait vu quelque chose de vilain dans le bûcher.

Tout le monde regarda Flora, non sans consternation. En effet, sans aucun doute, c'était tante Ada Doom. La fenêtre de sa chambre, qui se trouvait directement au-dessus de la porte de la cuisine, était ouverte et elle se penchait lourdement, appuyée sur ses avant-bras. Une silhouette apparut derrière son épaule gauche, dans l'obscurité de la pièce, essayant de voir par-dessus cette masse imposante de chair ce qui se passait dehors. Le désordre de ses cheveux laissait supposer qu'il s'agissait de Judith. Une autre forme remua derrière l'épaule droite. Se fondant uniquement sur son intuition personnelle, Flora fut certaine que c'était Rennett.

— Oh ! miséricorde, dit-elle hâtivement à mi-voix à Mr Neck, dépêchez-vous de partir !

— Quoi !... C'est cela, la grand-mère ? s'enquit Mr Neck, et qui est la blonde platinée derrière ? Allons, mignon ! s'écria-t-il, et il poussa Seth dans la voiture. Il faut que nous attrapions cet avion !

— Seth !... Seth !... où allez-vous ?

La voix de Judith fut un jet sanglotant de terreur et d'angoisse.

— J'ai vu quelque chose de vilain dans le bûcher, vociféra tante Ada Doom, flagellant l'air avec quelque chose qui semblait toujours être le *Bulletin hebdomadaire des laitiers*. Mon tout-petit... mon chouchou... il ne faut pas me quitter, je deviendrai folle, je ne pourrai pas le supporter.

— Ferme ça ! marmotta Mr Neck ; mais tout haut il cria poliment, agitant la main vers tante Ada : Eh bien ! eh bien ! Comment va la mignonne ?

— Seth !... Il ne faut pas partir ! implorait Judith, sa voix devenue une plainte rauque de terreur. Vous ne pouvez pas quitter votre mère ! Et puis, il y a la récolte des échalotes, c'est un travail d'homme... Il ne faut pas partir.

— J'ai vu quelque chose de vilain dans le bûcher...

— Est-ce que ce quelque chose vous a vue aussi ? demanda Mr Neck tout en s'installant dans la voiture à côté de Seth.

Le moteur démarra, et le chauffeur commença à sortir de la cour en marche arrière.

— Dites, madame, je sais que c'est pénible, cria Mr Neck, se penchant par la vitre pour regarder tante Ada, je sais que c'est dur à avaler. Mais, dites, c'est la vie, mignonne ! Il faut apprendre à vivre. Toute cette histoire de bûcher, c'est démodé... du refoulement de pensionnaire. Dites, je respecte vos sentiments de grand-mère, mignonne, mais, honnêtement, je ne peux vraiment pas le lâcher. Il vous enverra cinquante billets après son premier film.

— Au revoir, dit Seth à Flora, qui répliqua amicalement à son sourire condescendant.

Elle regarda la voiture qui partait pour le pays des merveilles, pour le royaume de cocagne, pour Hollywood. Seth n'aurait plus jamais l'occasion maintenant de devenir un gentil jeune homme normal... Il deviendrait un masque connu du monde entier.

Elle ne devait le revoir qu'un an plus tard, et le masque lui sourirait dans l'obscurité silencieuse, sur un grand écran argenté ! Seth Starkadder dans *Le Cheikh du village*. Déjà, avec l'éloignement de la voiture, il devenait aussi irréel qu'Achille.

— Seth... Seth...

La voiture prit le virage et disparut.

Les voix gémissantes des femmes continuaient à vibrer dans l'air, comme des cordes tendues. Il se passerait encore des heures avant que les étoiles ne commencent leur danse inconsciente entre les cheminées. Il n'y aurait rien d'autre à faire, d'ici là, hormis gémir.

Tante Ada s'était retirée de la fenêtre. Flora entendait que Judith était en proie à une crise de nerfs. Elle secouait encore tranquillement Mr Mybug, qui étouffait toujours et qui répétait : « Et voilà, et voilà », et elle se demandait si elle devait monter dans la chambre de tante Ada pour lui lire un passage du *Bon Sens supérieur*. Mais non, l'heure n'était pas propice...

Elle fut tirée de sa rêverie par Mr Mybug qui s'arrachait de ses mains avec un mouvement d'irritation en proclamant entre deux hoquets : « Je vais tout à fait bien, maintenant, merci », mais qui continuait à s'étouffer d'une manière énervante.

Soudain ses hoquets cessèrent pourtant : il fixait la fenêtre de tante Ada Doom où Rennett venait d'apparaître, contemplant tristement l'espace.

— Qui est-ce ? demanda-t-il d'une voix étouffée.

— Rennett Starkadder, répondit Flora.

— Quel merveilleux visage ! dit Mr Mybug, continuant à la fixer. Il a une qualité illusoire qui évoque un lièvre, ne le sentez-vous pas ? (Il fit de vagues gestes de mains.) Elle a cette allure inapprivoisée qu'ont quelquefois les jeunes levrettes. Je voudrais que Kopotkine puisse la voir, il voudrait sûrement faire un plâtre d'elle.

Rennett le regardait fixement, elle aussi, et Flora put constater que c'était réellement une « touche ». Après tout, ce serait une bonne chose qu'il emmenât Rennett à Fitzroy Square et qu'il lançât la mode des beautés à visage de lièvre... Seulement, Flora voulait s'assurer avant leur départ qu'il serait gentil pour la pauvre Rennett et qu'il ferait un bon mari pour elle.

Pourquoi pas, après tout ? Rennett était très docile, elle raccommoderait les vêtements de Mr Mybug (ce que personne n'avait jamais dû faire auparavant, toutes ses petites amies, en effet, sachant broder magnifiquement, mais n'ayant sûrement jamais songé à raccommoder quoi que ce soit), elle lui préparerait de bons repas nourrissants, le dorloterait et serait tout simplement en adoration devant lui. Sa vie deviendrait si confortable qu'il ne s'y reconnaîtrait plus et qu'il lui en serait sûrement très reconnaissant.

Elle fut tirée de ses rêveries par Mr Mybug. Il traversa la cour pour se planter directement sous la fenêtre de Rennett, à qui il cria audacieusement :

— Dites, voulez-vous venir vous promener avec moi ?

— Comment… tout de suite ? demanda timidement Rennett (personne ne lui avait jamais proposé pareille chose auparavant).

— Pourquoi pas ? répliqua Mr Mybug dans un rire, affectant un air gamin, la tête rejetée en arrière.

Flora songea que c'était bien dommage qu'il fût un peu gras.

— Il faut que je demande à cousine Judith, dit Rennett, lançant par-dessus son épaule un regard vers la chambre obscure.

Puis elle se retira dans l'ombre. Mr Mybug était très content de lui.

« Voilà encore, pensa Flora, ses idées romanesques ! » Elle savait par expérience que, chez les intellectuels, la manière correcte, et même la seule manière admise, de tomber amoureux de quelqu'un, c'était de le faire au premier échange de regards. Vous rencontriez une personne, vous la trouviez charmante, si gaie et si simple. Puis vous la raccompagniez au sortir d'une soirée (de préférence à travers Hampstead

Heath, vers trois heures du matin) en discutant si vous deviez dormir ensemble ou non. Parfois, vous lui demandiez de partir avec vous en Italie. Parfois, elle vous demandait de partir avec vous en Italie (de préférence à Portofino). Vous lui teniez les mains en riant, vous l'embrassiez, vous l'appeliez votre grand amour, vous l'aimiez pendant huit mois, et puis vous rencontriez quelqu'un d'autre et vous recommenciez toute l'histoire gaie et simple, y compris la promenade à travers Hampstead Heath au petit jour, l'invitation à Portofino et le reste. Tout cela était si simple, si gai, si naturel, en quelque sorte !

Néanmoins, Flora commençait à avoir l'impression que les événements se précipitaient un peu trop à Froid Accueil. Elle ne s'était pas encore remise de la session de recensement de la nuit précédente (cela semblait déjà vieux d'un mois ; était-ce seulement la nuit précédente ?) et du départ d'Amos. Et déjà Seth était parti, et Mr Mybug tombait amoureux de Rennett et projetait sans aucun doute de l'enlever. Si les choses continuaient à ce train-là, il n'y aurait bientôt plus personne à la ferme.

Tout à coup, elle eut extrêmement sommeil, et décida d'aller s'asseoir près du feu, dans son petit salon vert, et de lire jusqu'à l'heure du dîner. Aussi, elle souhaita à Mr Mybug une promenade agréable, ajoutant négligemment que la vie avait été plutôt dure pour Rennett et qu'elle apprécierait certainement un peu de gaieté et de simplicité à la manière de Fitzroy Square.

Mr Mybug dit qu'il comprenait très bien. Il essaya aussi de lui prendre la main, mais elle para le coup. Depuis qu'il avait vu Rennett à la fenêtre, cependant, Mr Mybug paraissait avoir un vague sentiment que son affaire à sens unique avec Flora était terminée et que le moment était venu de prononcer quelques phrases d'adieu appropriées :

— Nous resterons bons amis, n'est-ce pas ? demanda-t-il.

— Certainement, dit Flora aimablement, ne se souciant pas de l'informer qu'elle n'avait pas l'habitude d'appeler « amis » les personnes qu'elle ne connaissait que depuis cinq semaines.

— Nous pourrions dîner ensemble à Londres un soir ?

— Ce serait charmant, agréa Flora, pensant au contraire combien ce serait désagréable et ennuyeux.

— Il y a une qualité en vous… dit Mr Mybug, la fixant et agitant les mains, … inaccessible, en quelque sorte… un peu comme une nymphe, étrangement inavertie. J'aimerais écrire un roman sur vous que j'intitulerais *Virginale.*

— Faites, si cela peut vous passer le temps, déclara Flora, et maintenant il faut absolument que je vous quitte, j'ai quelques lettres à écrire. Au revoir !

En se rendant à son petit salon, elle croisa Rennett qui descendait habillée pour sortir. Elle se demanda comment elle s'était arrangée pour obtenir la permission de tante Ada Doom, mais Rennett ne lui laissa pas le temps de poser la question. Jetant un regard terrorisé à Flora, elle passa en flèche.

Flora fut extrêmement contente de se laisser aller dans le confortable petit fauteuil, recouvert de tapisserie verte, qui se trouvait près du feu. La rafraîchissante Mrs Beetle était là, débarrassant la table à thé.

— Miss Elfine vous envoie ses amitiés, Miss Flora, elle est partie passer six semaines à Haut-Couture. Mr Dick est venu la chercher au moment du déjeuner, dit Mrs Beetle. C'est un beau garçon, n'est-ce pas ?

— Très, répondit Flora. Ainsi, elle est partie, eh bien ! c'est parfait. La famille aura le temps de se retourner et de s'habituer aux fiançailles. Et Urk ? Où est-il ? Est-ce vrai qu'il a noyé Mériam ?

Mrs Beetle émit un grognement hautain.

— Il en faudrait un plus fort que lui pour la noyer, elle. Non, il pète de santé et il joue avec les gosses là-bas, chez nous.

— Quoi ! Avec le jazz-band ?… Je veux dire, avec les enfants de Mériam ?

— Oui, il les promène sur son dos et il prétend qu'il est un rat d'eau (les sales bêtes !). Oh ! si vous aviez entendu comme notre Agony a braillé quand j'ai laissé tomber dans la conversation que notre Mériam allait se marier avec un de ces Starkadder. Tellement braillé que j'ai cru qu'il allait sauter au plafond !

— Alors, elle va vraiment l'épouser ? demanda Flora, se renversant langoureusement dans son fauteuil pour mieux jouir des bavardages.

Mrs Beetle lui lança un regard.

— J'espère bien, Miss Poste. Je ne dis pas qu'il s'est passé des choses entre eux jusqu'à maintenant, mais c'est moi qui vous dis qu'il ne s'en passera pas avant qu'ils soient bel et bien mariés. Notre Agony, il veillera à cela.

— Et que dit la vieille Mrs Starkadder du mariage d'Urk avec Mériam ?

— Elle dit qu'elle a vu quelque chose de vilain, comme d'habitude. Eh bien, si j'avais touché cent sous chaque fois que j'ai vu quelque chose de vilain depuis que je travaille à Froid Accueil, je pourrais acheter la ferme tout entière. Pas que j'en aie envie, d'ailleurs.

— Je suppose, lança Flora nonchalamment, que vous n'avez aucune idée de ce qu'elle a vraiment pu voir ?

Mrs Beetle s'arrêta de plier la nappe et regarda Flora intensément. Mais tout ce qu'elle dit après ce silence, ce fut qu'elle ne pouvait pas en dire plus, parole d'honnête femme ! Aussi, Flora ne poursuivit pas davantage son enquête.

— Alors, il paraît que Seth est parti aussi, remarqua ensuite Mrs Beetle. Eh bien, cela va donner un de ces coups à sa mère !

— Oui, il est parti pour Hollywood, pour être artiste de cinéma, bâilla Flora.

Mrs Beetle dit qu'elle aimait mieux cela pour lui que pour elle, et ajouta qu'elle en aurait des choses à raconter à Agony en rentrant chez elle.

— Ah ! Agony aime donc les cancans ?

— Si c'est sans méchanceté, oui, il les aime bien ; mais il crie après moi, il faut voir comment, quand je viens lui raconter quelque chose de méchant… Il faut que je rentre chez nous, maintenant, préparer la soupe d'Agony. Bonne nuit, Miss Poste.

Flora passa le reste de la soirée tranquillement et agréablement, et se mit au lit à dix heures. Elle était tout à fait satisfaite de la manière dont les choses s'arrangeaient à la ferme, et sa joie fut complète quand arriva une carte postale pour elle, au courrier de neuf heures. Elle représentait la cathédrale de Canterbury, lieu où elle avait été mise à la poste. Au dos, on pouvait lire les lignes suivantes :

Que le Seigneur soit loué ! Ce matin, j'ai prêché la Parole du Seigneur à des milliers d'âmes sur la place du Marché. Je vais maintenant louer une de ces fourgonnettes Ford, dites à Micah que s'il a envie de la conduire, il faut qu'il le fasse par charité. Je veux dire, sans gages. Que le Seigneur soit loué ! Envoyez mes chemises de flanelle. Affectueuses pensées à tous.

Amos Starkadder

19

Après le départ de Seth, la vie à la ferme reprit son cours normal (si normal il avait jamais été), et Flora fut bien contente de prendre un peu de repos après les semaines harassantes employées à dresser Elfine, et la série de commotions qui avaient eu pour résultat l'éclipse subite de Seth et d'Amos.

Le 1er mai apporta un avant-goût d'été. Tous les arbres déployèrent leurs feuilles en une seule nuit, et derrière leur ombre protectrice on entendait chaque soir les filles du village, qu'on essayait de séduire, crier : « Tiens-toi tranquille, grand bête ! » ou : « Veux-tu me laisser, à la fin, Jem ! »

À la ferme, la vie bourgeonna et s'épanouit. Un roucoulement profond et hardi, sorti de maints gosiers de tourterelles, pénétrait l'air chaud, couche par couche, jusqu'à ce que l'atmosphère entière semblât recouverte d'une riche patine d'amour. Le cri strident et jaune du coq perçait la lumière pour y vibrer un instant et s'éteindre en un petit plumet de notes. Gros-Bonnet mugissait triomphalement dans le pré. Les pâquerettes s'offraient avec une volupté modeste aux rayons du soleil et aux flèches de l'averse, et les éphémères réunis dans une étreinte aveugle tournoyaient radieusement dans la lumière opulente vers la mort inévitable.

Mrs Beetle apparut dans une robe de cotonnade largement embrochée près du cou par une épingle gravée du nom de « Carrie ». Flora portait de la toile verte et une capeline.

Les premiers rayons de mai tombant dans le silence de la pièce où Judith était vautrée sur son lit se flétrissaient aussitôt. Les mouches sordides, occupées de leurs propres plaisirs égoïstes, bourdonnaient stupidement en cercle au-dessus de sa tête avec autant de bruit et aussi peu de sens que la vie elle-même. Leur murmure tissait un réseau de douleur écarlate dans l'obscurité de sa retraite. Elle avait garni de crêpe noir les deux cents photos de Seth. Cela fait, que restait-il pour remplir sa vie ? La seule réponse qui lui parvenait était le bourdonnement des mouches au-dessus de l'eau sale de sa cuvette, sur laquelle flottait un cheveu noir.

L'aïeule aussi gardait la chambre, assise devant le feu d'où les flammes jaillissaient, pâles dans l'épais et robuste soleil, et elle marmottait de temps en temps. Des phares de haine illuminaient son obscurité. Elle redoutait la présence insolente de l'été qui venait chauffer les vitres et attirer de ses promesses séduisantes tous les Starkadder hors de Froid Accueil. Où était Amos ? Le soleil seul répondait. Où était Elfine ? Le roucoulement des tourterelles parvenait en réponse. Où – suprême coup du sort – était Seth ? Elle ne savait même pas où il était allé, ni pourquoi. Mrs Beetle disait qu'il était parti tourner un de ces films parlants. Qu'est-ce que cela pouvait bien être, un « parlant » ?

Mrs Beetle est-elle folle ? Sont-ils tous fous – tous, excepté vous qui étiez assise ici, toute seule dans la vieille tour croulante de votre corps ? Et Urk, un Starkadder, disant qu'il allait épouser cette souillon de Mériam et vous défiant ouvertement quand vous le lui interdisez, en faisant sauter dans sa poche les quelques pièces de cent sous qu'il avait gagnées en vendant des peaux de rats d'eau à un fourreur de Godmere. Cette chambre était votre citadelle. Au-dehors, le monde que vous aviez construit avec tant d'acharnement, pendant vingt ans, s'écroule en ruines fantastiques. C'est à cause d'elle, l'enfant de Robert Poste ! Le tort qu'ils lui ont fait s'est retourné contre eux. Les malédictions comme les corbeaux reviennent nicher dans les cours et dans les granges. Oui, c'est elle qui a distillé le poison dans les oreilles des gens de votre famille et qui les a envoyés dans le vaste monde, vous laissant toute seule. Ils vont tous partir : Judith, Micah, Ezrah, Harkaway, Caraway, Luc et Mark et Adam Lambsbreath. Alors quand ils seront tous partis… Vous serez seule – à la fin – seule dans le bûcher…

*

* *

Flora passait des moments bien agréables. La seconde semaine de mai commençait et le temps était toujours superbe. Ruben était maintenant considéré par tout le monde comme le propriétaire de Froid Accueil. Il avait aussitôt (à la grande joie de Flora) entrepris de faire des modifications et lui demanda un jour de l'accompagner à Godmere pour choisir des engrais, de nouveaux broyeurs, enfin tout un attirail. Flora lui avoua qu'elle ne connaissait rien aux broyeurs, mais qu'il fallait bien expérimenter un peu tout dans la vie. Aussi, ils partirent ensemble un mercredi matin, dans le boghei, armés du *Guide et collaborateur international des fermiers entreprenants* que Flora avait fait venir de Londres, où il était imprimé par des amis russes à elle.

— Où avez-vous trouvé l'argent pour acheter tous ces jolis broyeurs, Ruben ? demanda Flora, pendant le déjeuner qu'ils prirent dans la salle de La Charette de betteraves, après une matinée bien employée à faire des achats.

— Je l'ai volé, répondit Ruben avec simplicité.

— À qui ? demanda Flora, qui en avait assez de faire semblant d'être choquée de tout et qui avait vraiment envie de savoir.

— À grand-mère.

— Oh ! mais dites, c'est très astucieux, comment avez-vous pu mettre la main dessus ? Je veux dire, êtes-vous allé le chercher dans son bas de laine, ou quoi ?

— Non, j'ai truqué le livre de recettes des poules… Quand je vends deux douzaines d'œufs, c'est deux œufs que je marque, vous voyez ? Voilà bien près de cinq ans que je fais cela. C'est qu'il y a cinq ans que j'ai les broyeurs en vue, c'est pourquoi j'ai manigancé tout cela.

— Mon cher, le coup est magistral, dit Flora. Tout à fait magistral. Si vous continuez comme vous avez commencé, la ferme deviendra vraiment très prospère.

— Ouais… Si le vieux singe ne se met pas en tête de revenir, dit Ruben avec appréhension. Peut-être bien qu'il finira par penser que l'Amérique est un peu loin… trop loin pour un vieux de son âge, hein ?

— Oh ! je suis sûre que non, dit Flora affirmative, il avait l'air d'avoir cette idée… euh… bien ancrée dans la tête.

Et elle tira de son sac, pour la dixième fois ce matin, une carte postale qui représentait la cathédrale de Liverpool et disait :

Que le Seigneur soit loué ! Je vais partir répandre la Parole du Seigneur parmi ces païens d'Américains avec le Révérend Elderberry Shiftglass de Chicago. Que le Seigneur soit loué ! Dites à Ruben qu'il peut prendre la vieille baraque. Envoyez des chaussettes propres. Tendresses à tous, sauf à Micah.

Amos Starkadder

— Oui, je suis sûre qu'il est sincère, insista Flora. C'est dommage qu'il dise « la vieille baraque » au lieu de « la ferme ». Mais si jamais la question est soulevée, nous pourrons toujours faire un petit faux, en écrivant « la ferme » à la place. Si j'étais vous, je ne m'en ferais pas.

Ils achevèrent leur tarte aux pommes à loisir. Au moment précis où il approchait la dernière bouchée de ses lèvres, Ruben resta la fourchette en suspens et lança, en regardant Flora :

— Je suppose que cela ne vous dirait rien de m'épouser, cousine Flora ?

Flora fut très émue. Elle avait appris à apprécier Ruben pendant cette dernière quinzaine. Il valait à lui tout seul mieux que tous les autres Starkadder mâles réunis. Il était vraiment très gentil, bon aussi, et prêt à écouter quiconque voulait l'aider à apporter des améliorations à la ferme. Il n'avait jamais oublié que c'était elle qui avait suggéré à Amos sa tournée de prédications, une manœuvre qui avait eu pour résultat (résultat d'autant plus rapide que lui-même avait vivement encouragé son père à suivre les conseils de Flora) de lui permettre de prendre possession de la ferme. Il restait profondément reconnaissant envers Flora. Elle tendit la main à travers la table ; hésitant, Ruben la prit dans la sienne, la contempla tandis que la bouchée de tarte aux pommes oscillait au bout de la fourchette dans son autre main.

— Oh ! Ruben ! C'est vraiment gentil à vous, mais je crains de ne pouvoir faire l'affaire, vous savez. Réfléchissez seulement une minute. Je ne suis pas du tout le genre d'épouse qu'il faut à un fermier.

— J'aime vos jolies façons, dit Ruben d'une voix sourde.

— Vous êtes trop aimable. J'aime les vôtres aussi ; mais franchement cela ne marcherait pas. Je crois que quelqu'un comme la Nancy de Mark Dolour serait bien plus agréable pour vous et plus utile aussi.

— Elle n'a pas encore quinze ans.

— Tant mieux ! Dans trois ans, la ferme marchera tout à fait bien et vous aurez vraiment une jolie maison à lui offrir.

Le cœur de Flora eut une défaillance en évoquant tout ce que tante Ada Doom pourrait trouver à redire à un tel mariage, mais déjà dans son cerveau prenait naissance un nouveau projet pour venir à bout de cette vieille poule couveuse. Dans trois ans, qui sait ? tante Ada pourrait avoir quitté la ferme…

Ruben réfléchissait, tenant toujours la main de Flora.

— Ouais, dit-il lentement à la fin, peut-être que je ferais bien de prendre la Nancy à Mark Dolour, cela fait deux ans que mes poules fournissent à l'œil les plumes pour les chapeaux de ses poupées. Cela ne sera que justice qu'elle ait les poules aussi, en fin de compte.

Il lâcha la main de Flora et finit sa bouchée de tarte aux pommes. Il ne semblait pas du tout offensé ni peiné, et ils revinrent ensemble à la maison dans un calme et un silence confortables.

*
* *

La visite d'Elfine chez les Hawk-Monitor avait été prolongée d'une semaine, et Flora s'y était rendue deux fois pour prendre le thé. Mrs Hawk-Monitor semblait être gagnée à la cause d'Elfine. Au grand soulagement de Flora, elle la lui dépeignit comme « une chère petite – un peu intellectuelle, peut-être, mais tout de même une gentille petite ». Flora félicita Elfine en privé et lui conseilla de parler un peu moins de Marie Laurencin et de Purcell. Le résultat étant atteint, il ne servait à rien d'en faire trop.

Le mariage était fixé au 24 juin. Mrs Hawk-Monitor avait décidé qu'il serait célébré dans l'église de Howling, qui était très belle. Elle assomma d'un coup Flora en suggérant que la réception devait avoir lieu à Froid Accueil.

— … Tellement plus commode que de faire ce long chemin jusqu'ici, ne pensez-vous pas ?

— Oh ! mais… dit Flora, se ressaisissant, en réponse à un regard angoissé jeté par Elfine, je me demande si cela se pourrait, vous savez. Je veux dire, la vieille Mrs Starkadder est un peu souffrante et tout cela… Je… euh… Le bruit pourrait la déranger.

— Elle n'aura pas besoin de descendre. On pourra lui faire monter un plateau de gâteaux dans sa chambre. Oui, je pense que cela sera certainement la meilleure solution. Y a-t-il une grande salle à la ferme, Miss Poste ?

— Plusieurs, dit Flora faiblement, en y pensant.

— Splendide ! Exactement ce qu'il faut. J'écrirai à la vieille Mrs Starkadder ce soir.

Et Mrs Hawk-Monitor (qui avait tout à fait envie de se décharger d'une partie des soucis de la cérémonie sur la famille d'Elfine) changea, sans en avoir l'air mais avec efficacité, le sujet de la conversation. Voilà qu'un nouveau cauchemar apparaissait à l'horizon !

Vraiment, pensa Flora en rentrant majestueusement à la ferme dans l'immense Renault des Hawk-Monitor, il n'y avait pas de fin à ses soucis. Elle commençait à croire que sa vie entière ne suffirait pas à mettre en ordre les affaires de la ferme. Elle n'avait pas plus tôt casé confortablement l'un que l'autre entamait une nouvelle histoire, et tout était à refaire.

Malgré tout, il fallait reconnaître que les choses allaient mieux depuis que Ruben avait pris la ferme en main. Les gages étaient payés régulièrement. Les pièces étaient balayées de temps en temps ; elles étaient même frottées. Et, bien que tante Ada Doom continuât à inspecter bi-hebdomadairement les livres de comptes, Ruben avait entrepris de tenir pour lui-même une autre série de livres dans lesquels il notait les bénéfices réels de la ferme. Les comptes que tante Ada Doom voyait deux fois par semaine étaient maquillés comme un vieux tableau.

Tante Ada n'était pas descendue depuis la nuit du recensement, et Micah, Ezrah et les autres Starkadder, encouragés par le départ de Seth, Elfine et Amos, avaient réalisé que, comme eux tous, elle n'était qu'un être humain ; ils avaient profité de son échec temporaire pour ordonner à Prue, Letty, Jane, Phœbé et Suzanne – pour ne pas parler de Rennett – de quitter le village pour Froid Accueil, de s'établir avec leurs biens dans quelques-unes des pièces vides de la ferme, aussi loin que possible de la chambre de tante Ada. Elles étaient toutes là, vivant comme des coqs de combat, et partout où allait Flora elle avait l'impression de trébucher sur des Starkadder femelles, à faces de gallinacée, vêtues de cotonnades. Quant à Mrs Beetle, toutes ces vieilles sorcières lui levaient le cœur et elle était tout à fait heureuse de rentrer à la maison auprès d'Urk, de Mériam et des rats d'eau.

Ainsi, dans l'ensemble, la vie à la ferme était plus agréable pour les Starkadder qu'elle ne l'avait jamais été auparavant, et tout cela grâce à Flora.

Mais Flora n'était pas satisfaite. Elle pensait, dans la voiture qui la ramenait de chez les Hawk-Monitor, à tout ce qu'il faudrait encore faire à Froid Accueil avant de pouvoir vraiment dire que la ferme avait atteint une condition digne de contenter l'abbé Fausse-Maigre. Il y avait le problème de Judith, il y avait le vieil Adam, et il y avait tante Ada Doom elle-même, le plus grand des problèmes, le plus difficile. Elle décida de s'attaquer à Judith en premier. Il y avait trop de temps que Judith était couchée dans sa chambre avec la fenêtre fermée. Deux fois Mrs Beetle lui avait demandé si elle pouvait nettoyer la pièce à fond ; et deux fois elle avait répondu que ce n'était pas le moment. Mais maintenant, décida Flora, cela avait assez duré : elle affronterait Judith dès son retour à la ferme.

Les rayons du soleil couchant zébraient le corridor lorsqu'elle s'approcha de la chambre de Judith. La porte était fermée, semblable à une main posée, douce et plate, sur le silence du corridor pour interdire d'entrer… Flora frappa et attendit quelques secondes une réponse, mais il y eut un silence indifférent : « Oh ! très bien », pensa Flora, et, tournant la poignée, elle entra.

Judith était debout devant la table de toilette, rinçant un des deux cents petits crêpes qui drapaient les deux cents photos de Seth. Ses yeux mornes sillonnèrent l'air fétide entre elle et la visiteuse. Ils ne révélèrent rien, tels des étangs profonds où ne se reflétait que l'indifférence. Ce n'étaient plus des yeux, mais des vides abrités entre les arcades osseuses et les bosses des joues exsangues. De leur froide immobilité jaillissaient deux durs traits de chagrin, telles des fontaines gelées dans une brillante atmosphère hivernale. À ces traits semblaient suspendus les lambeaux flottants d'une peine futile.

— Dites-moi, cousine Judith, aimeriez-vous venir avec moi à Londres demain ? demanda Flora aimablement. Je veux faire quelques emplettes et je pense déjeuner avec un charmant Autrichien, un certain Dr Müdel, de Vienne. Venez, je vous en prie.

Le rire de Judith imposa un silence momentané même aux mouches nonchalantes qui tournoyaient au-dessus de sa tête.

— Je suis une femme morte, dit-elle simplement, ses mains pendant piteusement à ses côtés. Regardez, le petit crêpe était poussiéreux, murmura-t-elle. Il a fallu le passer à l'eau.

Flora s'abstint de faire remarquer que le fait de passer à l'eau un objet poussiéreux le rendait tout simplement pire. Avec patience, elle annonça qu'elle se proposait de prendre le train de dix heures trente et qu'elle espérait que Judith serait prête pour neuf heures.

— Je pense que cela vous amusera, cousine Judith, une fois que vous y serez, insista-t-elle. Il ne faut pas continuer comme cela, vous savez. Cela… euh… cela nous déprime tous terriblement… Je veux dire… ce beau temps… et tout cela, n'est-ce pas ? C'est dommage de ne pas en profiter.

— Je ne profite plus de rien, dit Judith, impassible. Je suis un épi vidé, une écorce, une pelure… À quoi suis-je bonne maintenant qu'il est parti ?

— Ne pensez plus à tout cela, dit Flora, consolatrice. Laissez-vous décider tout simplement d'être prête demain matin à neuf heures.

Et avant de s'en aller ce soir-là, elle parvint à extorquer à Judith une vague demi-promesse pour le lendemain. Judith, d'ailleurs, n'avait pas l'air de se soucier de ce qui lui arriverait, tant qu'on ne l'obligeait pas à parler. Aussi, Flora profita de cette lassitude pour imposer sa volonté fraîche à la mollesse de sa cousine. Après avoir quitté Judith, elle envoya Adam à Howling avec le télégramme suivant :

HERR DOKTOR ADOLPHE MÜDEL,
INSTITUT NATIONAL DE PSYCHANALYSE.
WHITEHALL, S.W.

CAS INTÉRESSANT POUR VOUS. POUVEZ-VOUS ÊTRE DEMAIN, MERCREDI À UNE HEURE QUINZE, RESTAURANT GRIMALDI ? COMMENT VA LE BÉBÉ ? AMITIÉS. FLORA POSTE

Et à neuf heures du soir, tandis qu'assise à la fenêtre ouverte de son petit salon elle respirait le parfum des aubépines en écrivant à Charles, la Nancy de Mark Dolour en personne lui apporta un télégramme ainsi conçu :

SUIS NATURELLEMENT RAVI, BÉBÉ MANIFESTE TENDANCES PARANOÏAQUES. NURSE AFFIRME CELA NORMAL À HUIT MOIS. EN SAIT PLUS LONG QUE MOI. VÉRITABLE PERLE. IMPATIENT DE VOUS REVOIR. QUEL TEMPS ! ADOLPHE

20

La journée en ville avec Judith fut un succès complet, à part, il est vrai, quelques petits désagréments en cours de route. La chevelure de Judith, par exemple, qui s'effondrait tous les quarts d'heure et qu'il fallait recoiffer. Et puis les questions pleines de sympathie et d'intérêt des compagnons de voyage, naturellement intrigués en entendant périodiquement Judith parler d'elle-même comme d'une « gourde à sec » et d'une « pelure ». Mais une fois le voyage terminé, les tracas touchèrent à leur fin. Assise en face du Dr Müdel et de Judith à une petite table tranquille dans un coin de fenêtre, chez Grimaldi, elle regarda avec un soupir de soulagement le Dr Müdel prendre en main la situation.

C'était un des devoirs désagréables de sa charge de psychanalyste officiel d'essayer de transférer sur lui-même les sentiments que ses malades nourrissaient à l'égard d'objets indésirables. Évidemment, il ne permettait pas aux sentiments en question de rester très longtemps fixés sur sa personne. Aussitôt que possible, il les dirigeait sur un sujet inoffensif tel que le jeu d'échecs ou le jardinage. Mais pendant la période de transition, il passait un mauvais quart d'heure et méritait chaque centime des deux cent mille francs que lui payait annuellement un gouvernement judicieux. Flora, observant avec quelle rapidité un sombre feu commençait à brûler en Judith, comme en un volcan qui s'éveillerait soudain, ne pouvait qu'admirer l'habileté consommée avec laquelle le Dr Müdel avait effectué le transfert au cours de la conversation banale du déjeuner.

— Cela ira bien maintenant, murmura-t-il suavement à Flora, à la fin du repas, tandis que Judith, appuyée à la fenêtre, plongeait un regard rêveur dans la rue animée, en bas. Je vais la conduire dans une maison de santé où elle pourra me parler autant qu'elle voudra. Elle y restera environ six mois, puis je l'enverrai à l'étranger faire un petit séjour. J'orienterai ses goûts sur les vieilles églises, je pense. Oui, les vieilles églises, il y en a tant en Europe que cela lui prendra le reste de ses jours pour les visiter toutes... Elle a de l'argent, n'est-ce pas ? Il faut avoir de l'argent si on veut visiter toutes les vieilles églises... Alors, c'est parfait. Ne vous tourmentez pas, elle sera très heureuse. Toute cette énergie... c'est bien triste ! Elle se tourne vers l'intérieur au lieu de l'extérieur. Mais maintenant, moi, je vais l'extérioriser... sur les vieilles églises... C'est dit ?

Flora se sentait un peu mal à l'aise. Ce n'était pas la première fois qu'elle voyait une neurasthénique devenir calme sous l'influence du psychanalyste, mais elle n'avait jamais pu s'habituer à ce spectacle. Judith serait-elle vraiment plus heureuse ? Elle regarda sa cousine avec scepticisme : certainement elle paraissait plus contente. Ses yeux suivaient tous les gestes du Dr Müdel pendant qu'il réglait l'addition. Flora ne l'avait jamais trouvée aussi vivante et aussi normale.

— Je crois comprendre que vous allez rester avec le Dr Müdel pendant quelque temps, cousine Judith, dit-elle.

— Il me l'a demandé, répondit Judith, il est très gentil… Il y a en lui une force obscure qui résonne comme le battement profond d'un gong, je m'étonne que vous ne la sentiez pas.

— Qu'est-ce que vous voulez, je n'ai pas cette chance, dit Flora aimablement ; mais vraiment, Judith, je pense que vous faites bien, vous avez besoin de vacances, vous savez, après tous les… euh… les bouleversements qu'il y a eu à la maison ces temps derniers. Cela vous fera énormément de bien. Cela vous remontera et, un peu plus tard, vous pourrez aller à l'étranger visiter quelques beaux coins de l'Europe. Les vieilles églises et tout cela. Ne vous inquiétez pas de la ferme. Ruben y veillera pour vous et vous enverra une bonne part des revenus chaque mois.

— Amos… murmura Judith.

On aurait dit que les fils qui l'attachaient à son ancienne vie cédaient l'un après l'autre, et cependant la retenaient encore d'un lien frêle.

— Oh ! je ne me frapperais pas pour lui, si j'étais vous, dit Flora négligemment. Cela ne m'étonnerait qu'à moitié qu'il soit déjà parti en Amérique avec le Révérend Elderberry Shiftglass. Il vous préviendra de son retour. Ne vous en faites pas, amusez-vous pendant que vous êtes jeune.

Et c'est évidemment ce que Judith décida de faire, car elle s'éloigna dans la voiture du Dr Müdel, l'air tout à fait satisfaite. Du moins elle semblait illuminée, et transfigurée, presque arrachée à elle-même. Compte tenu de son habitude de multiplier ses émotions par deux, elle devait tout de même se sentir assez guillerette.

Avant de la quitter, Flora promit d'envoyer à la maison de santé les cinq châles rouges sales et les innombrables paquets d'épingles à cheveux qui semblaient composer une bonne partie de la garde-robe de Judith, sans oublier une confortable somme d'argent, destinée à payer ses plaisirs pendant les six mois à venir. Le Dr Müdel serait naturellement chargé de veiller à ce que les fonds soient convenablement administrés. Ainsi, tout était réglé, et Flora vit avec un sentiment de grande satisfaction la voiture du docteur s'éloigner.

Ce fut avec la même satisfaction, jointe à un autre sentiment qui aurait bien pu être de l'émotion, que ses yeux virent ce soir-là apparaître les bâtiments de la ferme à l'heure du retour. C'était une soirée douce et ensorcelante. Les rayons du soleil semblaient pesants, ainsi que cela arrive fréquemment à l'approche d'un crépuscule d'été, et ils s'infiltraient à travers les tunnels de feuilles vertes comme de longues baguettes dorées… Aucun nuage ne troublait le ciel bleu, dont la nuance devenait plus profonde à l'approche de la nuit, et toute l'étendue de la campagne était atténuée par la pénombre qui surgissait des profondeurs des bois et des taillis.

La ferme elle-même avait perdu son air de bête prête à bondir. Cette comparaison ne serait d'ailleurs jamais venue à l'idée de Flora, qui n'avait pas l'habitude de chercher des ressemblances entre deux choses aussi différentes l'une de l'autre qu'il était possible de l'être. Mais elle lui était apparue sale, misérable et déprimante, et lorsque Mr Mybug avait fait cette remarque au sujet de la bête prête à bondir, Flora ne s'était pas senti le courage de le contredire. À présent, la ferme ne paraissait plus du tout sale, misérable et déprimante. Ses fenêtres reflétaient l'or du soleil couchant. La cour était nettoyée des débris de paille et de papier. De frais rideaux à carreaux pendaient à la plupart des fenêtres, et quelqu'un (en fait Ezrah, qui avait un penchant secret pour l'horticulture) avait bêché et désherbé le jardin, dans lequel on voyait déjà les fleurs rouges des rangées de haricots.

« C'est moi, pensa Flora simplement en se penchant en avant dans le boghei pour contempler la scène, qui ai fait tout cela avec ma baguette magique. » Et un sentiment de joie et de contentement s'épanouit en elle comme une petite fleur. Mais elle ne put s'empêcher de lever la tête vers la face blême de la fenêtre fermée, immédiatement au-dessus de la porte de la cuisine, et son visage devint de nouveau pensif. La chambre de tante Ada…

Tante Ada y était toujours, livrant sa bataille perdue. Tante Ada, l'âme de Froid Accueil, était acculée, mais se défendait encore… Et Flora pouvait-elle vraiment se féliciter de son travail et se flatter que la fin de ce travail fût en vue tant que tante Ada ruminerait solitaire, là-haut dans sa tour ?

— Votre souper est sur la table, mon petit, annonça Mrs Beetle, ouvrant la barrière pour permettre à Ruben de conduire Vipère dans la cour. Du veau froid et de la salade. Je m'en vais chez nous maintenant… Oh ! et il y a un blanc-manger. Rose !

— Délicieux, dit Flora avec un soupir de plaisir en descendant du boghei. Merci, Mrs Beetle. Miss Judith ne rentrera pas ce soir, elle restera à Londres quelque temps.

— Tout s'est-il bien passé ? Elle s'est mise dans tous ses états quand elle a su que Miss Judith était partie ce matin, raconta Mrs Beetle, baissant la voix et levant un regard significatif vers la fenêtre fermée. Elle a dit qu'elle était toute seule dans le bûcher maintenant… pas d'erreur ! Elle dit que Ruben, il ne compte pas. (Bien entendu, puisque c'est lui le meilleur de la portée.) En tout cas, cela ne lui a pas coupé l'appétit, je vous le garantis. Trois fois qu'elle a repris du veau et deux fois du pudding pour son dîner aujourd'hui – cela ne vous dit rien ? Enfin, ce n'est pas en bavardant qu'on fait bouillir la marmite. Bonne nuit, Miss Flora. Je serai ici à huit heures sonnantes, demain matin.

Et elle s'en fut.

Flora entra dans la cuisine où une lampe brûlait déjà sur la table. Sa douce lueur tombait au centre d'un bouquet de roses placé dans un pot à confiture. Il y avait une lettre de Charles posée contre le pot, et les roses projetaient une lourde ombre arrondie sur l'enveloppe. C'était si joli que Flora s'attarda un moment à regarder avant de décacheter sa lettre.

*

* *

Le temps serein se maintint. Tous espéraient que cela durerait jusqu'à la réception de mariage d'Elfine à la ferme, le 24 juin. Les préparatifs de cette réception étaient maintenant le principal souci de Flora. Elle ne voulait pas que la ferme fît honte à Ruben et à sa sœur ; aussi s'adressa-t-elle franchement à celui-ci, lui disant qu'elle avait besoin d'argent pour acheter de quoi décorer la maison et de quoi faire le banquet. Ruben eut l'air content à l'idée que la réception aurait lieu chez lui et lui donna trente livres dont elle devrait tirer le maximum, mais il ajouta, jetant un coup d'œil significatif vers le plafond :

— Et la vieille dame, dans tout cela ?

— Je m'en charge, dit Flora fermement, je prépare un plan d'attaque et dans quelques jours je vais le mettre à l'essai. Merci mille fois pour cet argent, mon chou. Je vais m'occuper des fleurs et du ravitaillement dès à présent. Oh ! encore une chose, croyez-vous que cela soit absolument nécessaire que tous les tableaux soient entourés de ces odieuses aristoloches ? Je crains qu'elles n'aient un fâcheux effet sur Mériam et Rennett. Elles sont si faciles à émouvoir.

— Ce n'est pas moi qui y tiens. C'est la grand-mère. Faites comme vous voudrez, cousine Flora. Pour ma part, je serais enchanté de ne plus jamais en voir un brin.

Ainsi munie de son consentement, Flora commença les préparatifs. Les jours s'écoulèrent agréablement ; elle avait beaucoup à faire, mais elle trouva tout de même le temps d'aller trois fois à Londres pour essayer la nouvelle robe qu'elle s'était commandée pour la réception. Mrs Smiling était toujours à l'étranger, elle ne devait rentrer que le lendemain du mariage, aussi le numéro un de Mouse Place était-il toujours fermé. Julia était à Cannes. Claude Hart-Harris dans sa propriété de Chiswick, où il se transportait chaque été pendant un mois, pour être sûr, disait-il, de ne rencontrer personne de connaissance. Mais Flora se suffisait à elle-même ; elle dînait et déjeunait dans une agréable solitude. Ses moments de liberté, entre les essayages et la surveillance d'un colossal nettoyage à fond de la ferme (le premier depuis cent ans), étaient consacrés à suivre d'un œil attentif l'évolution de l'idylle entre Mr Mybug et Rennett.

Elle pensait, naturellement, qu'il vaudrait mieux qu'ils se marient ; mais elle se rendait bien compte que le mariage n'était pas le côté fort des intellectuels, et elle craignait de voir Rennett chargée des fruits de la honte.

Néanmoins, aussi extraordinaire que cela paraisse, Mr Mybug demanda à Rennett de l'épouser. Il proclama que, par Dieu, D. H. Lawrence avait raison en affirmant qu'il fallait qu'il y ait entre un homme et une femme un sourd, sombre, inexorable et âpre appel des entrailles, et que seule la longue monotonie du mariage permettait de le ressentir. Quant à Rennett, elle l'accepta sur-le-champ et fut parfaitement heureuse en choisissant ses casseroles. Ainsi, tout était pour le mieux : ils devaient se marier à la mairie pendant un week-end à Londres et participer à la réception d'Elfine le 24.

Les jours augmentant à l'approche de la Saint-Jean, Flora passait ses soirées solitaires dans son petit salon vert, où l'odeur de l'aubépine entrait par la fenêtre ouverte, à lire dans *Le Bon Sens supérieur* le chapitre intitulé « L'art de préparer l'esprit à l'invasion simultanée de la prudence et de l'audace dans leurs rapports avec les substances non incluses dans le plan général ».

Cela l'aiderait, elle en était sûre, à venir à bout de tante Ada Doom. Ces longs mots germaniques et latins étaient solennels et rugueux comme des monolithes égyptiens, et quand le lecteur cherchait à pénétrer plus profondément le sens de leurs syllabes qui résonnaient comme des cloches, très loin, au fond du temps, ils se révélaient givrés de sagesse, froids et irréfutables. Devant eux, la passion, vaincue, se retirait dans son repaire et la divine raison et sa sœur la tendresse, les bras entrelacés, dressaient leurs têtes jumelles pour recevoir la couronne du bonheur.

Tante Ada représentait tout particulièrement une des substances non incluses dans le plan général. Flora, poursuivant sa lecture soir après soir, finit par avoir la conviction grandissante que cela était un des cas (prévu dans le chapitre) pour lesquels il fallait patiemment attendre l'aide d'un éclair d'intuition. Le chapitre qu'elle lisait préparait son esprit à l'invasion, mais il ne pourrait faire plus. Elle devait attendre l'inspiration. Enfin, au cours d'une soirée d'une paix et d'une beauté exceptionnelles, l'inspiration vint. Flora avait mis de côté *Le Bon Sens supérieur* pendant la demi-heure du dîner et avait ouvert au hasard *Mansfield Park*[1] pour se changer les idées :

> *Enfin, c'était fini et le soir tombant apporta le calme à Fanny.*

Et soudain, l'éclair ! C'en était fini en effet de sa longue indécision, de ses incertitudes sur la manière de s'y prendre avec tante Ada. En quelques secondes, le plan se dessina nettement dans sa tête ; chaque détail était aussi distinct que si le projet était déjà exécuté. Elle détacha une feuille de son calepin pour y écrire le télégramme suivant :

> HART-HARRIS, CHANCEY-GROVE, CHISWICK MALL
> PRIÈRE ENVOYER DE SUITE DERNIER NUMÉRO VOGUE, PROSPECTUS HÔTEL MIRAMAR, PARIS, ET, SPÉCIALEMENT IMPORTANT, PHOTOS FANNY WARD. AMITIÉS. FLORA

Puis elle appela la Nancy de Mark Dolour, qui était venue aider au nettoyage, et l'envoya à la poste à Howling expédier le télégramme. Pendant que Nancy courait dans le clair crépuscule d'été, Flora fermait révérencieusement *Le Bon Sens supérieur*. Elle n'en avait plus besoin. Il pouvait rester fermé jusqu'à sa prochaine rencontre avec une substance non incluse dans le plan général. Et elle alla se coucher cette nuit-là avec la calme certitude d'avoir trouvé ce qui convenait à tante Ada Doom. Il ne restait

1. Roman de Jane Austen. *(N.d.T.)*

plus qu'une semaine avant le mariage, aussi Flora espérait-elle bien que Claude enverrait immédiatement les documents qu'elle lui avait demandés. Il faudrait probablement pas mal de temps pour convaincre tante Ada, il n'y avait donc plus une minute à perdre pour atteindre le but fixé avant le jour du mariage.

Claude ne la déçut pas : les documents arrivèrent par la poste aérienne le lendemain à midi. Ils furent lâchés habilement dans le grand pré par le facteur aérien, accompagnés d'un mot pressant de Claude lui demandant ce qu'elle avait bien pu encore manigancer. Il ajoutait qu'à part la taille, plus imposante, elle lui rappelait tout à fait les moustiques.

Flora défit le paquet, elle s'assura que tout ce qu'elle avait demandé s'y trouvait bien, puis elle se recoiffa, revêtit une fraîche robe de toile et, comme il était l'heure du déjeuner, demanda à Mrs Beetle de lui donner le plateau préparé pour tante Ada.

— Allons donc. Vous allez vous crever, dit Mrs Beetle. Cela ne pèse pas loin de cinquante kilos.

Mais Flora prit tranquillement le plateau et, sous les regards ébahis de la Nancy de Mark Dolour, de Ruben, de Mrs Beetle et de Susan, Phœbé, Jane et Letty, elle y disposa le numéro de *Vogue*, le prospectus de l'hôtel Miramar et les photos de Fanny Ward.

— Je porte son déjeuner à tante Ada, annonça-t-elle. Si je ne suis pas redescendue à trois heures, Mrs Beetle, voulez-vous être assez gentille pour monter un peu de citronnade ? À quatre heures et demie, vous pourrez monter du thé et un peu du gâteau aux raisins que Phœbé a fait la semaine dernière. Si je ne suis pas redescendue à sept heures, montez, s'il vous plaît, un plateau avec le dîner pour deux personnes. À dix heures, je crois que nous prendrons du lait chaud et des biscuits… Maintenant, au revoir tout le monde. Je vous en prie, ne vous inquiétez pas, tout ira bien.

Et lentement, sous le regard fasciné des Starkadder et de Mrs Beetle, Flora commença à gravir l'escalier qui conduisait aux chambres, portant fièrement à bout de bras le plateau du déjeuner. Ils entendirent le son léger de ses pas décroître le long du corridor et s'arrêter. Puis, dans le silence fluide de l'été, leur parvint le coup qu'elle frappa à la porte, et sa voix claire qui disait :

— J'ai apporté votre déjeuner, tante Ada, puis-je entrer ? C'est moi, Flora.

Il y eut un silence. Ensuite, la porte s'ouvrit, Flora s'engouffra dans la pièce avec son plateau et disparut de la circulation pendant près de neuf heures. À trois heures, à quatre heures et à sept heures, Mrs Beetle monta ce qu'elle lui avait commandé. À chaque voyage, elle trouva les tasses et les assiettes vides soigneusement rangées devant la porte fermée. De l'intérieur parvenait le murmure cadencé des voix, mais elle eut beau écouter pendant plusieurs minutes, elle ne put distinguer un mot, et cette constatation désappointante fut la seule information qu'elle put rapporter au groupe empressé qui l'attendait au bas de l'escalier.

À sept heures, Mr Mybug et Rennett se joignirent à la troupe des guetteurs. Ils attendirent jusqu'à près de huit heures la réapparition de Flora, avant de décider qu'il vaudrait mieux commencer sans elle leur souper de bœuf, de bière et d'oignons au vinaigre, agréablement épicé d'inquiétudes et de suppositions. Après souper, ils s'installèrent de nouveau dans leurs positions de guet et d'attente. Mrs Beetle se demanda une douzaine de fois si elle ne devait pas se précipiter en haut à neuf heures, avec quelques sandwichs et du chocolat, histoire de voir s'il n'y avait rien de nouveau. Mais Ruben dit qu'il ne fallait pas, que Flora avait dit de monter du lait chaud à dix heures et pas autre chose, et qu'il ne voulait pas qu'on désobéisse aux ordres de Flora, même dans les plus petits détails. Aussi préféra-t-elle renoncer à ses intentions.

Ils s'assirent tous confortablement autour de la porte ouverte sur le crépuscule qui s'attardait, et Mrs Beetle leur prépara de l'orgeat, parfumé de citron, qu'ils sirotèrent avec joie. Ils commençaient en effet à avoir mal à la gorge à force de discuter, de chercher ce que Flora pouvait bien dire à tante Ada Doom, d'évoquer les détails de l'histoire de la ferme pendant les vingt dernières années, de rappeler comme le vieux Fig Starkadder avait toujours été embêtant, de se demander comment Seth se débrouillerait à Hollywood et s'il ne tomberait pas sur Amos là-bas, de se répéter comme le mariage d'Elfine allait être beau, de prédire comment Urk et Mériam s'entendraient quand ils seraient mariés, et de conjecturer si Judith faisait quelque chose de bizarre à Londres, et, si oui, pourquoi et avec qui ? La soirée qui s'obscurcissait doucement devenait plus fraîche et les étoiles d'été apparaissaient.

Ils bavardaient avec tant d'ardeur qu'ils n'entendirent pas sonner dix heures. Ce fut seulement un quart d'heure plus tard que Mrs Beetle les fit tous sursauter en bondissant de sa chaise et en criant :

— Voilà maintenant que j'oublie le lait ! Je vais bientôt oublier mon propre nom. Je vais le monter tout de suite.

Au moment où elle s'approchait de l'âtre pour remettre du bois sur la braise, un bruit les fit tous tressaillir et ils tournèrent la tête vers le seuil obscur de la cuisine. Quelqu'un descendait l'escalier d'un pas léger qui traînait un peu.

Ruben se leva et gratta une allumette qu'il tint au-dessus de sa tête. Et, dans la lumière qui s'épanouissait, Flora apparut enfin sur le seuil. Elle avait l'air serein, mais était un peu pâle et ensommeillée, et une boucle de ses cheveux d'or sombre pendait négligemment contre sa joue.

— Tiens ! dit-elle aimablement, vous voilà tous. (Mais, Mr Mybug, ne devriez-vous pas être au lit ?) Puis-je avoir ce lait maintenant, s'il vous plaît, Mrs Beetle ? Je le boirai ici. Ce n'est pas la peine d'en monter à tante Ada, je l'ai mise au lit, elle dort.

Il y eut un murmure général d'étonnement. Flora s'effondra avec un long bâillement dans le fauteuil que Ruben venait de quitter.

— On avait peur pour vous, petite, la réprimanda Letty après une pause qu'on utilisa à allumer la lampe et à tirer les rideaux.

Personne n'osait poser de questions, bien que tous eussent les yeux écarquillés de curiosité.

— C'est plus d'une fois qu'on a été prêts à monter vous chercher.

— Trop gentil à vous, dit Flora léthargiquement, un œil fixé sur le lait qu'on préparait… Mais tout allait très bien vraiment, tout est arrangé maintenant. Ne vous en faites pas, Ruben, il n'y aura pas de drame au mariage, nous pouvons y aller carrément pour la nourriture et les fleurs, tout marchera bien, sous tous les rapports.

— Cousine Flora, il n'y avait que vous pour y arriver ! répondit Ruben simplement. Je… je pense que vous ne voulez pas nous dire comment vous vous y êtes prise…

— Eh bien, lança Flora, plongeant le nez dans le lait, c'est une longue histoire, vous savez, nous avons parlé pendant des heures, je ne peux vraiment pas vous répéter tout ce que nous avons dit, cela prendrait toute la nuit. (Elle étouffa un énorme bâillement.) Vous verrez bien, quand le moment sera venu, le jour du mariage, je veux dire. Attendez ! Ce sera une surprise. Je ne peux pas vous le dire maintenant, cela gâterait tout. Attendez et vous verrez. Ce sera une merveilleuse surprise.

Sa voix qui était devenue de plus en plus endormie finit par s'éteindre complètement et Mrs Beetle se précipita, mais arriva trop tard pour attraper le verre de lait qui tombait de sa main.

Elle dormait.

— Comme un enfant épuisé, dit Mr Mybug, facilement attendri, de même que la plupart des intellectuels cyniques. Exactement comme un petit enfant épuisé !

Et il allait d'une main rêveuse et distraite caresser la chevelure de Flora lorsqu'il reçut de Mrs Beetle une brusque tape sur les doigts agrémentée d'un « Bas les pattes, poupée » qui le troubla tellement qu'il s'en fut aussitôt, sans prendre le temps de faire ses adieux, poursuivi par la gémissante Rennett.

Mrs Beetle expédia Susan, Letty, Phœbé, Prue et Jane dans leurs chambres respectives, puis, avec l'aide de Ruben, elle tira Flora de sa somnolence. Celle-ci se redressa, quoique engourdie, et sourit à Ruben en lui prenant la bougie des mains.

— Bonne nuit, cousine Flora. Cela a été un coup de veine pour Froid Accueil, votre arrivée ici, dit-il en la regardant.

— Mon chou, ce n'est pas la peine d'en parler. Cela a été un excellent divertissement pour moi, répondit Flora. Mais attendez seulement le jour du mariage, c'est cela qui va être amusant, si vous voulez savoir… Mrs Beetle, vous savez que je n'aime pas faire des reproches, mais les côtelettes que vous nous avez montées pour le souper, à Mrs Starkadder et à moi, n'étaient pas assez cuites. Nous en avons fait la remarque toutes les deux. Celle de Mrs Starkadder, en effet, était presque crue.

— Je regrette, pour sûr, Miss Poste, dit Mrs Beetle.

Et chacun, tout ensommeillé, prit le chemin de son lit.

21

À l'aube du jour de la Saint-Jean, une épaisse brume grise enveloppait les arbres et les prés lourds de rosée.

Dans les petits jardins des cottages encore endormis, en bas, à Howling, on distinguait une étrange procession errant de plate-bande en plate-bande, tel un essaim d'abeilles ravisseuses. C'étaient les trois membres de l'embryon de jazz-band de Mrs Beetle, chaperonnés par la silhouette patriarcale d'Agony Beetle lui-même. Ils avaient reçu la consigne de cueillir des bouquets de fleurs, destinés à orner l'église et les tables du buffet. Un camion entier de pivoines roses et blanches, venu de Covent Garden, avait été déchargé devant les grilles de la ferme, et maintenant encore Mrs Beetle et Flora traversaient la cour, les bras pleins de fleurs. Flora remarqua avec joie le brouillard de chaleur. La journée serait chaude, brillante, bleue et radieuse. Adam Lambsbreath était affairé depuis l'aube, tressant des guirlandes de giroflées pour orner les cornes de Paresseuse, Disgracieuse, Dédaigneuse et Insoucieuse. Ce fut seulement au moment de fixer ces ornements sur elles qu'il s'aperçut qu'aucune des vaches n'avait plus de cornes ! Il fut donc réduit à leur attacher ses guirlandes autour de la queue. Cela fait, il les conduisit à leur pâturage matinal en fredonnant une chanson de noces un peu grivoise qu'il avait apprise pour le mariage de George Ier.

Lorsque le jour surgit de la brume et que le ciel devint bleu et ensoleillé, la ferme bourdonnait d'activité comme une ruche. Phœbé, Letty, Jane et Susan préparaient de mystérieuses boissons dans la laiterie. Micah descendait les seaux de glace où rafraîchissait le champagne dans le coin le plus sombre et le plus frais de la cave. Caraway et Harkaway tendaient une tente de la grille de la cour à la porte de la cuisine. Ezrah étalait un filet sur ses rangées de haricots pour les préserver de tout dégât pendant les réjouissances. Mark et Luc disposaient de longues tables à tréteaux dans la cuisine, tandis que Mrs Beetle et Flora déballaient l'argenterie et le linge envoyés dans des corbeilles par un magasin de Londres. Ruben remplissait d'eau des douzaines de cruches et de vases dans lesquels on mettait les fleurs. La Nancy de Mark Dolour surveillait la cuisson de deux douzaines d'œufs pour le petit déjeuner, et en haut sur son lit s'étalaient la nouvelle robe de Flora – une merveille de batiste vert foncé, plissée, volantée, tuyautée, ajourée et brodée – et sa simple capeline de paille blanche.

À huit heures et demie, tout le monde s'installa dans la laiterie pour prendre le petit déjeuner, car on préparait la cuisine pour la réception et il n'était pas question d'y prendre les repas aujourd'hui.

— Je m'en vais lui monter son déjeuner, dit Mrs Beetle, il faudra bien qu'elle le prenne froid aujourd'hui. Il y a la moitié d'un jambon et un bocal d'oignons au vinaigre. J'en ai pour une seconde.

— Oh ! je viens d'aller voir tante Ada, lança Flora, levant le nez de son assiette. Elle ne veut rien d'autre pour son déjeuner qu'un porto flip. Donnez-moi un œuf, je vais le préparer.

Elle se leva et se dirigea vers l'armoire aux provisions nouvellement remplie. Mrs Beetle resta bouche bée, tandis que Flora, à l'ébahissement général, mélangeait un œuf, deux verres de porto, une cuillerée à café de crème et quelques morceaux de glace dans un pot à confiture.

— Voilà, dit Flora, tendant à Mrs Beetle le pot à confiture débordant de mousse. Dépêchez-vous de monter là-haut avec cela.

Mrs Beetle se dépêcha, mais on l'entendit observer qu'il fallait plus qu'une décoction comme cela pour empêcher son estomac de rouspéter en attendant midi. Quant aux Starkadder, ils étaient considérablement intrigués par ce changement sensationnel dans le régime de tante Ada.

— C'est-il que la vieille est redevenue dingo ? questionna Ruben anxieusement. Elle va pas descendre tout chambouler maintenant, dites, cousine Flora ?

— Jamais de la vie, affirma Flora. Tout ira très bien. Mais souvenez-vous que je vous ai annoncé une surprise. Eh bien, elle vient de commencer !

Et les Starkadder furent satisfaits.

Le petit déjeuner terminé, ils s'agitèrent comme cent mille diables, car la cérémonie devait avoir lieu à midi et demi et il restait encore beaucoup à faire.

Agony Beetle et le jazz-band s'amenèrent les bras pleins de capucines, d'œillets de poète et de renoncules, et on les renvoya en chercher encore plus. Ruben, obéissant à une requête de Flora, retira du placard dans lequel on le rangeait généralement le grand fauteuil sculpté dont tante Ada s'était servie la nuit du recensement. Mark et Luc (qui étaient si stupides qu'on aurait pu compter sur eux pour poser une mine sous la maison sans faire de commentaires) reçurent l'ordre de l'orner de guirlandes de pivoines roses.

Il était dix heures et demie. La tente était installée, donnant à elle seule un air de fête. À la cuisine, les deux longues tables à tréteaux étaient décorées et toutes prêtes. Flora avait commandé deux sortes de nourriture, pour les deux sortes d'invités qu'elle attendait. Pour les Starkadder et les autres paysans endurcis du voisinage qui assisteraient à la fête, il y aurait des *ice cream sodas*, des bombes glacées, des sandwichs au caviar, des pâtés de crabe, des diplomates et du champagne. À la noblesse campagnarde, on servirait du cidre, du jambon, du pain bis, et des salades faites avec les fruits du jardin. La table à laquelle devait manger la noblesse était somptueusement garnie de fleurs sauvages. L'efflorescence rose des pivoines flottait sur la table à laquelle s'assiéraient les paysans.

Des guirlandes de fleurs des champs pareilles à des chaînes de petites pierres précieuses pendaient aux poutres. Leurs tons rouges, orange, bleus ou roses luisaient contre les murs et les plafonds noircis d'un duvet de suie. L'air était saturé du doux parfum des œillets de poète et de celui de la salade de fruits. Dehors le soleil resplendissait de gloire ; à l'intérieur de la cuisine, l'aspect frais et délicieux de la nourriture n'était pas moins attirant que les douces odeurs. Flora jeta un dernier coup d'œil circulaire et fut entièrement satisfaite.

Il était onze heures.

Elle monta à la chambre de tante Ada, frappa à la porte et, en réponse à un vif : « Je vous attendais, ma chérie », elle entra et referma soigneusement la porte derrière elle.

Phœbé, qui se rendait à sa chambre pour revêtir son attirail de noces, poussa du coude Suzanne.

— Tu as reluqué ça ? Ah ! il y a quelque chose de drôle dans l'air aujourd'hui, je le parierais bien ! Et quand je pense à notre Rennett, qui n'est plus jeune fille… Hier soir, si tu veux m'en croire, elle est venue me dire au revoir, avant de prendre le train de minuit et demi à Godmere avec son futur.

— Est-ce qu'elle pleurait, la pauvre âme ? s'inquiéta Susan.

— Non, mais elle a bien dit qu'elle se sentirait plus tranquille quand le « oui » serait dit et que son mari serait bel et bien lié. Eh bien, c'est fait maintenant. Dieu la bénisse, et ils seront ici pour le déjeuner, mari et femme, comme cela se doit.

Le calme gagnait à présent la ferme, tout accueillante avec ses guirlandes de fleurs et ses bonnes odeurs. Le soleil s'éleva royalement au zénith et les ombres devinrent plus courtes. Dans une douzaine de chambres, les Starkadder luttaient avec leurs vêtements de noces. Flora sortit de la chambre de tante Ada exactement à onze heures et demie et se dirigea vers la sienne. Elle fut bientôt habillée. Un bain d'eau fraîche, dix minutes de massage pour ses cheveux et une petite explication avec son coffret à maquillage, et elle apparut sérieuse, gaie et élégante, toute prête pour les plaisirs de la journée. Elle descendit directement à la cuisine pour s'assurer que tout était en ordre et arriva juste à temps pour empêcher Mr Mybug, débarqué plus tôt qu'on ne l'attendait, de chiper une cerise confite sur un des gâteaux. Rennett le suppliait de n'en rien faire, mais il riait tel un faune adolescent (ou du moins il le croyait) et se disposait à mettre ses projets à exécution quand Flora fit son entrée.

— Mr Mybug ! s'exclama-t-elle.

Il sursauta comme si une guêpe l'avait piqué et émit un rire de collégien.

— Oh ! chère demoiselle… vous voilà !

— Oui, et vous aussi, je m'en aperçois, dit Flora. Il y aura assez à manger pour tout le monde, Mr Mybug. Si vous avez faim, Mrs Beetle va vous préparer des tartines de beurre… Comment allez-vous, Mrs Mybug ?

Et Flora serra la main de Rennett gracieusement, la félicitant de sa toilette originale, empruntée à une amie de Mr Mybug, qui buvait un peu trop d'une manière ou d'une autre et qui gardait un boxeur apprivoisé dans son studio, par pur amour de l'art.

Les autres Starkadder commençaient à descendre. Prévenus par le son des cloches parvenant à travers les champs ensoleillés, ils pensèrent qu'il était temps de se rendre à l'église. Après un dernier regard sur la cuisine fleurie, Flora sortit, légère, au bras de Ruben, suivie par tous les autres. Ils trouvèrent une assez nombreuse assemblée déjà réunie devant l'église, car le mariage avait soulevé beaucoup d'intérêt dans les villages avoisinants aussi bien qu'à Howling même. La petite église était bondée, et les seules places libres étaient celles qu'on réservait à la noblesse du comté et celles sur lesquelles la famille Starkadder s'installa.

Flora, se relevant après s'être agenouillée, put à loisir examiner les décorations. Elles étaient vraiment charmantes. C'était Agony Beetle qui les avait disposées, aidé de Mark Dolour. Ils s'étaient trouvés d'accord avec une unanimité réjouissante pour constater que seules des fleurs blanches convenaient à l'extrême jeunesse et à la pureté incontestable d'Elfine. Aussi, les bancs étaient ornés de chaînes de marguerites, et deux grands lis, semblables aux trompettes des archanges, étaient placés aux extrémités proches de l'allée. Il y avait partout de nombreuses cruches remplies d'œillets blancs, et les marches de l'autel où la mariée s'agenouillerait étaient tapissées de géraniums neigeux.

Flora réprima la réflexion indigne que cela lui rappelait la réclame de blanc chez Marshall and Snellgrove, et dirigea son attention sur Letty, Jane, Phœbé, Prue et Susan qui s'étaient mises à pleurer. Discrètement, elle les équipa toutes de mouchoirs propres tirés de son stock, et préalablement préparés à cet effet.

Ruben, très nerveux, attendait Elfine sous le porche. Le soleil brûlait au-dehors. L'orgue murmurait doucement un prélude et la foule chuchotait respectueusement sur le passage de la noblesse régionale, qui arrivait pleine de curiosité, avec les chapeaux les plus extravagants. Les aiguilles de l'horloge du clocher sautèrent de minute en minute jusqu'à la demie. Flora jeta un dernier regard circonspect autour de l'église, avant de s'installer pour passer les derniers instants d'attente dans un recueillement approprié.

L'église semblait pleine de Starkadder. Ils étaient tous là, et tous là à cause d'elle, sauf les quatre qu'elle avait aidés à s'échapper.

Oui, elle les voyait tous, s'amusant, passant un bon moment, et cette fois comme des êtres normaux. Non pas parce qu'ils violaient quelqu'un ou qu'ils se battaient, qu'ils étaient saisis d'une folie mystique ou réduits au silence par une sombre puissance terrienne, ou parce qu'ils convoitaient le sol avec un désir féroce de vampire. Non ! rien de pareil. Ils se réjouissaient tout simplement d'un événement ordinaire, purement humain, comme n'importe lesquels des millions d'autres individus ordinaires dans le monde. Elle ne pouvait même plus les imaginer de nouveau tels qu'ils étaient il y avait seulement cinq mois. Elle inclina la tête. Elle avait accompli un grand travail, il y avait là de quoi être fière. Et la journée d'aujourd'hui allait voir le couronnement de ses efforts.

Enfin, les premiers accords de la marche nuptiale éclatèrent. Toutes les têtes se tournèrent vers l'entrée et tous les yeux se fixèrent sur la grosse voiture qui venait de s'arrêter devant l'église. Un doux murmure chargé d'intérêt s'éleva. Et maintenant la foule applaudissait. Quelque chose de long, de blanc et de frais comme un nuage se détacha de la voiture et flotta légèrement le long du sentier jusqu'au porche de l'église.

Voici la mariée, voici Elfine, pâle et sérieuse, le regard étoilé, comme une mariée doit être, appuyée sur le bras de Ruben. Voici Dick Hawk-Monitor, son agréable visage rose ne trahissant nullement l'émoi qu'il doit ressentir. Voici Mrs Hawk-Monitor en gris, l'air vague, et la robuste Joan Hawk-Monitor en organdi rose (« un choix déplorable, tout à fait déplorable », pensa Flora avec regret).

La procession atteignit les marches de l'autel et s'arrêta. La musique cessa. Dans le silence qui régna soudain s'éleva vive et grave la voix du vicaire :

— Mes chers frères…

Ce ne fut qu'au moment où elle se retrouva à la sacristie, contemplant avec un sourire le témoin (Ralph Pent-Hartigan) qui embrassait la mariée, que Flora éprouva une sensation inaccoutumée dans la paume de son gant droit. Elle regarda et vit avec surprise et amusement qu'il était complètement craqué tout du long. C'est seulement à ce moment-là qu'elle réalisa combien elle avait eu peur que quelque chose n'allât de travers. Mais heureusement, tout avait bien marché, et à présent elle avait extrêmement faim. Susan, Letty, Prue et Jane continuaient à beugler comme des taureaux en ville, et Flora dut leur dire assez sèchement de faire un peu moins de bruit. Déjà quelques personnes leur avaient demandé, d'un ton aimablement consterné, si elles avaient mal quelque part ou si elles avaient reçu de mauvaises nouvelles.

— Naturellement, expliquait Mr Mybug à Rennett, qui était en pleurs parce qu'elle n'avait eu qu'un vilain petit mariage à la mairie et pas de belle robe ni de couronne, naturellement tout ceci est d'une extrême barbarie. C'est parfaitement païen… et un peu obscène aussi, si on se donne la peine de rechercher le sens caché de la cérémonie. Cette affaire de lancer la chaussure[1], par exemple…

— Mr Mybug, le coupa Flora, nous partons tous pour la ferme, maintenant. Naturellement, vous allez venir aussi ?

Elle eut l'impression de l'avoir interrompu juste à temps. En vitesse, il promit à Rennett un autre mariage, un comme il faut, si seulement elle s'arrêtait de pleurer, et il l'emporta précipitamment sous le bras à la suite des autres invités.

1. Vieille coutume anglaise. *(N.d.T.)*

22

Un quart d'heure plus tard, ils pénétraient tous dans la cour de la ferme, bavardant, riant, et subissant cette curieuse exaltation qui suit toujours un mariage ou un enterrement.

Comme la ferme avait l'air gaie et joyeuse, avec la tente qui brillait bravement, rouge et blanche, au soleil, et les guirlandes de fleurs, et les nuages roses des pivoines illuminant l'obscurité de la cuisine, à travers la porte ouverte !

— Oh ! et puis regardez, lança une voix, quelqu'un a mis une chaîne de giroflées et de géraniums autour du cou de Gros-Bonnet, qui parcourt majestueusement le grand pré et s'arrête pour fixer les invités, par-dessus la haie, de ses grands yeux doux.

— Quelle charmante idée, si originale, dit Mrs Hawk-Monitor tout en pensant que c'était plutôt inconvenant. Et je vois que les vaches aussi sont fleuries ! Tout à fait original.

Adam s'avança. Ses yeux, semblables à des flaques désolées au bord de l'Atlantique, étaient voilés par les larmes faciles de ses quatre-vingt-dix ans. Il s'arrêta en face d'Elfine qui le regardait avec bonté, et lui tendit ses mains creusées en forme de coupe.

— Un cadeau de noces pour toi, fillette, chantonna-t-il (au grand ennui de Flora qui craignait que la glace ne fonde et que le champagne ne soit tiède), un présent pour mon petit oiselet sauvage à moi… ajouta-t-il, et il ouvrit les mains, révélant un nid d'oiseau qui contenait quatre œufs roses.

— Oh ! Adam, comme vous êtes gentil, dit Elfine en lui pressant le bras affectueusement.

— Porte-le sur ton cœur, tu auras quatre beaux enfants, conseilla Adam, et il se disposait à donner des instructions plus détaillées quand Flora interrompit la conversation en poussant Adam devant elle, vers la cuisine, et en lui promettant qu'Elfine suivrait certainement ses conseils lorsqu'elle aurait pu manger quelque chose.

Elle pénétra la première dans la pièce, puis vinrent les mariés, Mrs Hawk-Monitor et Joan, Ralph Pent-Hartigan, Ruben, Micah, Mark et Luc, Caraway, Harkaway, Ezrah, Phœbé, Susan, Letty, Mr Mybug et Rennett, Jane, et, un peu en arrière, des gens de moindre importance tels que Mrs Beetle, la Nancy de Mark Dolour, Agony et le jazz-band, Mark Dolour lui-même, et Urk et Mériam pour ne rien dire de Mrs Murther, de L'Homme condamné, et d'un certain nombre d'autres personnes que Ruben avait jugé nécessaire, en raison de leurs relations avec la ferme, d'inviter à la fête. Cette dernière catégorie comprenait les trois journaliers qui travaillaient directement sous les ordres de Mark Dolour et le vieil Adam lui-même.

Au moment où elle franchissait le seuil, passant du chaud soleil à l'obscurité fraîche, Flora s'écarta soudain pour permettre aux invités d'avoir une vue d'ensemble de la cuisine, et ils distinguèrent quelqu'un qui se levait vivement d'un fauteuil orné de pivoines. Quelqu'un qui les accueillait d'un sonore :

— Ah ! vous voilà donc enfin ! Soyez les bienvenus à Froid Accueil !

Et une splendide vieille dame, habillée des pieds à la tête d'une combinaison d'aviatrice en cuir noir des plus élégantes, s'avança à la rencontre du groupe stupéfait. Ses mains étaient tendues dans un geste d'accueil. Un beuglement ahuri échappa à Micah, qui n'avait jamais eu de tact en aucune circonstance :

— C'est tante Ada, c'est tante Ada Doom !

Et les autres, se remettant du choc de la surprise, se répandirent en exclamations d'étonnement.

— Oui, c'est bien elle !

— C'est terrible !

— C'est se moquer de la nature.

— Ouais, et en pantalons encore, tu as vu cela, mamie ?

— La première fois depuis vingt ans…

— Et elle va sur ses quatre-vingts ans…

— Ma chère, comme c'est charmant… Si inattendu. Comment allez-vous, Miss Doom, ou devrais-je dire Mrs Starkadder ? C'est si compliqué !

— Oh ! grand-mère.

— C'est la vieille en chair et en os.

— Eh bien, c'est à se taper le derrière par terre, on aura tout vu…

— Ouais… fruit et fleur, on les reconnaît quand ils poussent. Dire que j'ai assez vécu pour voir cela !

Tante Ada garda un silence souriant tandis que le vacarme des voix décroissait graduellement. Elle regarda Flora à une ou deux reprises, les sourcils levés, et son sourire amical se nuança d'amusement.

À la fin, elle leva la main et le silence se fit aussitôt. Elle déclara :

— Eh bien, bonnes gens, tout cela est très flatteur pour moi, mais si je veux avoir un peu de temps à passer avec ma petite-fille et vous tous, il faut nous dépêcher de commencer à manger. Je pars pour Paris en avion dans une heure à peine.

À ces mots, le brouhaha reprit de plus belle. Les Starkadder étaient si abasourdis, si désorientés par l'évolution foudroyante des événements que seule une énorme quantité de nourriture pouvait les convaincre de se taire.

Aussi Flora et Ralph Pent-Hartigan (elle commençait à apprécier ce jeune homme, il avait de l'étoffe), attrapant des assiettes de croustades de crabe, entreprirent-ils de circuler parmi les invités, et les persuadèrent-ils de manger pour soutenir leurs forces.

Puis Elfine, tirée de la contemplation fascinée de sa grand-mère par une douce pression de main de Flora, coupa le gâteau de mariage et la fête débuta officiellement.

Bientôt, tous s'amusèrent follement. La surprise renversante de l'apparition de tante Ada leur fournissait un sujet de conversation et rehaussait la saveur délicieuse de la nourriture qu'ils mangeaient. Évidemment, cela aurait été encore plus stimulant pour l'appétit si elle était apparue avec ses vêtements et ses manières habituels pour essayer d'arrêter le mariage et si tous les Starkadder, faisant corps, avaient pu la défier. Cela aurait vraiment valu la peine d'être vu. Cependant on ne saurait tout avoir, et ce qu'on avait n'était déjà pas si mal que cela.

Après avoir circulé un peu parmi les invités avec un mot aimable pour chacun, tante Ada s'assit de nouveau dans son fauteuil fleuri et se consacra au champagne et aux sandwichs au caviar. Flora s'assit à côté d'elle pour manger aussi du caviar. Elle pensait qu'il valait mieux surveiller son chef-d'œuvre jusqu'à la dernière minute. Dans une demi-heure seulement, l'avion qui devait conduire tante Ada à Paris atterrirait dans le champ de Ticklepenny. Mais tant de choses pouvaient arriver en une demi-heure ! Apparemment, tante Ada avait tout à fait réalisé quelle triste existence elle avait eue pendant vingt ans, et avait pris la résolution de vivre plus agréablement, mais elle pouvait encore réfléchir.

Aussi Flora restait-elle là, surveillant sa tante, souriant de temps à autre aux invités, à l'ombre de sa capeline, et cherchant à amener la conversation sur le chapitre de ses droits, ces mystérieux droits auxquels Judith avait fait allusion dans sa première lettre, il y avait près de six mois. Bientôt l'occasion se présenta. Tante Ada était d'excellente humeur et elle remercia Flora pour la centième fois de lui avoir démontré à quel point Miss Fanny Ward, qui paraissait tellement plus jeune qu'elle ne l'était en réalité, savait jouir de la vie ; de lui avoir raconté combien l'hôtel Miramar, à Paris, était luxueux, et d'avoir insisté sur la vie agréable que pouvait avoir dans ce monde une charmante vieille dame fortunée et de bon sens, douée d'une solide constitution et d'une ferme volonté.

— Et je me souviendrai, ma chérie, ajouta-t-elle, de conserver ma personnalité, comme vous me l'avez conseillé. Vous ne me surprendrez pas à m'épiler les sourcils, ni à essayer de me faire maigrir, ni à me toquer d'un jeune homme de vingt-cinq ans. Je vous suis très reconnaissante, ma chérie. Quelle jolie chose faudra-t-il vous envoyer de Paris ?

— Une boîte à ouvrage, s'il vous plaît. La mienne est usée, dit Flora promptement. Mais, tante Ada, il y a un service que vous pourriez me rendre, si vous vouliez. Quel est ce tort qu'Amos a fait à mon père, Robert Poste ? Et quels sont mes « droits », auxquels

Judith faisait toujours allusion ? Je sens que je ne peux pas vous laisser partir en voyage sans vous l'avoir demandé.

Le visage de tante Ada devint grave. Elle regarda autour d'elle, et observa avec satisfaction que tout le monde était trop occupé à manger et à parler pour faire attention à autre chose. Elle posa sa main ridée sur la jeune main fraîche de Flora et l'attira vers elle, jusqu'à ce que tante et nièce fussent toutes deux abritées sous le bord ondulé de la capeline de Flora. Puis elle commença à parler en un murmure rapide. Elle parla pendant un long moment. Un observateur attentif n'aurait pu remarquer beaucoup de changement dans l'expression absorbée du visage de Flora. Enfin le murmure cessa. Flora leva la tête et demanda :

— Et la chèvre est morte ?

Mais à cet instant même, l'attention de tante Ada fut attirée par Elfine et Dick qui s'approchaient d'elle, accompagnés d'Adam. La question de Flora passa inaperçue, et elle ne tenait pas à la répéter devant les autres.

— Grand-mère, Adam veut venir vivre à Haut-Couture Hall avec nous et garder nos vaches, dit Elfine. Peut-il ? Nous serions si contents ! Il s'y connaît si bien en vaches, vous savez.

— Naturellement, ma chérie, répondit tante Ada aimablement, mais qui prendra soin de Paresseuse, Disgracieuse, Insoucieuse et Dédaigneuse s'il les abandonne ?

Adam poussa un cri perçant. Il se jeta en avant, ses mains noueuses tordues d'angoisse.

— Non, il ne faut pas dire cela, Mrs Starkadder. Je les prendrai avec moi toutes les quatre, il y a de la place pour nous tous à Haut-Couture Hall.

— Cela a l'air du final du premier acte d'une opérette, constata tante Ada. Bien, bien, prenez les vaches, si vous voulez.

— Dieu vous bénisse, oui ; Dieu vous bénisse, Mrs Starkadder, murmura Adam, et il se précipita pour annoncer aux vaches de se préparer à partir en voyage cet après-midi même.

— Et la chèvre, est-elle morte ? Et que deviennent mes droits ? demanda Flora, un peu plus fort cette fois. Zut, il faut tout de même que je vienne à bout de cette histoire !

Mais c'était peine perdue. Mrs Hawk-Monitor choisit cette minute précise pour s'avancer vers tante Ada en murmurant qu'elle était désolée du départ imminent de Mrs Starkadder et de son absence pendant l'été, mais qu'il faudrait qu'elle vienne dîner dès qu'elle serait rentrée de son tour du monde. Tante Ada dit qu'elle était désolée aussi et qu'elle serait ravie d'accepter l'invitation à dîner. La question de Flora resta donc sans réponse.

Elle était destinée à ne jamais en recevoir, car à cet instant on entendit le vrombissement aigu et sinistre d'un moteur d'avion, si proche qu'il dominait même le murmure des conversations, et les jeunes membres du jazz-band (qui s'étaient rendus dans la plantation de haricots d'Ezrah pour pouvoir restituer tranquillement l'énorme quantité de croustade de crabe qu'ils avaient ingurgitée) rentrèrent précipitamment, leur malaise oublié, en proclamant qu'il y avait un avion, un avion qui tombait dans le champ de Ticklepenny.

Tous, aussitôt, se ruèrent dans le jardin pour le regarder, sauf Mrs Hawk-Monitor, Flora, les mariés et tante Ada. Absorbée par la tâche de boucler tante Ada dans son équipement et ahurie par l'échange des embrassades, des messages et des promesses de lettres et de réunions à Haut-Couture Hall à Noël, Flora ne put pas placer sa question une troisième fois. Cela aurait été mal élevé. Il ne lui restait qu'à renoncer à ses droits quels qu'ils pussent être, et à se résigner à ne jamais savoir si la chèvre était morte ou non.

Tous partirent à la queue leu leu à travers champs pour assister au départ de tante Ada. Le pilote, un jeune homme brun à l'air pas commode, reçut avec une répugnance visible une tranche du gâteau de mariage. Les invités entourèrent la machine, riant et bavardant, tandis qu'Agony Beetle brisait le verre de champagne de quelqu'un d'autre sur l'hélice. Et tante Ada fit ses adieux. Puis elle monta dans la carlingue et s'installa confortablement. Elle enfonça plus profondément son casque et contempla avec un sourire bienveillant l'assemblée des Starkadder. Flora, se tenant près de la machine, eut droit à une petite tape sur l'épaule et à de nouveaux remerciements, chuchotés à voix basse, pour la transformation qu'elle avait accomplie dans la vie de sa tante. Flora souriait gentiment, non sans se sentir un peu déçue à cause de la chèvre et des droits… L'hélice se mit à tourner. L'appareil tressaillit. « Un triple ban pour tante Ada ! » cria Urk, lançant sa casquette en peau de rat dans les airs. Ils commençaient le troisième « Hurrah ! » quand l'appareil prit son élan et quitta le sol. Il frôla la haie, atteignit le niveau des ormes et les dépassa. La foule eut une dernière vision du visage confiant de tante Ada, incliné pour sourire encore une fois. Elle fit un signe de la main et, tout en le faisant, disparut de leur vue vers les cieux.

— Maintenant, rentrons et buvons ! suggéra Ralph Pent-Hartigan, prenant la main de Flora d'une façon un peu familière, mais assez agréable. Dick et la *sposa* s'envoleront dans une demi-heure, vous savez. Leur avion est commandé pour trois heures et demie.

— Seigneur, c'est un véritable exode en avion, dit Flora, un peu nerveuse. Je ferais mieux d'aller aider Elfine à changer de robe.

Et tandis que les autres refluaient vers la cuisine et enfonçaient leurs griffes dans ce qui restait des provisions, elle se glissa jusqu'à la chambre d'Elfine et l'aida à passer son costume de voyage bleu.

Elfine était très heureuse et pas du tout larmoyante ou nerveuse. Elle embrassa Flora chaleureusement, la remercia mille fois pour tous les bons conseils qu'elle lui avait donnés. Cette dernière lui offrit un exemplaire du *Bon Sens supérieur* convenablement dédicacé, puis elles descendirent ensemble, affectueusement enlacées.

Le second avion atterrit dans le grand champ en face de la ferme, exact à une seconde près. Gros-Bonnet avait été éloigné par Micah quelque temps auparavant. (Un joyeux luron avait bien proposé de le laisser là pour voir ce qu'il ferait de l'avion, mais Flora s'y était opposée.)

Le second départ fut plus bruyant que le premier. Les Starkadder n'avaient pas l'habitude de boire du champagne mais ils ne l'en appréciaient que davantage. Il y eut beaucoup d'acclamations, quelques grognements de Micah, adjurant Dick d'être bon pour son lis en fleur. Flora profita de la mêlée pour retourner en vitesse à la cuisine prévenir Mrs Beetle, qui commençait tristement à remettre de l'ordre, de ne plus déboucher de champagne.

— Seulement en cas de maladie, Miss Poste, promit Mrs Beetle.

Quand Flora revint vers le champ, l'avion décollait. Elle sourit au joli petit visage d'Elfine encadré d'un casque d'aviateur noir, et Elfine lui envoya un tendre baiser. Le ronronnement du moteur devint un grondement triomphant. Ils étaient partis.

— Voulez-vous enfin venir boire ? demanda Ralph Pent-Hartigan, montrant une tendance à glisser son bras autour de la taille de Flora.

Flora s'esquiva avec un de ses plus jolis sourires. Elle aurait tant aimé que tout le monde s'en aille ! Le lunch semblait avoir duré une éternité ; il lui rappelait le fameux recensement, avec toutefois une différence : cette réunion-ci était gaie, tandis que l'autre avait été des plus lugubres.

« Oh ! pensa-t-elle, dire que je ne saurai jamais ce que tante Ada a vu dans le bûcher. Comme je regrette de ne pas lui avoir demandé cela en même temps que le reste. »

Enfin, à la cuisine, les invités semblaient commencer à se raréfier. Tous les plats étaient vides et la boisson avait depuis longtemps disparu. Les jolies guirlandes de fleurs s'étiolaient à la chaleur, le sol était parsemé de papiers froissés, de serviettes, de mégots, de fleurs écrasées, de bouchons de champagne et d'eau renversée. L'air semblait s'effaroucher sous le poids de la fumée de tabac et des odeurs mêlées. Seules les pivoines roses étaient indemnes, elles s'étaient juste ouvertes un peu plus à la chaleur et révélaient maintenant leur cœur doré. Flora y enfouit le nez ; elles avaient un parfum doux et frais.

Elle fit un effort pour se ressaisir. Elle se rendait compte que, pendant l'heure qui venait de s'écouler, elle avait été nerveuse et mélancolique. Que pouvait-elle bien avoir ? Elle avait probablement tout simplement besoin d'être seule. Ce ne fut pas sans peine qu'en prenant congé de tout le monde à la porte de la cuisine elle garda une contenance gaie. Mais tous les invités avaient l'air si heureux de leur journée que cela la réconforta. Elle reçut des félicitations de tous, et spécialement de Mrs Hawk-Monitor, sur l'organisation du lunch, les mets exquis et l'élégance des décorations.

Elle fut conviée à dîner avec les Hawk-Monitor la semaine suivante, à rendre visite à Mr Mybug et Rennett dans le studio (avec évier) qu'ils se proposaient d'habiter à Fitzroy Square. Urk et Mériam dirent qu'ils seraient très honorés si Miss Poste voulait venir prendre le thé à « Byways », la villa qu'Urk avait achetée avec l'argent gagné à vendre des peaux de rats d'eau, et dans laquelle lui et sa femme pensaient s'installer prochainement.

Flora les remercia tous aimablement et accepta toutes les invitations.

Un par un, les invités se retirèrent, et les Starkadder, engourdis par le champagne et la nouveauté de ce genre d'amusement normal, regagnèrent leurs chambres, pour permettre au sommeil de remettre leurs idées en place. La silhouette du dernier invité, Agony Beetle, disparut à la courbe de la colline, sur le sentier menant à Howling, le jazz-band trottinant sur ses pas. La quiétude, qui avait été chassée de la ferme à six heures ce matin-là, commençait à sortir timidement des coins obscurs pour reprendre possession des lieux, une fois de plus.

— Miss Poste, vous avez l'air à bout. Venez faire un tour dans le vieux tacot, dit Ralph Pent-Hartigan, qui s'apprêtait à faire tourner sa huit cylindres « Volupté » stationnée dans la cour.

Flora descendit les deux petites marches devant la porte de la cuisine et s'avança jusqu'à la voiture.

— Je n'ai pas très envie de faire une promenade, dit-elle, mais vous seriez très gentil si vous vouliez me déposer au village, je voudrais téléphoner.

Il était ravi, il la fit asseoir à côté de lui et aussitôt ils descendirent la colline à toute vitesse en direction de Howling. La vitesse produisait un courant de fraîcheur bienfaisante qui éventait leurs joues empourprées.

— Je suppose que vous ne voudriez pas venir dîner avec moi à Londres, ce soir. C'est une soirée merveilleuse. Nous pourrions danser au New River, si vous vouliez…

— Cela m'aurait fait grand plaisir, mais, malheureusement, je viens de décider de quitter la ferme ce soir, et je vais avoir mes bagages et des tas d'autres choses à faire. Je suis désolée, une autre fois ce serait avec joie.

— Bien, mais, voyons, ne pourrais-je pas vous emmener ?

La voiture s'arrêta en face de la poste. Flora descendit.

— Encore une fois, je suis désolée, dit-elle, souriant au jeune visage désappointé de Ralph, mais je pense que mon cousin va venir me chercher. Je vais justement voir s'il est chez lui. Il y a des mois que cet arrangement est fait.

Heureusement, Flora n'attendit pas sa communication très longtemps, car, serrée dans l'étouffante petite cabine, elle ne se sentait pas disposée à faire preuve de beaucoup de patience. Elle n'avait pas encore eu le temps de commencer à se fâcher quand la sonnerie résonna, faisant un bruit assourdissant dans cet espace étroit. Elle prit l'écouteur.

— Hello, dit la voix tranquille et profonde de Charles que la distance amenuisait, sans lui ôter son timbre musical.

Elle retint son souffle.

— Oh ! Hello, Charles, c'est vous ? Ici Flora. Dites, vous faites quelque chose, ce soir ?

— Pas si vous avez besoin de moi.

— Eh bien, voulez-vous être vraiment un ange et venir me chercher pour m'emmener de la ferme avec votre *Flic Volant II* ? Nous avons eu un mariage ici, aujourd'hui, et j'ai mis de l'ordre partout ; je veux dire, je n'ai plus rien à faire ici et je suis vraiment assez fatiguée. J'aimerais qu'on vienne me chercher… Si vous pouviez…

— J'arrive, dit la voix profonde, à quelle heure faut-il que je sois là ? Y a-t-il un grand champ près de la maison ?

— Oh ! oui, juste en face. Croyez-vous que vous pourriez être là à huit heures ? Il est déjà presque cinq heures maintenant.

— Naturellement, je serai là à huit heures.

Il y eut un silence.

— Charles ? dit Flora.

— Oui…

— Charles… Je veux dire, cela ne vous dérange pas au moins ?

Souriante, elle raccrocha le récepteur, réconfortée par le petit son lointain du rire de Charles.

23

Le jeune Pent-Hartigan reconduisit Flora à la ferme. En lui disant au revoir, elle promit de dîner avec lui sous peu. Il démarra enfin, et avec le bruit de son moteur qui diminuait disparut le dernier son qui troublait le silence de la ferme. Le calme, telle une marée, reflua dans les pièces vides et ensoleillées. On ne percevait plus que les petits bruits habituels à une journée d'été qui tire à sa fin.

Flora monta changer sa robe de cérémonie contre un tailleur de tweed, avec lequel elle pourrait voler sans craindre le froid. Elle brossa ses cheveux et se rafraîchit les mains et le front avec de l'eau de Cologne. Puis elle fit ses bagages et adressa sa malle qui devait la suivre le lendemain au « 1, Mouse Place ». Elle prit seulement avec elle *Les Pensées*, *Le Bon Sens supérieur* et ce que Chaucer avait baptisé « un sac de nécessités ».

Il était six heures lorsqu'elle descendit lentement l'escalier ; la cuisine était vide et rangée. Toutes les traces de la fête avaient disparu. Seule la tente restait, ses rayures rouges et blanches se détachant contre le ciel bleu foncé de la soirée naissante. Les ombres des haricots à rames striaient le jardin, et leurs fleurs devenaient d'un rouge transparent au soleil. Tout était frais, calme, et rempli d'une paix bénie. Le souper de Flora était disposé proprement sur la table, et il n'y avait pas trace des Starkadder. Elle supposa qu'ils dormaient tous là-haut ou qu'ils étaient partis continuer la noce à Godmere. Elle espérait qu'ils ne reparaîtraient pas avant son départ. Elle les aimait tous, mais ce soir elle n'avait vraiment pas envie de les voir davantage.

Elle se laissa tomber avec un soupir dans un confortable fauteuil et étendit ses jambes. Elle resterait là, assise, se dit-elle, jusqu'à six heures et demie, puis elle mangerait son dîner et sortirait dans le grand champ, pour s'asseoir sur la barrière ombragée d'aubépine et attendre Charles.

Ses rêveries furent interrompues par le tintement de lointaines cloches. Elle reconnut le son. C'était celui des grelots qu'Adam, adoptant une coutume païenne qu'il avait découverte une fois au cinéma, avait suspendus aux cous de Disgracieuse, Paresseuse, Insoucieuse et Dédaigneuse. Au moment même où le son frappait ses oreilles apparut à son regard une procession qui suivait lentement le sentier escarpé. Les silhouettes, découpées sur le ciel bleu, s'encadraient dans les limites de la porte ouverte. C'étaient Adam et les vaches, en route pour la ferme de Haut-Couture. Adam marchait en tête, portant son vieux chapeau et son costume de velours, verdi par l'âge. La petite lavette était suspendue à son cou. Sa tête était levée vers le soleil couchant dont les durs rayons faisaient de lui une image d'or. Il chantait la chanson grivoise qu'il avait apprise pour le mariage de George Ier. Derrière lui venaient les vaches, l'une derrière l'autre, toujours entortillées de leurs guirlandes nuptiales de giroflées. Elles balançaient la tête dans leur humble contentement, et leurs grelots accompagnaient en mesure la chanson d'Adam. Lentement, ils traversèrent le cadre de la porte, puis ils disparurent. Plus rien ne fut visible que le sentier vert s'élevant vers le vide bleu du ciel crépusculaire. Le son atténué des clochettes revint vers Flora de plus en plus doucement, jusqu'à ce qu'il se perdît dans le silence.

Souriante, Flora approcha sa chaise de la table et mangea son dîner. Elle ne pensait qu'au plaisir de revoir Charles, dans une heure, de lui raconter tout ce qu'elle avait fait et d'écouter ce qu'il aurait à en dire. Son dîner terminé, elle écrivit un petit mot affectueux à Ruben pour lui expliquer que son œuvre à la ferme était maintenant terminée. Elle sentait qu'elle aimerait retourner à Londres. Elle promettait de revenir bientôt les voir tous, et joignit, pour Mrs Beetle, un billet d'une livre avec ses plus sincères remerciements. Elle laissa le mot ouvert sur la table, pour que tout le monde pût en prendre connaissance, et que personne, même un Starkadder, ne pût s'en alarmer et en faire un mystère. Puis elle enfila son manteau, prit son sac de nécessités et sortit lentement dans la soirée tiède.

Le grand champ était tapissé de longues herbes fraîches qui projetaient des millions de minuscules ombres grandissantes. Pas un souffle de vent. C'était l'heure la plus belle de l'été anglais : sept heures du soir, le jour de la Saint-Jean. Flora traversa le pré, l'herbe fraîche fouettant ses chevilles. Elle s'assit sur le plus haut degré de la barrière, s'adossant confortablement à un poteau qui se trouvait là et laissant errer son regard sur le réseau noir des branches d'aubépine. Les plus basses étaient plongées dans l'ombre, les plus hautes tendaient leurs petites fleurs blanches et leurs feuilles vertes à l'or du dernier rayon de soleil. Fleurs et feuilles scintillaient contre le ciel pur.

Lentement, les ombres s'étendirent, un parfum humide et frais s'éleva de l'herbe et tomba des arbres, les oiseaux commencèrent leurs berceuses. Le soleil avait presque disparu derrière les sombres esquisses du buisson de mai, au bout du champ. Les quelques rayons qui traversaient encore les branches étaient immobiles, lourds, et de l'or le plus doux.

L'air fraîchissait lentement. Des fleurs se fermèrent sous les yeux même de Flora, mais leur parfum s'attardait. Maintenant, il y avait plus d'ombres que de lumière. Le dernier merle qui poursuivait sa course babillante à travers le calme du crépuscule d'été plongea sur la prairie et disparut dans le buisson d'aubépine. La campagne s'endormait. Flora serra son manteau autour d'elle et interrogea le dôme du ciel qui s'obscurcissait. Puis elle regarda sa montre. Il était huit heures moins cinq. Ses oreilles avaient saisi un murmure continu et prolongé, qui pouvait bien être, après tout, le battement de son propre cœur.

Un instant plus tard, le son remplissait tout le ciel : l'avion apparut au-dessus du buisson d'aubépine et plongea vers le sol. Le train d'atterrissage toucha terre. L'appareil ralentit graduellement et s'arrêta.

Flora s'était dressée lorsqu'il était apparu ; elle se dirigea vers lui à travers le pré. Charles, qui sortait de la carlingue, la regardait venir en détachant son casque. Il s'avança à sa rencontre en agitant les bras, avec ses cheveux noirs ébouriffés par la manière brusque dont il s'était décoiffé.

C'était une joie exquise de le revoir. C'était comme de rencontrer de nouveau un ami très cher qu'on a aimé de longues années et dont l'absence vous a fait souffrir en silence.

Flora se précipita tout droit dans ses bras ouverts, se suspendit à son cou et l'embrassa de tout son cœur.

Après un instant, Charles murmura :

— C'est pour toujours, n'est-ce pas ?

Et Flora chuchota :

— Pour toujours.

Il faisait presque nuit. La lune et les étoiles étaient apparues et les aubépines luisaient. Flora et Charles, reprenant enfin haleine, se regardèrent en riant. Charles dit :

— Chérie, je pense que nous devrions rentrer. Mary nous attend à Mouse Place. Elle est revenue hier. Nous aurons tout le temps de parler là-bas.

— Comme vous voudrez, répondit placidement Flora. Charles, comme vous sentez bon, est-ce que c'est un produit que vous vous mettez sur les cheveux ou quoi ? Quel bonheur de penser que nous aurons tant d'années devant nous pour découvrir ce genre de petits détails. Au moins cinquante ans, j'imagine, n'est-ce pas, Charles ?

Charles dit qu'il l'espérait, et ajouta qu'il ne mettait rien sur ses cheveux. Il déclara aussi à brûle-pourpoint qu'il était heureux d'être né. Ils étaient tous les deux très émus, mais Charles se ressaisit finalement et commença avec détermination à faire quelques opérations préparatoires à l'intérieur de la carlingue, tandis que Flora s'agitait autour de lui, l'entretenant de tout ce qu'elle avait fait à Froid Accueil et aussi de ses aventures avec Mr Mybug. Charles rit, mais pensa que Mr Mybug était un peu timbré et que Flora aurait dû être plus prudente. Il la traita de « Touche-à-tout », et ajouta qu'il désapprouvait les gens qui se mêlaient de ce qui ne les regardait pas.

Flora écouta tout cela avec délices.

— Aurai-je le droit de me mêler de vos affaires ? demanda-t-elle.

Comme toutes les femmes vraiment énergiques, sur qui tout le monde a l'habitude de compter, elle adorait se sentir dirigée d'une main ferme. C'était reposant.

— Non, dit Charles en lui souriant d'un air moqueur, et elle remarqua que ses dents étaient blanches et régulières.

— Charles, vous avez des dents divines.

— Pas de flatteries, répondit Charles. Et maintenant, êtes-vous prête, mon amour ? Parce que je le suis, et *Flic volant* aussi. Dans une demi-heure, nous serons à la maison. Oh ! Flora, je suis si insupportablement heureux, je ne puis pas croire que c'est vrai. (Il la saisit brusquement dans ses bras et la regarda tendrement dans les yeux.) C'est bien vrai, n'est-ce pas ? Dites : « Je vous aime ! »

Et Flora, inexprimablement émue, lui dit à quel point elle l'aimait.

Ils montèrent dans l'avion. Le vrombissement de l'hélice s'éleva dans la tranquillité exquise de la nuit. Bientôt, ils dominèrent les ormes légèrement argentés par la lune, et la campagne s'étendit à l'infini au-dessous d'eux.

— Répétez-le.

Elle vit remuer les lèvres de Charles pendant que la ferme rapetissait à vue d'œil et devina ce qu'il disait.

Il était occupé à maintenir l'appareil au-dessus des cimes les plus hautes des arbres et ne pouvait la regarder, mais elle lut sur son profil troublé qu'il craignait (tellement cette nuit, où ils découvraient leur amour, était irréellement belle) qu'il n'y eût quelque cruelle méprise. Elle approcha ses lèvres tièdes du casque de Charles.

— Je vous aime, répéta-t-elle à son tour.

Il ne perçut pas les mots, mais il se retourna un instant et, rassuré, lui sourit dans les yeux. Elle leva son regard vers le doux dôme bleu du ciel d'été.

Pas un nuage ne voilait ces profondeurs solennelles.

Demain la journée serait magnifique.